上海故事会文化传媒有限公司 SHANGHAI STO

蔷薇花案件

悬念推理系列
Suspense Inference Series

上海故事会文化传媒有限公司
上海文艺出版社

图书在版编目（CIP）数据

蔷薇花案件／《故事会》编辑部编. -- 上海：上海文艺出版社，2017（2018·7 重印）
（故事会·悬念推理系列）
ISBN 978-7-5321-6394-6

Ⅰ.①蔷… Ⅱ.①故… Ⅲ.①故事-作品集-中国-当代 Ⅳ.①I247.81

中国版本图书馆CIP数据核字(2017)第138873号

书　　名：	蔷薇花案件
主　　编：	夏一鸣
副 主 编：	吕　佳　朱　虹
责任编辑：	陶云韫
发稿编辑：	吕　佳　朱　虹　姚自豪　丁娴瑶　陶云韫 王　琦　曹晴雯　刘雁君　赵媛佳　黄怡亲
装帧设计：	周艳梅
责任督印：	张　凯
出　　版：	上海文艺出版社
出　　品：	上海故事会文化传媒有限公司 (200020　上海市绍兴路74号　www.storychina.cn)
发　　行：	上海文艺出版社发行中心（上海市绍兴路50号）
印　　刷：	上海万卷印刷股份有限公司
开　　本：	787×1092　1/32　印张8
版　　次：	2017年7月第1版　2018年7月第2次印刷
书　　号：	ISBN 978-7-5321-6394-6/I·5112
定　　价：	25.00元

版权所有·不准翻印

上海故事会文化传媒有限公司 出品（00633）www.storychina.cn

上海故事会文化传媒有限公司所有图书可办理邮购，免收邮费(挂号除外)
汇款地址：上海市南绍兴路74号(200020)；　收款人：上海故事会文化传媒有限公司出版发行部
联系电话：021-64338113
如发现本书有质量问题，请与印刷厂质量科联系 T:021-56928173

编者的话

一、中华民族自古以来便有讲故事的传统。五千年的文明绵延不断，五千年的故事口耳相传，故事成为中华民族弥足珍贵的精神财富。

二、创刊于1963年的《故事会》杂志是一本以发表当代故事为主的通俗性文学读物。50年来，这本杂志得风气之先，发表了一大批脍炙人口的优秀作品，许多作品一经发表便不胫而走、踏石留印，故而又有中国当代故事"简写本"之称。

三、50年来，这本杂志眼睛向下、情趣向上，传达的是中华民族最核心、最基本的价值观。

四、为让读者在最短的时间内阅读最大面积的精品力作，同时也为纪念《故事会》杂志创刊50周年，故事会编辑部特组织出版《中国当代故事文学读本》丛书。

五、丛书共分六个板块：悬念推理系列、幽默讽刺系列、惊悚恐怖系列、言情伦理系列、古今传奇系列、社会写真系列。并按系列逐年推出若干部作品集。

六、古人云：登东山而小鲁，登泰山而小天下。对于喜欢故事的读者来说，本丛书的创意编辑将带来超凡脱俗的阅读体验。

《故事会》编辑部

目录
Contents

危情·疑案

泣血送珠人 ………………… 02

说出你的秘密 ……………… 08

死亡通行证 ………………… 13

特殊的惩罚 ………………… 22

终极考验 …………………… 28

蓝色命令 …………………… 33

蔷薇花案件 ………………… 39

神探·谜案

望月鳝 ……………………… 91

田知府隔省断案 …………… 96

包公考子 …………………… 101

玉球之谜 …………………… 105

天衣有缝 …………………… 114

小巷怪案 …………………… 124

槐树下的血案 ……………… 132

心理学教授之死 …………… 144

目录
Contents

密谋·奇案
  现世报……………………………168
  会吃人的蝴蝶……………………173
  狂笑的人…………………………179
  看不见的证据……………………185
  最后一搏…………………………191
  冤狱恨……………………………194

铁证·悬案
  一语泄天机………………………225
  旅店命案…………………………228
  真假老板娘………………………232
  地毯上的裁纸刀…………………239
  墓碑里面有个人…………………244

危情·疑案
weiqing yian

欲望左右人们的行为。要解开一个疑案,首当其冲,在于找到犯罪者的动机。

泣血送珠人

送珠人身怀机密

浙东临海有一个象山湾,此处盛产珍珠,小的如樱桃,大的如龙眼,光滑圆润,珠光熠熠,是富贵人家争相抢购的奢侈品。

象山湾的居民大多以采珠为生,平日驾船出海,潜入海里,寻找珠蚌,然后取出珍珠,把珍珠卖给本地收购珍珠的大户钱如友。钱如友以前也是一个采珠人,有一次,他采到一颗大珍珠,不甘心贱卖,就独自来到扬州,找到扬州富商柳自在,卖了个好价钱。从这以后,他觉得做珍珠生意,钱远比采珠来得快,就和柳自在商量好,他收购象山珍珠,由柳自在包销。

刚开始的时候，钱如友的确赚了不少钱，但自从枯木岭上出了强盗，打劫珍珠，他便亏得一塌糊涂。这伙强盗领头的叫"独龙"，"独龙"占山为王，虽不伤人性命，却劫掠过往客商的财物，尤其是珍贵的象山珍珠。

钱如友也想过对策，可是他叫人夹带的珍珠，总是被"独龙"搜身搜出。一年下来，钱如友只送出了几粒珍珠，其他的全被"独龙"所劫，为此，他毫无办法，几次想关门大吉。

这天，有个外乡人找到钱如友，说他名叫胡亦云，有办法帮钱如友送珍珠去扬州，不过，送一颗珍珠，他要提十两银子。钱如友心想：一般的珍珠，一粒我只能赚十五两银子，他就要提十两，心可够黑的，但转念一想，这总比一颗珍珠也送不出去好呀，便问胡亦云："你有什么法子可以躲过抢劫？"

胡亦云见桌上有一串葡萄，就摘下一粒，扔入口中，整粒吞下，说："就是这样。"

钱如友说："不行，珍珠入腹即化，万万行不得。"

胡亦云却笑着说："你只知其一，不知其二。"说完，把钱如友拉过来，附耳轻言。钱如友听了，连连点头称是。

胡亦云的方法果然不错，不出三天，他就将钱如友交的几粒珍珠，顺利地送到扬州柳自在的手上。

胡亦云的方法百试不爽，但令钱如友不快的是，胡亦云一直不愿将最重要环节的秘方说出来，钱如友只能由他摆布。随着时间的推移，钱如友对胡亦云越来越不满。终于有一天，钱如友想出了自己的法子，便解雇了胡亦云，换了新的送珠人。

钱如友新雇的送珠人都是外乡人，从不用本地人，而且，为了提防"独龙"，这些外地的送珠人，他只用一次，从不让他们跑第二回。

整整半年，"独龙"没有抢劫到珍珠，钱如友的送珠渠道让"独龙"非常困惑。每次，他把那些送珠人脱得一丝不挂，甚至连发根、谷道都检查过，但都没能找到珍珠，只好放了他们。"独龙"为了找出钱如友送珠的秘密，也曾让喽啰去充当送珠人，但钱如友一听他们的本地口音，就把他们赶出家门。

外乡人主动请缨

这天，山寨里来了个外乡人，说要投靠"独龙"。"独龙"问他为什么要当土匪，外乡人叹了口气，说："黄河决堤，家冲没了，一路乞讨到这里，受够了白眼，想想还不如当土匪来得自在，就是被官府抓了，也是个饱死鬼。"

外乡人的话，让"独龙"有些犹豫，他怕这人是官府的暗探，就问外乡人叫什么名字。外乡人一副顺从的样子，说他名叫符豫子。突然，一个计划在"独龙"的脑海里形成：这符豫子是个外地人，干脆就让他去给钱如友当送珠人，一来可以打听钱如友是怎么送珍珠的；二来，也可以试探符豫子是不是官府中人。

听了"独龙"的话，符豫子毫不犹豫地答应下来，说就是肝脑涂地，也要把送珍珠的秘密打听出来。

符豫子来到钱如友的家，说他要当送珠人。见符豫子是逃难的外乡人，钱如友就对符豫子说："你一次给我送二十粒珍珠，每粒给你一两银子，银子我可以预先支付。"

符豫子问怎么送，钱如友拿出四十粒半圆形的陶丸，又拿出二十粒象山珍珠。当着符豫子的面，钱如友把珍珠装进陶丸里，然后用蜜蜡、松香制成的粘胶封住陶丸。待把二十粒珍珠封好，钱如友拿出一碗水，让符豫子就着水，把陶丸吞下。

见符豫子一脸惊讶，钱如友说："只有这样，才能保证珍珠被送到扬州。到了扬州，你再把珍珠排出来。"

符豫子一听，原来是这么回事，就把陶丸吞进肚里。钱如友叮嘱说："三日内，一定要将珍珠送到柳自在那里，只有柳自在那里有秘制解药，否则三天过后，陶丸堵住你的谷道，你将会肚胀而死。"

符豫子肚里藏着珍珠,回到"独龙"的山寨,把实情告诉了"独龙"。"独龙"听罢,恍然大悟:"原来如此,难怪我没搜出珍珠。钱如友说珍珠不能从腹内排出,定是怕你自己想法排出珍珠,是在诳你!"说完,就让喽啰取来些巴豆,熬成汤药,让符豫子服下。

符豫子喝下巴豆汤,一会儿就觉得腹内疼痛,想要排泻,但过了半个时辰,虽然肚内如刀割一般,还是什么也没排出来。看着符豫子越来越苍白的脸,"独龙"知道,钱如友说的是实话,没有柳自在的独家秘方,符豫子根本排不出陶丸来。

这时,有个喽啰附着"独龙"的耳朵说:"要不然,我们就剖腹取珠,反正他是个外乡人,也没人会追究。"

"独龙"听了,一个巴掌过去,将喽啰打出一丈开外。"独龙"说话声如洪钟:"我上山当强盗,实为奸人所逼,我发过誓,绝不害人性命,更不会做这种剖腹取珠的勾当,来人,叫一辆马车,把符豫子送到扬州去。"

马车夫快马加鞭,不出两日,就将符豫子送到扬州城柳自在的家里。柳自在见新的送珠人到了,忙吩咐下人把符豫子抬到后院的一间僻静小屋,接着吩咐所有人回避,自己架起一个火罐,慢慢地熬起解药来。

等解药熬好,柳自在倒出药,端到符豫子面前,对符豫子说:"喝了这碗药,你就会排出陶丸。"符豫子忙一口把药喝下。片刻,符豫子只觉得全身瘫软,动弹不得,他问柳自在:"你给我下的是蒙汗药?"

柳自在阴笑道:"不错,喝了蒙汗药,等你睡着后,也少些痛苦。"说完,从袖子里取出一把尖刀。

符豫子问:"你想怎么样?"

柳自在说:"你在象山湾时,难道没有听说过'杀蚌取珠'这么一句话吗?珍珠藏在蚌壳里,要取出里面的珍珠,只能将蚌壳剖开。你放心吧,我下刀会很快,让你死得毫无痛苦。"说完,柳自在向符豫子的腹部刺去。

符豫子闭上眼睛,暗暗叫苦,却听柳自在怪叫一声,他睁开眼一看,柳自在的手上着了一镖,匕首掉在了地上。这时,有个人闯进屋内,符豫子一看,原来是化装成马车夫的"独龙"。"独龙"把符豫子送来，主要是想弄到解药的秘方，谁知道所谓的秘方竟然是剖腹取珠，他不忍见符豫子送了性命，就发镖救了符豫子。

柳自在的号叫引来了家丁，他赶忙吩咐家丁，说符豫子和"独龙"是强盗，只管出手，打死一个，赏银百两。听了柳自在的话，家丁个个奋勇当先，饶是"独龙"武艺高强，也架不住对方人多，渐渐落了下风。

总捕头铁面无私

就在这时，从门外冲进一队捕快，打散家丁，把柳自在和"独龙"都抓了起来。领头的捕快见符豫子被麻翻在地，忙把他扶起来，给他服下解药。等符豫子醒过来，领头的捕快冲符豫子一拱手，说："总捕头，接到你的红粉传信，我们就寻着红粉来了。来晚半步，差点害了你的性命。"

听了捕快的话，柳自在和"独龙"一惊，他们怎么也没有料到，符豫子竟然是总捕头！符豫子拈须一笑，说："我在路上已将陶丸用内力逼出，进扬州城时，我在马车经过的地方撒了红粉。近来总有外乡人在象山一带失踪，朝廷派我来查明此案。"

符豫子说，他开始调查的时候，听说枯木岭上有一伙强盗，还以为那些失踪的外乡人是被强盗所害，就化装上了枯木岭，没想到竟然让"独龙"看中，让他去钱如友家探取秘密。

符豫子对柳自在说："没想到，强盗都没做出的事情，竟让你们这些奸商做了。杀人取珠，天理不容，快交代，你们怎么想出这个方法，杀了多少人？"

柳自在忙跪在地上，讨饶说："这全是钱如友让我做的。"柳自在说，钱如友对胡亦云非常不满，但又没有什么好主意。有一天，钱如友收到一颗珍珠，大如龙眼，价值千两白银，就让胡亦云吞入肚中。由于这颗珍珠价值不菲，钱如友怕胡亦云拐带走，就跟着胡亦云来到扬州。

谁知，到了扬州，胡亦云喝了自制秘方，也排不出陶丸。钱如友忙问胡亦云怎么了,胡亦云说:"陶丸太大,排不出来。"钱如友忙问胡亦云有什么解法,胡亦云说:"等到三天后,陶丸自然会在腹中消融,我就会将残渣排出。"

钱如友听说三天后陶丸会在腹内融化,那价值一千两银子的珍珠也就没了,不由心急如焚。这时,他突然想到了"杀蚌取珠"的方法,就找到柳自在,两人一拍即合,用蒙汗药麻翻了胡亦云,剖开胡亦云的肚子取出珍珠。两人杀了胡亦云,过了很长一段时间,见没人追查胡亦云的下落,也就心安理得。从这以后,他们逐渐摸索出经验,那些四处流浪的外乡人,因为没有亲属追问,最适合给他们当送珠人。到现在为止,已有二十二个外乡人死在他们手里。

符豫子当下把柳自在打入死牢,又命人去象山抓了钱如友。过了段时间,柳自在、钱如友、"独龙"全被判了死刑,只等秋后处斩。

行刑那天,符豫子带着酒肉,来到"独龙"的牢房,说感谢他的救命之恩。"独龙"问,自己救了符豫子一命,可符豫子为什么不放自己一马,帮自己开脱罪责呢?

符豫子摇了摇头,说:"你怎么到现在还不明白呢,要不是你占山为王,抢夺珍珠,钱如友和柳自在又怎么会想出剖腹取珠的主意呢?你虽然没有杀人,可那些人全是因你而死。"

"独龙"觉得符豫子说得很对,便心甘情愿地伏法。

(大刀红)

(题图:黄全昌)

说出你的秘密

你一定有隐情

王朝是一个心理医生,和女友冷水溶恋爱两年多了。这个夏天,王朝第一次来到冷水溶的家乡,拎着好烟好酒去拜访自己未来的岳父大人。冷家虽然远在偏僻的山区,但那里却山清水秀,最使王朝感慨的是冷家的房子,那是一幢三层楼高的圆形建筑,白墙黑瓦,绿树环绕,中间还有宽敞明亮的天井。

当晚,冷家特地设了丰盛的酒宴欢迎王朝。不过让王朝没有想到的是,他见到冷水溶爸爸的时候,却大大吃了一惊:老人家虽然只有五十多岁年纪,但头发已经花白,人看上去瘦弱不堪,完全就像是一个风烛残年的老人。

冷水溶给王朝解释说,她爸爸这个样子,是因为患失眠症两年多了,一直医不好,只能靠喝酒来麻醉自己,每天下午才能勉强睡上一两个钟头。

这天下午,王朝和冷水溶正在房里闲聊,楼下的天井里忽然传来孩子的尖叫声,两人赶紧奔到窗前探看,不好,一股浓烟正从一个屋里涌向天井。王朝奋力冲下楼,发现原来是几个调皮的孩子闯的祸,他们偷偷跑进冷水溶爸爸的房里,用老人的打火机点纸片玩,不小心被火苗烫着手,疼得把纸片一甩,正好甩到老人睡觉的蚊帐上。

王朝一边大叫着:"着火啦!着火啦!"一边冲到老人床前。让王朝惊讶的是:此时老人身上已经着火,眉头紧皱,好像在竭力忍受着剧痛,可居然还笔挺地睡在床上一动不动。王朝来不及多想,一把抱起老人就朝屋外跑。

族人们这时候也闻声赶来,火很快就被扑灭了,但让王朝倍感吃惊的是:老人这时候依然沉沉地睡着,身上酒味熏人。大约过了一个小时,他才慢慢醒过来,身上被火灼伤的地方疼得他不住地呻吟,冷水溶赶忙为他敷上药膏。

王朝忍不住开口道:"伯父,这么大的火,您怎么还能睡得这么沉?您是不是有事瞒着我们?"不料王朝这话刚落音,老人脸上就闪过一丝极度惊恐的神色,随即捂着胸口猛烈地咳嗽起来。冷水溶顿时脸色大变,赶紧拉着王朝走出了房间。

冷水溶轻声对王朝说:"我家的怪事终究让你发现了,不过你千万不要刨根问底,否则会立即被撵走的。"

王朝很是纳闷:"可我还是想知道,伯父究竟怎么了?"

冷水溶长叹一声不肯说,可禁不住王朝一再追问,这才一脸愁容道:"我爸这样子有两年多了,不只是失眠,每天下午四五点钟左右,他就要喝酒睡觉,而且样子十分吓人。有一次我曾问过他为什么会这样,他却朝我大发雷霆,要知道平时他从来不对我发火的。有人说他这是撞着邪了,不瞒你说,家里人还偷偷找过那些跳大神的来给他作法,可一点用处也没有。我自然不会相信那些玩意儿,我觉得是我爸得了一种奇怪的病,可是谁也不敢劝他去看医生。"

王朝还想追问下去,冷水溶流着泪说:"你难道没看到我爸痛苦的样子?我求求你不要再问了,好不好?"

王朝沉吟着,摇摇头说:"水溶你看,你爸今天这个样子有多危险?如果不揭开秘密的话,你爸这病永远不会好,除了痛苦,我觉得他这个样子更像是一种恐惧。水溶,为了你爸,为了你,也为了我们,我一定要找到答案。"

怪异的孤坟

冷水溶觉得王朝的话不无道理,可又实在不敢再探查下去,所以接下来她整日里没精打采,不知道自己该怎么办才好。

这天,王朝拉着冷水溶去山坡上散心,两个人边走边聊着,忽然王朝看到坡上有一座新修的坟,坟碑上写着:冷水猛之墓。

王朝问:"水溶,这碑上的名字跟你只差一个字,他是你们冷家的亲戚?"

冷水溶点点头说:"他是我的堂兄。唉,说起来他最可怜了,还在很小的时候,他爸妈就去世了,是我爸妈把他拉扯大的。后来有一年他遇上一场车祸,不仅毁了容,还瘸了一条腿,女友就离他而去。接二连三的打击,使得他破罐子破摔,天天以酒浇愁。"

王朝怀同情地问:"那他年纪轻轻的,后来又是怎么死的呢?"

冷水溶伤心得泪流满面:"他死的时候更惨,是被一头公牛顶死的,而且就在我们家天井里。唉……"

王朝默默地听着,认真地打量着这块墓碑,周围没有杂草,只散落着几个烟头。

两人回家时天色已晚,王朝拉着冷水溶走进她爸爸的房间,这时候老人正一觉醒来,但神情却显得分外疲惫,好似做了一场恶梦。王朝反手关上房门,对老人说:"伯父,有句话我不得不问,请您原谅——您现在这个样子,是不是与冷水猛有关?"

老人的脸色却突然变了,猛地跳起来,"啪"一巴掌狠狠朝王朝脸上抽来,王朝和冷水溶一下子惊呆了。

只见老人歇斯底里地疯狂大叫:"我不认识什么冷水猛,你们给我滚!滚!滚得越远越好!"

冷水溶吓得大哭起来:"爸,你怎么啦?你到底怎么啦?"

惊心动魄的真相

王朝两只眼睛逼视着老人,说:"伯父,尽管这事儿您不愿提,可我还是要说,否则,您永远不会安宁。那冷水猛被牛顶死,这虽然有别人亲眼所见,但肯定与您有关,是不?"

王朝此言一出,冷水溶猛吃了一惊,她胆战心惊地看着老人,不明白王朝为什么要这么说。而老人此时身子抖得像风中的柳叶,两只眼睛惊恐地瞪着王朝,哆嗦着嘴唇,却说不出话来,好久才开口道:"你……你……你怎么知道的?"

王朝一番话如同一柄犀利的手术刀:"伯父,我是个心理医生,从看到您的那一刻起,我就认为您的这种状态,一定不会是单纯的生理原因所致。您敏感、恐惧,不惜灌醉自己来求得暂时的心安,可其实,您每天都在煎熬中度过,不是吗?我调查过,冷水猛死时正是下午四五点钟的时候,所以您必定在每天下午这个时候喝酒睡觉,显然是要竭力避开这段梦魇般的时间,即使被火灼伤也不愿睁开眼睛。一开始,我不敢肯定自己的这种推测,直到那天在冷水猛的坟前发现了这个——"

王朝说到这里,朝老人摊开了自己的手掌心,里面是几个零落的烟头:"这种烟乡下很难买到,没有记错的话,是我这次从城里带来送您的吧……"

王朝还想说下去,可谁知老人这时候喉咙里突然发出一阵似哭又似笑的嘶叫,两只手捂着耳朵,拼命地甩头。冷水溶吓坏了,正要上前去拉,老人已如虚脱般跌坐在椅子上,额头上全是亮晶晶的冷汗。

隔了很久,老人喘着粗气对王朝说:"你说得没错,是我杀了冷水猛,因为他是个混账,出车祸后就学坏了,做尽了坏事,还欺负族里的女娃子。旁人不敢声张,可我这个一家之长不能不管啊!"原来,当年为了保住宗族名声,老人决计除掉冷水猛这个孽障。

老人接着又说了下去:"终于等到有一天下午,恰好大屋里的人都外出了,我把所有的房门全关上,再把一头大公牛关进天井,这牛性格凶猛,最爱顶人,我给它灌了烈性酒,还给它吃了壮阳草,随后叫来冷水猛,说是给他谈了门亲事,人家女孩现在在内屋等着和他相见,诱他披着大红袍进去,又在外面悄悄把门锁上。接下来,便是公牛的怒吼,冷水猛的哭喊……"

王朝打断老人的话,问道:"那个时候是下午四五点钟?"

老人点点头:"在大伙闻声赶来之前,我抢先一步把大门打开,这样,他们赶来后看到的,只是冷水猛血肉模糊的尸体,而且有他们作证,警察就会认定这种事纯粹是一个意外……"

老人说到这里,早已涕泪纵横:"可他毕竟是我的亲侄儿,是我一手拉扯大的啊!他当时那惨叫声,后来就分分秒秒回响在我的耳边,无论是白天还是黑夜,我都没法摆脱。我曾经骗自己:那是一场恶梦,其实什么事情也没发生过,水猛这孩子已经去外面打工了。为了说服自己,挨过每天下午那恶梦般的时刻,我只好拼命灌酒,强迫自己睡觉,而每天夜里我就老睡不着,常常去他坟前抽支烟,看看他,和他说说话。"

老人一口气说完这些后,脸上突然放出光来,好像心头卸下了千斤巨石。他看着王朝,平静地说:"孩子,谢谢你,明天陪我去趟派出所吧,我犯下的罪自然该由我自己来承担。现在我困了,我真想美美地睡上一觉啊!"说完,他疲倦地闭上了眼睛,并且很快就发出一阵沉沉的鼾声……

(童树梅)

(题图:张恩卫)

死亡通行证

陵峡县监狱的一间死囚牢房里，有个判了死刑的罪犯。这个犯人是个如花似玉、楚楚动人的女人，她叫屈秀秀，今年二十五岁，家住大峡村。两个月前，她因谋杀亲夫罪被捕，并且于昨天接到死刑判决书。

屈秀秀自从昨天在中级法院下达的死刑判决书上画押之后，便似梦非梦、神不守舍了。虽然法定有三天上诉期，可她却恍兮惚兮，糊里糊涂地过了一夜，再过四十八个小时，她这个水灵灵的年轻女子就要去阴曹地府了。

这时，东方已经发白，一束刺眼光亮透过铁窗，射到了她那像纸一样苍白的脸上。她微微睁了一下那呆滞无神的眼睛，随即又紧紧地闭上。她像一只受惊后假死的小甲虫，蜷缩在牢房的角落里。

忽然，屈秀秀仿佛听到牢门"哐当"一声打开了，接着有人大步走了进来，除下她的手铐，拿出绳子把她紧紧地反绑着推出牢房，拉上囚车。随后，警笛发出尖厉的长啸，囚车在盘山公路上飞驰，透骨的峡风钻进车内，把她从蒙眬中刺醒。

屈秀秀顿时明白过来，这是回家的路，也是一条奔赴黄泉之路。这里枪毙人有个习惯，一般是在犯人犯罪的地方行刑。她即将告别她家乡的父老乡亲，告别这个世界……

陡然，屈秀秀觉得车身猛烈地震动起来，她睁开双眼，绝望地望着车窗外的橘林、山崖、农舍，这是多么熟悉的地方啊！她心里一阵剧烈地战栗：家乡快到了，死期也快到了！

一声沉闷的枪声，屈秀秀应声闭上双目。可是，她没有流血，也不觉得疼痛！她下意识地晃动自己的身子，手上的镣铐还在"叮当"作响。她睁眼一看，自己依然蜷缩在监房的角落里。原来这是一场噩梦。

被捕两个月以来，在这六十个日日夜夜中，她都在傻想着，期盼着。可眼下，她什么也不想了，什么也不盼了。严酷的现实告诉她，一切都是枉费心机……

突然，牢房的铁门"哗啦"打开了，一个看守低沉地喊道："屈秀秀，快起来！"

屈秀秀一听这喊声，惊得一骨碌爬起来，脑子里立即闪过一个念头：莫非自己已迷迷糊糊地挨过了三天，眼下，自己最后的时辰到了？然而，看守并没有把她带回家乡处决，而是把她带进审讯室。

一进审讯室，屈秀秀机械地在凳子上坐下来，僵硬地低着头，失神地凝视着地面。一会，她听到一声"你叫什么名字"的问话，这才缓缓地抬起头，看见对面桌边坐着三个完全陌生的办案人。

屈秀秀心里不由嘀咕道：怎么原来的审案人员一个也没到场？难道案子有什么变化？

其实，屈秀秀不懂法律程序。按法律规定，死刑执行之前，必须由人民法院死刑复核部门对案情进行最后审核，在确认无误之后，才能处决。所以有人说这种工作是给下地狱的人发放死亡通行证的。

复核屈秀秀死刑案的负责人叫方舟，五十上下。这时他闪着犀利的眼神在捕捉对方的每个细小的动作，借以洞悉案犯的心态。他从屈秀秀的脸色和绝望的眼神中，便已猜中她只求速死的心理，知道要撬开她的嘴巴并非易事。于是，方舟再次发问："你叫什么名字？"他见屈秀秀依然低着头，眉不动，嘴不张，只得直呼其名，"屈秀秀！你已在死刑判决书上画了押，现在还有什么话要说吗？"

屈秀秀听到"死刑判决书上画了押"这话时，陡然感到魂飞魄散，人软软地缩成一团，哪还开得了口？

为了打消对方的对抗心态，使罪犯"死而无怨"，方舟有意把口气放缓和一些，坦诚地告诫说："我们负责复核你的案件，和你作最后一次谈话，如果你有什么不服之处，希望你提供真实情况。"

屈秀秀似乎明白了方舟的意图，她缓慢地抬起头来，望着方舟，可是又什么也说不出来。

方舟见屈秀秀仍不张口，为了切实做到不错杀一个无辜者，他依然耐心而诚恳地说："屈秀秀，我再说一遍，希望你不要错过这个最后的时刻，以免抱恨终身！最后，我问你，你还有话要讲吗？"

不管方舟说了多少个"最后"，屈秀秀依然低头不语。

方舟在提审屈秀秀之前，曾仔细查阅了她的案卷，并且从中发现了一个小小的疑点，觉得必须把它解开。可眼下，罪犯却闭口不再申诉，方舟感到有些棘手。他知道：只要自己大笔一挥，"核准执行"，屈秀秀便命归黄泉。他感到自己笔下的分量很重，于是低声和两位助手交换了一下意见，然后静静地等着屈秀秀开口。

审讯室里安静极了，只有墙上"嘀嗒嘀嗒"的挂钟一瞬也不停地走着。

方舟看了看钟，已经快到中午了。时间是极有限的，等待似乎已到了尽头，他合上了卷宗，缓缓地站起身来，最后忠告说："屈秀秀，如果你没有什么申诉的话，我们就不奉陪了！"

屈秀秀意识到审讯即将结束了，她心头的火山和冰川同时迸发出来，突然，她"扑通"一声跪在地上，凄声高喊道："我——冤枉——冤枉呀！"

方舟心中不禁一颤：听她这声疾喊，莫非真有冤屈，不甘心做个屈死的鬼？于是，他缓缓说道："你有冤情就起来说吧！"

屈秀秀抖抖索索地说："你们说我毒死丈夫，那我的毒药又是从哪里弄来的？"

方舟从案卷中了解到，屈秀秀，父母早亡，由长兄抚养长大，两年前被兄嫂包办嫁到大峡村。到婆家后，和自己丈夫的感情一直不好，曾多次到区里反映她男人有病，并提出离婚。区里做过调解，双方家庭也不同意，没有离成。一天早晨，她丈夫突然死在床上，办完后事不久，本村一个叫刘美仙的女人到区法院控告屈秀秀，提供了一个重要情况，说她丈夫生前喜欢喝酽茶，他有一把祖传下来的古茶壶，爱不释手，但他死后，屈秀秀就把茶壶收起来了，这里边一定有鬼。区里公安特派员也觉得有可疑之处，便取走茶壶交法医化验，经鉴定茶壶里果然有砒霜。又开棺验尸，也证实她丈夫肚里有砒霜成分。屈秀秀在确凿的证据面前，不得不供认投毒谋害亲夫，遂被逮捕，并判死刑。

方舟在复核案件中感到有疑点的是：既然屈秀秀投毒杀人，为何还收藏茶壶而不毁灭这个证据？不毁也罢，她在达到杀夫目的之后为何不把茶壶内的毒药冲洗干净？原告刘美仙何许人也？因此，方舟才决定提审案犯。

现在他见屈秀秀在一声惊异的反问之后，一双眼睛死死盯住自己，眼睛里充满了对生的渴望。

方舟望着她，语调平和地问："你有什么冤枉？你讲吧。"

"法官同志，我没有害我男人，连这样的念头也没起过。我只提出和他离婚！"

一提到离婚，方舟立即想起案卷之中，屈秀秀交代曾和本村一个有妇之夫有越轨关系，莫非这个男人与本案有关？于是，他追问："你为什么要离婚？"

"包办！"

"婚后夫妻生活怎样？"

"活受罪！"

"什么原因？"

"他有病！"

"什么病？"

屈秀秀脸上出现了一丝红晕，愣了片刻，才支支吾吾地回答说："法官不要见笑，我男人真有一种见不得人的怪病，蔫不拉几的，我说不出口！"

方舟已领会了她说的"怪病"的含意。但也不能因为对此羞于启齿而离不了婚，就置人于死地呀！

这么一想，方舟突然严肃起来，严厉地追问道："屈秀秀，既然是冤枉，那你以前为什么承认害死你的丈夫？"

只见屈秀秀挺起腰杆，两腮绷紧，柳眉倒竖，凹陷的大眼像一双豹子眼似的瞪起，死死地盯住方舟他们，一股莫名怒火从心底爆发出来，她像要把眼前的三位法官一口吞掉似的大吼起来："为什么? 都怪你们！都怪你们！"

方舟对屈秀秀如此吼叫一点也不计较："怪我们也罢，怪你自己也罢，你得说出个子丑寅卯出来！"

"你们说我离婚不成就起歹心，说我在村里有个野男人，说茶壶里化验出来有砒霜，说开棺验尸也有砒霜，说马是驴，说驴是马，我一个小媳妇，就是浑身是嘴也说不清白！我成了砧板上的一块肉，横剁直剁由你们！我只怪自己的八字不好，命比纸薄，是个砍脑壳挨刀的命！所以，你们要我说白就说白，要我说黑就说黑，我是什么也不指望了，一了百了，只求一死。"

方舟听了屈秀秀这番控告，心中禁不住猛一震：我们的办案人员哟，这岂不是诱供逼供吗？

不过，屈秀秀很快清醒过来，她觉察到自己的行为过分了，便痛哭流涕地跪着对方舟说："我进监牢之后，从来没有这么讲过话，也从来没有反悔过，我没有那个狗胆翻案，也经受不住那种皮肉之苦，我是豁出去了。你们三位都是生人，我虽然没见过你们，但我感觉得出来，你们是对我负责，我就斗胆说了。想过去，他们不让我把话说完，他们要我在死刑判决书上画押，他们早把我当成死鬼了。求你们为我小女子申冤呀！"说罢又以头撞地，泪流如雨。

然而要申冤，谈何容易？案件已作了终审判决。更重要的是，此案有一个无可辩驳的事实，就是：死者的茶壶里为何有砒霜？开棺验尸为何也有砒霜？这是法医的化验结果，是科学的鉴定。方舟苦苦思索的最棘手而又百思不解的问题，也正在这里。

为了解开百思不解的问题，方舟便让屈秀秀详细说说她丈夫临死前那个晚上的情况。

屈秀秀见今日的法官与以往完全不同，她的顾虑也打消了，于是她从地上爬起来，重新坐好，回答说："我丈夫原先就体弱，又有那个怪毛病，经常卧床不起。出事那天下午，听说村子里放电影，他硬撑着起床去赶热闹。我和婆婆因赶做衣裳没去。后来，婆婆要我为他送一条凳子去，我就去了。当时电影刚开场，转了几圈才找到他。他当时看得很带劲儿，所以我给了他凳子就回家了，可过了一袋烟的工夫，他气喘吁吁地回家，连凳子也没带上。我问他怎么不看了，他说憋不住了，看得很吃力。他还说口很渴，想喝茶。当晚水瓶的开水用完了，我就去厨房给他烧水，用茶壶泡了茶，然后递到他的床头……"

屈秀秀顿了顿，又接着说："到了半夜子时，他喘气更厉害，脸色发紫，我赶紧叫醒婆婆。我要去请医生，婆婆说他是老毛病，等一等再说。过一会儿，他果然平和了一些，我和婆婆一直守在床前。可是，万万没有想到，鸡叫五更的时候，他竟然咽了气！"屈秀秀说到这儿，声音在颤抖，眼圈儿也红了。

方舟问道："你烧水时，有旁人在场吗？"

"没有。"

"泡茶之前，你洗过茶壶吗？"

"我用清水荡过。"

"那天夜里,你丈夫还有什么症状?"

屈秀秀两眼盯在脚尖上,认真地回忆片刻,摇了摇头。

"他喝茶之后有什么反应?"

"和以前一样,只有些喘气。"

"呕吐了吗?"

"没有。"

"抽搐过吗?"

"没有。"

方舟为了引起对方认真地思索,特地站起身来,加重语气问道:"你认真仔细地想一想,他当夜呕吐没有?抽搐没有?"

屈秀秀思索片刻,仍坚定地说:"没有!"

方舟非常清楚,呕吐和抽搐是砒霜中毒的两大症状,而她丈夫的死却没有这两种症状。是屈秀秀故意隐瞒真相,还是她丈夫另有死因?

按刑法规定,在执行死刑之前,如发现疑点,应立即停止执行。方舟马上建议暂时停止对屈秀秀执行死刑,并率复核小组去屈秀秀的家乡进一步调查取证。

次日,方舟一行三人到了大峡村,由村长陪同,来到了屈秀秀家。

屈秀秀婆婆所说她儿子临终前的症状,和屈秀秀说的完全一样,而且还说了她儿子一直瘦弱多病,曾去峡江医院看过的事。这些显然表明,屈秀秀丈夫的死因不是砒霜中毒。那么,又是什么致使他猝然死去?

方舟一行在村长的陪同下,又先后走访了一些与案情有关的村民,其中最重要的人物是那个告发屈秀秀的刘美仙。

刘美仙是个外表俊俏而又泼辣的女人,她见来了客人,连忙敬烟奉茶。当方舟问她检举屈秀秀的问题时,她竟说因为屈秀秀长得比她标致,引起了村里不少男人的垂涎,其中包括她自己的丈夫,特别是当屈秀秀丈夫死后,她发现自己丈夫竟跑到屈秀秀家去,她顿时妒火中烧,便向区里控告了。

当方舟问她,她的丈夫到底和屈秀秀有无勾搭时,刘美仙一声冷笑说:"癞蛤蟆想吃天鹅肉,他混想!"接着她耍着威风补充说,"有我在,他敢沾她的边儿?"

当方舟问她为什么要告发屈秀秀时,她轻描淡写地说:"检举坏人,这是政府给我的权利,我又没有叫你们杀她!"

听她这么说,真叫方舟啼笑皆非,无话可说。虽然每个公民有控告的权利,哪怕她带着个人目的,但抓人的权力,却掌握在司法部门的手中,我们的办案人员在调查案情时,难道竟被一个醋意十足的村妇牵着鼻子走么?

几天的奔波,回到法院之后,方舟疲乏不堪,只想安静地躺一阵子。可是,心中的谜还没解开,他放心不下,立即叫一个助手取来那把茶壶,独自细细地观看着。

壶嘴和把儿很光滑,说明主人长期使用,茶瘾不小。方舟轻轻地揭开壶盖儿,里边黑糊糊的,积着一层厚厚的茶垢,这表明主人从未对里边做过彻底清洗。

方舟手捧茶壶,愣愣地出神,喟然长叹:"茶壶呀茶壶,你为何不开口说句公道话?你知不知道,你这小玩意儿竟然关系到一条人命啊?"方舟凝视着小茶壶,陷入了深深的苦思之中。

这天晚上,方舟正在进一步分析案情时,突然心灵受到了某种启迪,很快从混乱中理出了一个意念:莫非科学之中还有某种科学?于是,他亲赴省城,请教有关的专家。

结果,他终于找到了茶壶和尸体中的砒霜谜底。原来在地球的自然水中含有微量的砒霜成分。茶壶由于长期不作清洗,砒霜就会沉积在茶垢之中,但它并不致人死命;死者尸体中有砒霜成分,道理也很简单,既然自然水中含有砒霜成分,人的尸体腐烂于泥水之中,自然也会含有砒霜成分。

为了验证死者是否砒霜中毒,方舟连夜赶到现场,和法医一道,不怕腐尸的奇臭,又一次开棺验尸,化验了死者的骨骼。结果证实没有砒霜成分。这就完全说明死者不是砒霜毒死的。

为了防止万一,方舟又赴峡江医院查阅了死者的病历。原来,他已是肺病晚期,他的父亲也是死于肺病。难怪屈秀秀和她婆婆都说他临死前脸色发青、喘粗气,这是肺病晚期窒息而死的典型症状。

命案终于真相大白。

方舟感慨万千地说:"由于我们办案中不懂得科学中还有科学,险些错杀了无辜!"

屈秀秀终于无罪释放。当她走出牢房,见到方舟时,她"扑"地跪在方舟面前,声泪俱下地喊着:"您是当代包青天!"

(宁发新)
(题图:施其畏)

特殊的惩罚

这一天，卡塔警官得到通知，说有个姑娘跳湖自杀了，让他快去查看尸体。卡塔立即赶到湖边，见姑娘的尸体已经被人拖上岸了。

卡塔一看女尸，怔住了。这姑娘他认识，是村邮局的办事员，名叫海兰卡，还不到20岁，长得标致，又挺和气，见人总是一脸笑。姑娘为啥会跳湖自杀？一了解，原来前天总部突然来查账，查出海兰卡管的钱柜里少了两百克朗，检查员说要把这事作为盗用公款案进行审理。海兰卡吓傻了，觉得没脸见人，当天晚上就跳了湖。

卡塔是位工作认真且富有正义感的警官，此刻他望着海兰卡被湖水泡得膨胀发紫的脸，心里像塞了一团棉纱，憋得难受。海兰卡平时那亲切的笑脸，随和的态度，不停地在他眼前晃动，怎么也抹不掉。他认识海兰卡的父亲，他是村里的磨坊主，是位知书识礼的新教徒。卡塔知道，新教徒是从来不偷东西的，海兰卡出来工作，纯粹是出于好强，说是要自己养活自己。卡塔认定海兰卡绝不会偷钱，那钱是谁偷去的呢？卡塔心情沉重地暗暗对海兰卡的尸体起誓，他一定要把这事弄个水落石出，还她清白，以慰亡魂。

处理了海兰卡的后事不久，从总部派来了一个叫菲利佩克的年轻办事员，来接替海兰卡的工作。这是一位精明的小伙子，卡塔为了寻找破案线索，便三天两头到邮局找他，小伙子也主动配合，卡塔趁机仔细地观察了邮局里的情况。

这是个很普通的乡村小邮局，柜台上有个小窗口，靠窗口放着一张小桌子，钱和邮票就放在小桌子的抽屉里。办事员座位后面放着个书架，上面放着邮费、电报费和各种各样的表格、账本和磅秤等等。

这天，卡塔又来到邮局，对菲利佩克说："菲利佩克先生，请你查一下，往阿根廷的布宜诺斯艾利斯发电报要多少钱？"

菲利佩克不假思索地顺口答道："一个字三克朗。"

卡塔又问："那么，发到香港的急电呢？"

"这我得查一查。"菲利佩克说着站了起来，转过身子到架子上去查表。就在这当儿，卡塔迅速地把手伸进窗口，毫不费力地就拉开了抽屉，连一点儿响声也没发出。

卡塔心里明白了：如果海兰卡在架子上找东西，别人就可以趁机从抽屉里偷走二百克朗。但钱是谁偷的呢？他想了想，向菲利佩克提出，请他查查最近几天有谁来邮局打过电报或寄过包裹。但对方为难地说，这是通信秘密，不能查。卡塔又提出请他抽空顺便看看过去的记录，看看这几天有谁寄过什么东西，而且非得海兰卡转过身子办手续。可是小伙子说，这不光是保密问题，而且也没法查。

卡塔一无所获，只得心情沉重地离开邮局，他边走边想：难道我对死者发的誓言不能兑现了？

卡塔不甘心就此罢休，但他整整苦思了一星期，依然一筹莫展。这天，他又来到邮局，刚踏进门，菲利佩克就笑着对他说："警官先生，我们的缘分快结束了,我就要卷铺盖走了。明天有位小姐来接替我,她是从巴尔杜比采来的。"

"是不是这个姑娘犯了错误,才把她弄到这破邮局来?"

"哪里唷,"小伙子意味深长地看着卡塔说,"是她自己申请的。"

卡塔觉得这事太反常了,说了句"奇怪",便皱起眉头。菲利佩克见他沉思不语,就走上前,轻声说:"警官先生,我也觉得奇怪,更奇怪的是,那封告密说海兰卡偷钱的信,就是从巴尔杜比采寄出的,总部就是收到这封信后,才突然来检查的……"

菲利佩克的话音刚落,一旁的邮递员又突然插了一句:"咱村的大庄园有个二管家,叫霍代克,成天给巴尔杜比采邮局的一个叫朱利叶的姑娘写信,我看要求调来的多半是他的对象。"

"对,"菲利佩克说,"正是她,朱利叶。一点不错。"

邮递员摇摇头说:"这两个人可热络啦,差不多天天有信来往……"他拍拍一边的一只木盒子,说,"这木盒子是从布拉格退回来的,上面写着:查无此人。你们看,这个二管家谈情说爱谈昏头了,他把地址写错了。我还得给他送去。"

听了菲利佩克和邮递员说的情况,卡塔顿时眼放异彩,精神大振,忙说:"给我看看。"他接过木盒子,见盒子上的地址写的是布拉格焦街一个叫诺瓦克的人收,注明两公斤黄油。邮戳是七月十四日。卡塔马上想到这个日子海兰卡还没死,他闻了闻盒子,没有气味,他疑云顿生:这盒子在路上运来运去十来天,黄油怎么还没发臭?

他和菲利佩克一商量,便把木盒子留下,待邮递员走后,便提出打开木盒子。菲利佩克为了案子,他毫不犹豫地拿来榔头,打开了木盒子。谁知盒子一打开,哪里是什么黄油,竟是一盒子泥土!

卡塔立刻断定,海兰卡的死和寄这木盒子的霍代克有关。于是,他把盒子收藏好,便往庄园找霍代克去了。

卡塔走进庄园,见霍代克正低着头坐在一堆木头上。卡塔上前,开口就直截了当地说:"管家先生,十天前,你寄过一个木盒子,你记得你写的地址吗?邮局给搞错了。"

霍代克见警官找上门来,不由一惊,赶紧镇定一下自己,用若无其事的口吻说:"那东西错了就算了,我自己也忘了是给谁寄的了。"

卡塔望望他,又问了一句:"你知道那是什么黄油吗?"

霍代克一听这话,惊得差点跳起来,脸变得煞白,但随即他又嚷嚷起来:"你这是什么意思,你为什么来找我的麻烦?"

"找麻烦?"卡塔一字一句,语气肯定地说,"管家先生,请别装糊涂了。邮局的海兰卡小姐是你谋害的!那天,你故意拿个写了假地址的木盒子叫她称。在她称木盒子时,你把手伸进窗口,从抽屉里偷了两百克朗。可正是这两百克朗却断送了海兰卡宝贵的生命!"

霍代克开始哆嗦了,喃喃说着:"你胡说,我偷两百克朗干什么?"

"干什么?"卡塔眼里几乎喷出火来,"你为了把你的未婚妻朱利叶调到这里来,先偷了钱,再叫你未婚妻写匿名信诬告海兰卡,是你们合谋把可怜的姑娘逼死了。你们是杀人凶手!你们犯了罪!"

霍代克这下吓瘫了。他双手捂住脸,倒在木头堆上号哭起来,他后悔地边哭边说了他的作案过程:"我万万没想到她会自杀啊!我以为她最多是被开除……她家很富有,不在乎挣这么点钱,她完全可以回家呆着。我只不过想同朱利叶结婚,我们分居两地,要想团聚,就得有一个人退职,可我们靠一个人的工资是不够用的……所以,我就想方设法让朱利叶调到村里的邮局来。警官先生,我们已等了五年了……"他说到这儿,"扑"跪在卡塔面前,要求宽恕。

听了霍代克的哭诉,同情之心在卡塔胸中油然升起,但一想到屈死的海兰卡,心中又很恼怒。他想了想,说:"你听着,你把两百克朗拿出来,但我得警告你,在我没把事情办妥之前,不许你去找朱利叶,否则,我就告你盗窃罪。还有,如果你要去自杀或干出别的蠢事,我就把你搞的这些见不得人的事揭露出来。记住了吗?"

离开庄园,卡塔独自坐在星空下整整想了一夜,思考着如何处理这案子。他想,如果去告发,霍代克最多被关押几个星期,因为海兰卡虽说被他所害,但他毕竟没亲手杀她。但对这对自私自利不顾他人死活的男女,不处罚也不行。卡塔想了好久,终于想出了一个办法。

第二天一早,卡塔来到邮局,见柜台后面坐着一个脸色苍白的高个子姑娘。他上前招呼道:"朱利叶小姐,我要寄封挂号信。"边说边递过信。朱利叶见信封上写着:布拉格邮局经理收。她瞟了卡塔一眼,就准备贴邮票。卡塔见她不动声色,忙说:"小姐,请慢。我这封信是揭发有人偷了你前任的两百克朗的。这挂号要多少钱?"

"三个半克朗。"朱利叶虽然只说了一句,但她的脸已开始发白了。

卡塔付了钱,又拿出了两百克朗放在桌上,说:"你把这钱随便放在什么地方,并自然地把它找出来,以证明死去的海兰卡没有偷钱,那我就不发这封信。你明白我的意思吗?"朱利叶一声不吭,两眼呆滞,人像一尊石像,站在那儿一动不动。

卡塔见她不吭声,就用警告的口吻说:"再过五分钟,邮递员就要来了。怎么样?要我收回这封信吗?"朱利叶回过神来,终于点了点头。

约莫过了二十分钟,邮递员奔到卡塔面前,嚷道:"警官先生,海兰卡的两百克朗找到了,是那位新来的小姐无意间从一本邮汇价目表里发现的。唉,可怜的海兰卡死得太冤了!"

卡塔说:"你快去告诉大家,让大家知道海兰卡是清白无辜的!"

卡塔终于实现了誓言,为海兰卡洗刷了耻辱,还了她的清白。接着,他要开始惩罚霍代克和朱利叶了。

这天,卡塔又来到庄园,拜访了老庄园主,请他立即把霍代克调到他那最远的庄园去,如果霍代克不肯去,就把他辞退,并要求庄园主不要问为什么要这样做。庄园主见卡塔一脸严肃,猜想准是某个案子的需要,就同意了,并立即叫来了霍代克。

霍代克进来一看到卡塔,他的脸白了,人像根蜡烛一样直直地站着。

当他听庄园主要调他去另一个庄园时，他望着卡塔，眼中露出了极度的无奈和痛苦。接着，便爬上马车，像个木头人似的坐在上面，让马拉着离开了庄园，越走越远。

邮局里的朱利叶小姐那苍白的脸更苍白了，而且添了皱纹，脾气越来越坏，见了谁都恶狠狠的……

(原作：卡雷尔·恰佩克 改编：劳沉)

(题图：李 加)

终极考验

临终遗愿

埃韦伦是位事业成功的女性,她在莱茵市拥有一座私人医院。但她的性格里有个致命的弱点,那就是多疑,她经常无故怀疑别人对自己不忠诚,这伤了很多朋友的心。丈夫逝世以后,埃韦伦的脾气变得更加古怪,动不动就怀疑儿子摩根在打自己财产的主意,为此母子俩经常吵得面红耳赤。在又一次激烈的争吵过后,摩根愤愤地宣布,自己不要母亲一分钱,同时和她脱离母子关系,到大洋彼岸的另一座城市谋生去了。

如今,埃韦伦老了,还患上了晚期肝癌,医生说她的生命不会超过半个月。想到自己即将离别人世,埃韦伦突然万分想念儿子摩根。

这天,埃韦伦在病榻前把一张小纸条交给了自己的情人霍夫曼,纸条上面写有儿子的电话号码,她用虚弱的声音对霍夫曼说:"请你跟我儿子通个电话,告诉他,他的母亲就要死了,如果他能回来向我认个错,跟我和解,我就把医院作为遗产留给他;如果他不肯,那么医院就是你的了。你能做到吗?"

霍夫曼庄重地点点头,说:"您放心,我马上就去办这件事,没有什么事情比这更加重要了。"

埃韦伦微微点了点头,说:"我相信你对我的忠诚,请不要让我失望。我已经把这事写成遗嘱放在我办公室的保险柜里,到时候,我的律师会向大家宣布。"

霍夫曼握着小纸条匆匆退出了病房,按着小纸条上的电话号码,他很快拨通了大洋彼岸摩根的电话。在电话里霍夫曼只和摩根谈了一分钟,摩根就爽快地答应三天后飞回莱茵市来看自己的母亲。

三天以后,霍夫曼开着一辆小车来到机场,他在出口举着一张报纸,报纸上大大地写着"摩根"两个字。因为他不认识摩根,他是摩根离家出走以后才被埃韦伦从外地聘来医院的。他的医术非常精湛,医院里所有的医务人员都信服他,埃韦伦的肝癌就是他第一个查出来的。同时,他也是个颇有心计的人,他知道埃韦伦是一个人生活,就总在生活上无微不至地关心她,很快赢得了她的芳心,两人同居了。

一会儿,一个四十来岁的中年人提着行李箱走过来,说:"您好!我就是摩根。"

霍夫曼听出来了,这声音就是三天前自己在电话里听到的,他赶紧说道:"我是霍夫曼,您好!"

两人礼貌地握了握手,霍夫曼领着摩根往机场外走去,摩根有些迫不及待地说道:"霍夫曼先生,您说我的母亲非常想念我,她真的愿意跟我和解、不计前嫌吗?"

"没错,真的是这样。"霍夫曼边走边说,"她的确是这么对我说的。"

摩根又问:"现在我母亲身体怎么样?"

霍夫曼笑着说："还好，您回来得很及时。"

摩根听了，露出了欣慰的笑容。

杀人灭口

两人上了霍夫曼的小车，小车很快驶离机场，向医院开去。路上，摩根一边兴致勃勃地看着窗外的风景，一边滔滔不绝地说着话。在一个三岔路口，前面亮起了红灯，小车停了下来，霍夫曼从身上掏出一块手帕，突然捂住了正在看风景的摩根的口鼻，摩根圆睁双眼来不及惊叫就昏了过去。从车窗外看进来，摩根就像累了，正靠在座位上休息一样。

霍夫曼拿开手帕，耸耸肩，说："对不起，摩根，手帕里放了麻醉剂，你的话太多了，我想让你休息一下。"

红灯灭了，绿灯亮了，霍夫曼一打方向盘，小车朝着与医院相反的方向驶去。一个小时后，小车驶进了一座深山。霍夫曼停下车，从后座拿过一个医用小皮箱，从里面拿出药水和针管，给昏迷的摩根打了一针。这一针下去，摩根就永远地睡着了，再也醒不过来了。接着霍夫曼把尸体丢进一个深涧，连同那个行李箱，最后他开着小车若无其事地回到了医院。

此时，埃韦伦已经处于弥留之际，她在病床上最后一次睁开眼睛，满怀希望地看着霍夫曼，霍夫曼轻轻摇了摇头，那意思是：摩根还没有到。埃韦伦轻叹了口气，流下一行热泪，无奈地闭上了双眼。埃韦伦死了。

埋葬了埃韦伦以后，医院所有员工及埃韦伦仅有的几个亲属朋友聚集到了埃韦伦的办公室，律师和两个公证员打开了办公室里的保险柜，取出了里面的遗嘱。

律师手拿遗嘱缓缓地念道："我很难过，我就要离开这个让我万分依恋的世界了，这是自然法则，谁也躲避不了。离开之前，我最想念的是我的儿子摩根，我不知道这些年他过得怎么样，不知道他是否愿意跟我和解，不知道他是否会在我死后回到医院。为此，我郑重声明：一、如果我的儿子摩根回来了，并向我认错，那么，摩根将继承我的一切，包括我的私人医院；二、如果我的儿子不愿意回来，那么，我的情人霍夫曼先生将继承一切，是他对我的忠诚赢得了这一切。立遗嘱人：埃韦伦。"

念完，律师和两位公证员小声交流了几句，然后，律师高声喊道："摩根，摩根先生来了吗？"

站在人群最前面的霍夫曼听了，嘴角露出一丝不易察觉的冷笑，他像其他人一样，装模作样地往后看去。人群经过一阵小声喧哗之后，很快安静了下来。

律师再一次叫道："请摩根先生到前面来。"

还是没有人应声。律师无奈地耸耸肩，转过身又和两位公证员小声交谈起来。

霍夫曼轻舒了口气，满意地低下头，他等着律师叫自己的名字。律师终于转过身来，大声说："摩根先生既然没有来，按照遗嘱，那么请……"

就在这时，一群警察闯了进来，他们径直走到霍夫曼面前，其中一个胖警察严厉地说道："霍夫曼先生，你涉嫌谋杀史密斯先生，我们要逮捕你。"

谁更忠诚

霍夫曼一听，大吃一惊，他很恼火警察在这个关键时刻来打搅自己，他有些气急败坏地叫道："警察先生，请不要在大庭广众之下诬蔑我，不然我要到法庭去控告你们。我根本就不认识什么史密斯先生。"

胖警察冷笑道："你当然不认识史密斯先生，你如果认识就不会谋杀他了。史密斯先生是大洋彼岸的一名私人侦探，一个星期前，他接受了埃韦伦女士的委托，对你的忠诚进行一次严峻考验，那就是，由史密斯先生冒充她的儿子摩根和你通电话，然后从大洋彼岸乘飞机到莱茵市和你见面。可是，和你见面之后，史密斯先生就失踪了，他的助手联系不上他，就到我们警察局报案。当然，他还提供了你们的通话录音。巧的是，有人在市郊深山里发现了一具尸体,我们立刻赶了过去,从尸体的衣兜里找到了身份证明,他正是史密斯先生。经法医检查,在尸体的手臂上发现了针眼。这一切不是你干的,又会是谁呢?"

霍夫曼一听,不由大惊失色。他万万没料到生性多疑的死鬼埃韦伦会让一个私人侦探冒充儿子,以检验自己对她的忠诚度,更悔恨的是,他把那个自称摩根的人抛下深涧之前,为什么就忘记去检查一下这个假摩根的衣兜呢?他浑身哆嗦地被警察戴上了手铐。

这时,一个满眼是泪的中年人踉跄地走进了办公室,有认识他的人当场惊呼道:"摩根——"

摩根悲伤地喊道:"我妈妈怎么了?她还活着吗?我接到妈妈的电话,想了几天几夜,终于想通了。她终究是我的妈妈呀,有什么事情不可以商量呢?所以,我回来了,我回来向她道歉,她还活着吗……"

(贺清华)
(题图:佐 夫)

蓝色命令

某国一份列有一百个间谍档案的名单被一个网站泄露了。政府虽然立即关闭了这个网站,但仍被敌对国截获了其中一个间谍的材料,这个间谍的代号是"狮子"。

敌对国国防部调查局局长立即把特工处处长叫来,交给他一份天蓝色封皮的行动计划,要他利用狮子引出潜伏的其他间谍,将他们一起暗杀掉。这次行动就叫"蓝色命令"。

蓝色命令立即付诸行动,国防部大楼表面上看依然平静如常,可内部空气却非常紧张。处长心里很清楚:这次行动绝非易事。但他万万想不到的是,这个代号为"狮子"的间谍实际上就隐藏在他们国防部的大楼里,是他属下的一个特工。

"狮子"真名叫托尼。不过此刻，托尼已经感觉到了自己的危险，因为他按惯例使用密码与自己的直接上司军情五处联系时，电脑上没有任何反应。托尼无法知道这是什么原因，但直觉告诉他，他现在必须尽快脱身。

　　托尼从抽屉的夹层里摸出一支手枪，装在西装口袋里，神色镇定地走出了办公室。走廊上没有任何动静，托尼暗暗松了口气，于是就像往常一样，走出国防部大楼，拐向右大街，不紧不慢地走上了蓝登大桥。平时托尼工作间隙的时候，也常常会到这儿来凭栏远眺，借以放松一下自己的神经，所以他今天的举动，并没有引起旁人的注意。可是就在他若无其事地下桥以后，突然不见了身影。原来他已经悄悄跃入河中，潜到了第三个桥墩旁的一个暗道里。这个暗道是当初军情五处派人秘密修建的，规定不到万不得已时不能使用，如今它成了托尼的"救命暗道"。托尼在暗道里游了十多米，开始感到脚下踩着地了，他立即钻出水面，找到一扇铁门，用密码打开门上的大锁，里面是一个密室，密室里有一张床和一台电脑，这正是托尼所需要的！托尼迫不及待地利用这台电脑再次与军情五处联系，依然什么反应也没有。托尼心里明白：军情五处一定出了问题，他被抛弃了。

　　托尼不死心，抱着最后一线希望与他从未见过面的几个单线联系，几分钟之后，两个代号分别为"狐狸"和"野猪"的间谍给他发了回电。狐狸的电文说：明晚9点，六号地点见面，暗号是按动三次打火机。野猪则与他约定：明晚12点，二号地点见面，暗号是一个银酒杯。

　　托尼终于舒了口气，在危急关头还能遇到朋友，真是一件值得庆幸的事。现在国防部是不能再回去了，托尼索性脱下湿漉漉的衣服，放心大胆地在床上美美地睡了一觉。

　　密室里有各种备用衣服，第二天晚上，托尼就化装成一个白发苍苍的老人，把手枪插入怀中。这支手枪是特制的，装着八发特大号子弹，每发都相当于一枚小手雷。他顺着墙角的梯子进入密道，直通大桥，然后在桥上拦了一辆出租车，8点45分的时候，赶到了六号地点。

　　六号地点是位于市郊的一家豪华餐厅，托尼选择了角落里的一张桌子坐下。这时候，一个身穿燕尾服的侍者走了过来，殷勤地问道："先生，您需要点什么？"

托尼说："一杯白兰地，一份煎牛排。"侍者似乎并没有理会托尼的答话，而是从口袋里掏出一枚精致的打火机。托尼的神经立刻绷紧了，这是"狐狸"与他约定的暗号。

"啪"侍者按动了打火机，像是要去点燃餐桌上的蜡烛，就在打火机的火苗快要接触到蜡烛时，打火机灭了。紧接着，侍者又打着了火，可是又灭了。餐厅里并没有风，打火机的火苗不会被吹灭，托尼很清楚这一点。就在这时，侍者手中的打火机第三次按动了，这一次他终于点燃了餐桌上的蜡烛。

暗号完全正确，但是托尼并未急于表明身份，因为他注意到对面桌上用餐的两个男人，正有意无意地往他这边看，而且他还发现，调查局特工处那个处长正坐在餐厅角落里，狼一样地监视着每一个进餐厅的人，自己因为化了装，一时没被认出来。侍者真就是"狐狸"？托尼心里暗思量：军情五处的特工难道会如此暴露地发暗号？况且最重要的一点是，现在还没有到9点整，那个侍者就提前打出了暗号，军情五处的人向来以准时著称，这种时候难道还会犯如此低级的错误？

看来，国防部已经掌握了他们这次约会的情报，托尼决定尽快离开餐厅。可是晚了，大门已经被几个侍者堵住了！现在没有退路了，要想救"狐狸"和自己，唯一的方法就是把这里搞乱，趁乱脱逃。托尼立即起身向门口走去，三个侍者拦住他说："先生，您还没结账呢！""噢，我忘了。"托尼假装伸手去掏钱包，一拳把中间的侍者打翻在地，随即变拳为肘，又把左边的侍者打得趴在地下，右边的侍者想去掏枪，也被托尼一个扫堂腿掀翻在地。与此同时，托尼摸出手枪，朝着扑过来的两个大汉开了一枪，子弹爆炸了，两个大汉被炸得血肉模糊。

托尼彻底暴露了，埋伏在四周的特工纷纷把枪口对准他。托尼反应极灵敏，向后一仰躺在地上，"砰砰砰"一连三枪，把餐厅里的吊灯全部都打灭了。餐厅里漆黑一团，只有子弹在四处横飞。特工处长急得用对讲机冲手下人大叫："别乱开枪，抓活的！"

这时候，托尼已经悄悄地移到餐厅门口了，隔着玻璃门，他看到一辆敞篷汽车停在门口，汽车内有火光一闪一熄地亮了三下。托尼一看，夜光表上显示正好9点整。暗号出现得非常准时，而且餐厅门口既安全又隐蔽，这才是军情五处的作风。托尼一脚把门踢开，一个鱼跃跳上了汽车，大喊一声："'狐狸'，开车！"敞篷车像箭一般驶向了公路，把追出门来的特工处长和他的手下远远地甩在了后边。

托尼这时才发现，这个代号叫"狐狸"的同行，是一个金发碧眼的漂亮姑娘，穿着一身黑色的紧身衣，年龄在二十岁左右。姑娘冲托尼一笑："你怎么知道我是'狐狸'？"

托尼沉着地说："凭直觉！"

姑娘看了托尼一眼，说："我的真名叫梅丽莎，你呢？"

"托尼！"托尼回答之后，又问，"你为什么在餐厅门口打暗号？"

"迫不得已，"梅丽莎说，"你在电脑网络上发布消息，狩猎者一定会看到；而为了救你，我又不得不来。所以我把车停到餐厅门口，如果你刚才再晚3秒钟出来，我会马上离开那儿的。六号地点的暴露，说明我们军情五处内部出了叛徒。"

托尼问："军情五处是不是已经抛弃我们了？"

梅丽莎点了点头："他们这样做是有理由的，这叫舍卒保帅，这个道理你应该明白。"

托尼有些惊异面前这个女人的冷静，在这种险恶的环境下，她还能表现得这样理智，简直让人难以相信这是个才二十来岁的姑娘。托尼看着眼前这个金发飘逸的俏丽女子，敬佩和爱慕之情油然而生。

六号地点的约会是脱险了，那么12点钟二号地点的约会怎么办呢？"野猪"同样面临着巨大的危险。现在通知约会改期已不可能，只有到时候见机行事，设法不让他暴露。托尼便和梅丽莎细细商量起来。

二号地点是一座天主教堂。夜里11点半的时候，教堂里陆陆续续来了许多做祈祷的人。这回，特工处长亲自在教堂门口，严密监视着每一个出来进去的人。他的手下装成信徒混在祈祷的人群里，教堂外面也布满了便衣警察，只等托尼他们出现，就采取行动。

12点的钟声马上就要响了，祈祷仪式即将开始，这时在靠墙的人群中，忽然有人举起一只亮闪闪的银酒杯，在灯光的映照下分外耀眼。举这只银酒杯的人，其实就是托尼，他现在化装成了一个白发老妇人。托尼从刚才六号地点约会时侍者假接头得到启发，故意违反军情五处约会接头的严格规定，既不守时又如此张扬，目的就是要保护"野猪"不再暴露，并及时撤退。托尼的行动果然生效，特工们在处长的指挥下虎狼一般朝他扑了过来。这时"当当当——"教堂钟声响了，托尼虽然不认识"野猪"，但他知道，"野猪"已经没有危险了。

托尼被特工们用枪挟持着来到特工处长面前。这时候，梅丽莎近在咫尺，不过谁也没有把旁边这个娇弱的女子放在眼里。特工处长得意地瞧着托尼，用胜利者的口气命令道："把他带回去！"谁知话音刚落，梅丽莎以舞蹈般的动作瞬间就把挟持托尼的两个特工打倒在地。托尼也就势抓住时机，向身后的两个特工以肘击和手劈的方式发起进攻，将他们一一击倒。

教堂里的人乱成一团，托尼拉着梅丽莎的手奋力挤出人群，按预先商量好的计划向旁门跑去。没料到特工处长不知从什么地方钻了出来，一个箭步挡在了他们面前。托尼把梅丽莎向旁边轻轻一推，说："这是两个男人之间的较量，你不要插手。"只见特工处长摆了一个空手道的进攻姿势，怪叫着冲了上来，左右拳频繁出击，还不时加入几招凶狠的腿法。托尼看特工处长的拳路几乎毫无破绽，便一边防守一边后退着。特工处长尽力施展拳脚，一直把托尼逼到墙边，但他毕竟上了年纪，动作渐渐慢了下来。就在这时，托尼忽然向特工处长的肋部猛踢一脚，紧接着后旋踢又跟了上来，特工处长只觉得眼前一黑，便倒在地上。

门外的警察想冲进教堂，却被纷纷往外涌的人流堵住。托尼和梅丽莎趁机跑进忏悔室，拉开椅子上的坐垫，是一个地道口，这就是二号地点的秘密出口。两人迅速潜入地道，直奔港口。追踪而来的特工和警察向他们疯狂射击，托尼不容分说地对梅丽莎喊道："快上汽艇！"

梅丽莎大声喊道："你怎么办？"

托尼说："我在这儿掩护你，三个月以后，咱们在莱斯湖见！"子弹的呼啸声几乎把托尼的喊声淹没了。

梅丽莎犹豫不决地上了汽艇，托尼则留下来阻击。他一边反击一边向停泊在港口的一艘摩托艇靠拢，随后一纵身跳上摩托艇，紧拉了几下拉环，发动机就启动了，托尼就像水面上的鱼鹰一样，拖着长长的浪花飞驰而去。特工处长这时已带着特工们追了上来，他气得从旁边一个港口警察手里夺过一支装有瞄准镜的自动步枪，朝着摩托艇就是一阵扫射。托尼的摩托艇顿时变成了一团火，那火光一瞬间把漆黑的海面映得通红，也照亮了梅丽莎脸颊上滚落的泪花。

三个月后在莱斯湖畔，梅丽莎久久地伫立着，那双幽怨的眼睛注视着远方，她在怀念那个留在异国他乡永远不能赴约的年轻人，三个月前短短几小时的接触，梅丽莎已经喜欢上那个智勇双全的同事了。

"你还好吗？"一个熟悉的声音在梅丽莎耳畔响起，梅丽莎惊喜地回头，她竟看到了那个让她朝思暮想的年轻人。

梅丽莎惊喜地说道："你……"

托尼抬起缠着绷带的胳膊，笑着说："他们的枪法很差。"

梅丽莎脸上露出了甜美的笑容。

（编写：张　勃）
（题图：箭　中）

蔷薇花案件

珍贵的礼物

解放初期的一天,上海发电厂总工程师陆宗祥五十大寿,宽敞的厅堂里张灯结彩,高朋满座,笑语声声,喜气洋洋,显得格外热闹。

陆宗祥为什么受到人们这样的尊敬呢?这是有原因的。他不仅是一位有名的电业专家,更有一颗爱国之心,一副铮铮铁骨。解放前夕,他拒绝了国民党的威逼利诱,和工人们一块参加了护厂斗争,后来在地下党的领导下,历尽艰辛,终于取得了斗争的胜利,迎来了新中国的艳阳天。

正当客人们向陆宗祥频频道贺的时候,驻发电厂军代表代表市政府领导登门向陆总工程师祝贺来了。接着,公安局孙其副局长也派通讯员送来了贺礼。两位政府要员的贺词与贺礼,顿使厅堂锦上添花,更使陆宗祥感到脸上增光。这时,贺寿热烈气氛达到了高潮。陆宗祥从通讯员手中接过孙副局长送来的一只精致的红盒子,打开一看,是一幅中堂。他慢慢展开来,只见上面写着四个大字:益寿延年。那笔触苍劲有力,雄健浑厚,恰似龙飞凤舞。满堂宾客顿时齐声称赞:"好书法!"

陆宗祥刚挂好中堂,不知谁说了句:"还有一件呢!"陆宗祥这才发现盒子里面还躺着一样用红绸布包着的东西,打开一看,竟是一只银光闪闪的手表。

陆宗祥看着这只手表,心里说:孙副局长呀孙副局长,自从在护厂斗争中与你相识以来,深受你的教诲。今天你送来的亲笔中堂,已使我坐卧不宁,再送手表,你叫我陆宗祥怎么承受得了啊!他激动地把表捧在手里,掂了一掂,呀!怎么这么沉哪?再一看,啊!他惊讶了。怎么呢?只因为陆宗祥平时就有品评手表的爱好,孙副局长今天送来的不是一般手表,而是一只比黄金表还要名贵的稀有白金表呀!如此珍贵的礼物,陆宗祥觉得受之有愧!

陆宗祥感到不安起来,他觉得应该向孙副局长当面表示谢意:您的盛情我心领了,但礼物无论如何不能收。所以等宾客一走,他就直往公安局而去。

陆宗祥来到公安局局长办公室,孙副局长不在,被市领导找去开会了。一位姓盛的秘书接待了他。

盛秘书四十来岁,瘦削的身材,白皙的皮肤,说话慢条斯理,一副文质彬彬的样子。他听了陆宗祥的叙述,看了看这只白金手表,想了想,说:"陆总工程师,这件事叫我难办啊!表是孙副局长送给你的贺礼,我把它收回,恐怕不妥吧?"

陆宗祥想想也有道理,便说:"那好,等孙副局长回来后我再来。"

陆宗祥刚走出办公大楼,就见从大门外驶进来一辆吉普车,车子一停,"噔噔噔"从车上跳下三个人来。为首的一个,三十左右年纪,高个儿,方脸盘,两道浓眉下一双眼睛显得沉着、坚定，走起路来步伐矫健、利索，一股生气勃勃的军人气派。他是谁？公安局侦察科科长关涛。关涛原是市领导麾下一位有丰富战斗经验的年轻指挥员，上海解放以后，是市领导亲自把他留下来，派到公安局任侦察科科长的。紧跟在关涛身旁的，是他两位助手，他们都是二十来岁的小伙子。一个姓蔡名力，长得五大三粗，膀阔腰圆，浑身肌肉鼓着疙瘩，好像永远有使不完的劲；一个姓王名允，中等个儿，体形稍瘦，但显得灵巧精明。

今天，他们三人刚执行任务回来。关涛他们一下车，一眼便看见了站在大楼门口的陆宗祥，连忙走上前去问道："陆总工程师，你怎么来啦？"

关涛曾经去过几次电厂，跟陆宗祥打过交道，他们已经很熟悉了。陆宗祥听到关涛主动叫他，连忙迎了上来，说："关科长，你回来得正好，有件事想劳驾你。"接着便把孙副局长送白金手表的事说了一遍。最后，他掏出手表，交给关涛说："孙副局长的心意我领了，请你一定代我表示谢意。"

关涛听着就感到奇怪，他接过表来一看，的确是一只非常名贵的白金手表，但是，表壳却是光滑平整的，既无牌名，也无厂名，更不知是哪个国家的产品。更稀罕的是，这只表严丝密缝，连表盖也不知从何处开启。在一旁的蔡力和王允也看呆了。

看着，看着，关涛双眉紧锁，疑窦顿起：这是孙副局长送的吗？会不会有人冒充呢？他把自己的想法告诉了陆宗祥，陆宗祥却以十分肯定的口吻说："没错，是放在孙副局长送来的中堂盒子里的，我亲手从通讯员手里接过来的。"

关涛听说是通讯员送去的，立即吩咐王允去问通讯员。王允回来报告说，中堂确实是通讯员送去的，通讯员从孙副局长处拿了中堂以后，一直没有离手，只是在送去的路上被一个过路人撞了一下，但盒子并没脱手，他也没有到其他地方去过。但盒子里到底有些什么，他没打开过，不知道。

关涛正觉得事情蹊跷，孙副局长打来电话，叫他立即去一下。关涛马上带着陆宗祥和蔡力、王允一起来到了孙副局长的办公室。

他们走进局长室，只见孙其副局长坐在他的办公桌前。孙副局长四十来岁，也许因为从事过地下工作的缘故，过早地增添了白发，他平时遇事稳重，话语不多。

陆宗祥一见孙副局长，紧走几步，双手紧紧握住对方的手，激动地说："孙副局长，您的盛情我心领了，可这么贵重的白金手表，我无论如何也承受不了呀！"

孙副局长一怔，但语气还像往常一样平稳地问："送什么手表？我好像还没那么阔吧！"陆宗祥一听愣了。关涛连忙插上去把事情经过说了一遍，然后把表递了过去。孙副局长看了看，双眉紧锁起来，连连摇头。

是谁送表还要借公安局长的名义？他的目的是什么？关涛的脑海里猛然闪过一个念头：陆宗祥是发电厂的总工程师，发电厂又是上海的眼睛。敌人早就打发电厂的主意了，"二六轰炸"就是以发电厂为重点轰炸目标的。如今，敌人会不会改变手腕，施展更毒辣的招数从暗中破坏呢？想到这里，他向孙副局长建议，把这表送技术科检查一下。孙副局长顿了顿，也点头同意了。

蔡力和王允马上拿了手表去技术科，过了一会，两个人神情紧张地回来报告说，经检查，表内装有定时炸弹，爆炸时间是三天后的下午四时正。定时装置外形是一朵极小的绿色蔷薇花。

一听是定时炸弹，陆宗祥惊呆了。孙副局长的脸色严峻起来，他愤愤地说："看起来，敌人的行动倒蛮快的呀！"

原来，这次会上，市领导就一再强调要公安局重点保护发电厂。孙副局长今天就是趁会议休息的空隙，赶回来找关涛研究具体部署的，没想到敌人已经动手了。

接着，他们便分析起这件突然发现的案子来。开始有人感到迷惑不解，这么个小小的炸弹，能有多大威力，能炸毁那么大一个发电厂？但是经过仔细分析认为：如果发电厂内隐藏着敌人，到时候设法把陆工程师引到要害处，敌人的阴谋就可以实现。看法统一后，孙副局长总结说："敌人既然打上门来，我们只得应战了。我的意见是：一、这两天陆总先不戴这块表，来个'引蛇出洞'让敌人先急一急，说不定会自动跳出来呢！如果有人向您打听有关表的事，请立即与我们联系；二、立即查清这块手表的来历，这件事由关涛负责；三、看来，这是一个大案，事关保卫上海人民的生活和安全，有情况必须立即向我汇报！"

手表的来历

为了查清这块白金手表的来历，第二天一早，关涛和蔡力、王允分头行动。三个人整整奔波了一天，晚上回来一碰头，结果是一无所获。在这么大的上海，要寻找一只手表的主人，真好比大海捞针！这一夜，三个人都没睡好觉。

第三天中午时分，关涛头戴礼帽，鼻梁上架着一副宽边眼镜，西装革履，步履潇洒地穿行在人群熙攘的南京路上。他来到一门面不太显眼兼营收购的钟表店，刚走到柜台前，店老板就笑容可掬地迎上来。关涛接过老板敬来的香烟，吸了一口，便开门见山地说："我有个朋友有块手表，因急于要一笔钱用，想把表脱手，开价就要五百万（编辑注：解放初期第一套人民币最大面额为50000元）。我看这手表半新不旧的，能值这么多钱吗？一时拿不定主意。你老板是行家，我想请你看看，帮我估估价。"

老板一听面前这位阔客谈吐不凡，想必有些来历，不敢怠慢，忙说："好说，好说，先生既然信得过小店，本人一定为先生效劳。"

"那就谢谢你了。"关涛一面说，一面就掏出了白金手表，递了过去。

老板接过手表，顿时眼睛一亮，呀！白金手表！光是这表壳上的白金，也不止值五百万哪！不禁脱口赞道："好表，好表哇！"

关涛不露声色地问："何以见得呢？"

"这……"老板忙收住话头。为什么呢？因为这个老板见这块表太名贵了，有心出六百万把它收进来，也好捞一笔，但后悔自己万不该一时冲口而出，把表说得太好了。你这么一咋呼，对方还肯脱手吗？所以马上转口说："表倒是好，只是没有厂标，没有牌名，不好估价。如果先生不愿收进的话，本店倒可以破费，付现钞六百万，不知先生意下如何？"

关涛想：呵呵！敲到我头上来啦！便神秘地凑上前去，轻声说："不瞒老板说，我也是吃这行饭的，我那朋友跟我打了赌，说是如果我能报得出此表的家门，就把这块表送给我。我真被他'将'住了，听说老板你是钟表业的老行家了，所以特意来向你请教的，如果你老板指点一二，增长鄙人的见识，我是不会白白烦劳你的。"

老板一听，心想：多一个朋友多一条路，尤其这号人物，不能怠慢。于是忙满脸堆笑，说："先生，你太客气了！不过，这块表确属罕见，我也说不出它的来历。如果先生要弄清它的来历，我倒可以给你介绍一个人。"

"谁？"

"老广东。"

"老广东？"关涛在钟表同业公会也曾听到过有这个人，不过还不清楚他的下落，如今听老板提起，便问，"他是不是姓马，曾经是个钟表巨商？"

"对对！此人过去也开过几家钟表店，因生性好赌，把多年挣得的几爿店输了个精光，落到做起了钟表贩子。但他见多识广，算得上是罕见的钟表专家！只要找到他，包你解决问题。"

"此人现在何处？"

"要说他确切去处，这就难了。他终日东游西荡，收货进货，倒卖转手，像只无头苍蝇，没个定准。"老板略一沉思，好像想起了什么，"不过，此人自从在赌场上栽了跟头，倒是洗手不干了，但他还有爱品茶、好饮酒的嗜好，茶楼酒肆少不了他这位座上客，也是他洽谈生意的场所。"

关涛听老板这么一说，心中暗暗着急：难找啊！这么大一个上海，茶楼酒肆成千上百，岂不又要大海捞针吗？时间不允许呀！

老板在一旁看出了关涛焦急的神情，加上他自己也想弄到点好处，便安慰说："先生不必着急，只要他在上海，就不愁找不着。四马路一带经常有做表生意的，我也帮你打听打听。"

关涛一听，连声道谢说："好！只要鄙人进财得利，定忘不了老板你的好处。"说完，告辞走了。

为了争取时间，当天下午关涛又和蔡力、王允分头行动，查访了好几个地方，但仍然杳无音讯。怎么办？时间一分一秒地过去，眼见夕阳西照，一天又要过去了。这时，关涛忽然想起钟表店老板说的，那老广东有喝酒品茶的爱好，何不到四马路青莲阁去坐等一会？青莲阁虽不是个十分热闹的茶楼酒肆，但也以小巧雅致而小有名气。

关涛来到青莲阁，挑了一个临窗的座位坐了下来，要了几碟小菜，打了一壶好酒，一边自斟自饮，一边双眼不时地注意着在座的品茶饮酒之客。

关涛坐了好一会，也没看出哪个是老广东，心里不免有些着急，又不好一个一个地去打听，这可怎么办？对！来他个"放钩等鱼来"吧，只要你老广东在，就不愁你不自动亮相。关涛这么一想，就把袖管卷起一道，让手腕上戴着的那块白金手表露出来，就着从窗外斜射进来的阳光，故意把手腕晃了几晃，那亮闪闪的白金手表，好像是一面小镜子，"刷刷刷"把日光反射过去，在茶楼里闪了几闪。这一闪不打紧，对面角落里座位上一个瘦矮个子"噔"两道目光就被吸引了过来。关涛看在眼里，不动声色，悠然自得地从盘里拿了几颗油氽花生米，丢进嘴里，津津有味地咀嚼起来。

那瘦矮个子坐不住了，他晃晃悠悠地走了过来，满脸堆笑，操着浓重的广东口音问关涛："先生可是贵姓刘？"

"不，我姓张。"关涛听其音，心想：莫非此人就是老广东？他怎么开口就问我是不是姓刘呢？看来其中有奥妙。关涛便招呼道，"先生喝酒吗？请坐！你贵姓？"

"嘻嘻！鄙姓马，人称'老广东'。"

"啊！久仰，久仰！"关涛高兴得几乎跳起来。他连忙请老广东入座，大大方方地对茶楼伙计说，"我有客，打壶最好的酒，再添几只好菜来。"

老广东忙说："别客气，别客气！素昧平生，怎好叨扰呢？"

关涛说："哎！都是生意场上人，一回生二回熟嘛。"

老广东几杯好酒一下肚，更来劲儿了，指着关涛手腕上的手表说："张先生，这表是你自己的吗？"

"是的。"

"不不不！"老广东的头摇得像拨浪鼓，用很肯定的语气说，"张先生，真人面前不说假，请不要见怪，据我所知，你绝不是这表真正的主人！"

"啊？马先生你这不是小看人了吗？"关涛心里却不由十分佩服老广东的眼力。

老广东还是笑着说："不是我瞧不起张先生，因为这块表实在非比一般，在当今世界上是独一无二的，它的主人姓刘。先生你……"老广东没说下去，只是摇了摇头。

"马先生真是好眼力，不愧是钟表行家，这块表确实是鄙友刘先生的。"说着，关涛又递过去一支烟，"不过，马先生说这块表世上独一无二，未免言过其实了吧？"

经关涛这么一捧、一激，老广东话匣子打开了："一点也没夸大，这事是鄙人亲眼所见！"于是，老广东便滔滔不绝地说出了这块表的来龙去脉。

事情发生在十多年以前。瑞士有一位钟表巨商，一次贩运大批名表漂洋过海，谁知东渡太平洋时遇上了海盗，名表被洗劫一空，他死里逃生，逃到了上海。虽说这位瑞士钟表商原在上海也结识了些生意场上的朋友，可是一旦破产，就弄得借贷无门了。他想向朋友们借几个盘缠回瑞士，却到处遭到白眼，没奈何，只好流落街头。在走投无路的情况下，他突然想到了曾有过一面之交的刘叶枫，当时他是棉纺行业的大老板。瑞士钟表商抱着最后一线希望，找到刘叶枫，说了自己的遭遇，恳求刘叶枫接济他一些盘费。刘叶枫倒也爽快，当即借给他两百万美钞。瑞士钟表商用这笔钱到南洋、澳洲贩了一批畅销货，辗转欧、亚、非、美四大洲，着实赚了一笔大钱。回到瑞士以后，又苦心经营了几年，陆续买了十家表厂，成了世界上赫赫有名的钟表大王。这位钟表商感激当年刘叶枫的相助之恩，就想出了一个罕见的报答方法,他把手下十个表厂最有名的工程师召了来,经过精心设计,以昂贵的白金做表壳,造了一块无与伦比的金表。开始,他也准备在表上刻上瑞士国名,打上本厂厂标,可一想,牌子再响亮,厂家再有名,也总还有个标价。于是他当即吩咐把制造这块金表的模子全部毁掉,不留国名、厂名,让世界上再也造不出第二块这样的表来,这才是真正的无价之宝。他也只有送这样的表,才能报答刘叶枫的大恩大德。

关涛一听,觉得有趣,说:"真有这么传奇吗?"

老广东眉飞色舞地说:"一九四五年抗战胜利以后,刘叶枫在一次宴会上曾炫耀过这块手表的来历,鄙人也亲眼看见过。"

关涛离开青莲阁以后,又寻访到了几位当年参加过刘叶枫宴会的人,并得到了他们的证实:白金手表的确是刘叶枫的。

这就怪了!刘叶枫解放前就离开了上海,一直身居南洋,他的白金手表怎么会出现在上海呢?是不是他去南洋时,早就有意留下来的?既然此表如此珍贵,又是朋友所赠,为什么又要用它来安装定时炸弹呢?又为什么会在孙副局长送的礼物内出现呢?看来,这都是一个个谜啊!

夜里,关涛独坐在灯下,正在思考这一系列问题时,王允走了进来,说:"关科长,据有关部门报告,刘叶枫已于昨天回国来了。"关涛听了这突如其来的消息,不由"啊"的一声"霍"地站了起来,脑子里立刻闪出一个大问题:刘叶枫这个时候突然回来干什么?

奇怪的病人

正当关涛听到刘叶枫突然回国的消息感到惊奇的时候,办公桌上的电话铃声响了起来,他抓起话筒一听,是南普医院雷院长打来的报案电话。关涛放下电话,心想:呵!这下热闹了,事情全堆到一块儿来了。他不由想起了市领导说的话:"这是另一条战线,仗有得你打的啰!只怕你用分身法也忙不过来哟!"他感到医院这案子来得奇特,必须立即去一趟,于是,当即叫来蔡力、王允:"上车,去医院!"

他们上了吉普车,车子如箭离弦一般驶出了公安局的大门,直向南普医院驰去。

那么,医院究竟出了什么案情呢?说起来确也有些奇特。就在这天傍晚约摸五点多钟的时候,有一辆黑色福特牌老式小轿车"呼"地开进了医院,"嘎"一声在门诊大楼前停下来。车门一开,从车上跳下一个架副墨色眼镜、戴一个大号口罩的男子,他环顾了一下四周,迅速从车上背下来一个病人,一转身,"噔噔噔"快步往急诊室奔去。

此时,正是下班的时候,值醫医生到食堂打饭去了,门诊大楼显得空荡荡的,只有走廊的另一端,有一个穿米黄色西装的大个子,闪了一下,便不见了。

不一会,从外面一前一后走进来两位身穿白大褂的医生。前面走的是位三十来岁的女大夫,名叫梅秀玉;后面是个男大夫,年纪略大几岁,名叫侯家如。两人都是急诊内科值班医生,刚打了饭回来。梅秀玉走进急诊室,见椅子上有个用毛毯紧裹着的病人斜倚在长靠背椅子上。梅秀玉一手端着饭,一手揭开病人头部的毛毯一看,"呀!"不由得惊叫了一声。走在后面的侯家如听见叫声,急忙走了进来,问:"梅大夫,出什么事了?"

梅秀玉呆在那儿,喘着气说不出话来,只是用手指了指椅子上的病人。侯家如上前一看,只见那病人双目紧闭、脸皮浮肿,脸上呈现出许多绿色的斑块,他也不由"哟"地叫出声来。

这时候,医院的雷院长正巧来到了这里。他见两位大夫惊慌失措的样子,很不满意,以责备的口吻说:"镇静!作为一个医生,难道还能怕病人吗?"梅秀玉和侯家如只好听任雷院长的责备,大气儿也不敢出。

雷院长亲自解开了裹在病人身上的毛毯,对病人进行了检查。病人脉搏微弱,生命处于垂危之中,雷院长便赶紧给病人注射了一针强心剂,然后,擦了擦额头上的汗珠,询问起病人的情况来。这一问,梅秀玉和侯家如都面面相觑,答不上话来。雷院长见他俩默不作声,更生气了,说:"你们刚才都到哪儿去了?"

梅秀玉胆怯地低着头,侯家如壮着胆子回答了一声:"我们……到食堂打饭去了。"

雷院长对擅离职守的人向来不留情面,他严厉批评道:"就非要同时都离开吗?你们就不考虑会有急诊病人吗?"

此时,病人注射强心针剂以后似有好转。雷院长问道:"你是什么时候发的病?家在什么地方?"病人只微微睁开双眼。雷院长又问,"你有什么话要说吗?"病人的嘴唇动了几下,却连一个字也吐不出来。过了好一会,只见他的眼睛睁开了两次,继而眼皮又连续眨了四下,接着,又挣扎着从眼眶里挤出两滴眼泪,然后,眼一闭,又昏过去了。雷院长一看,连忙说:"赶紧抢救!我再去叫几位大夫来协助你们。"

可是,等雷院长和几位大夫赶来时,急诊室里已空无一人。一位护士告诉他:"病人死了。"

"啊!"雷院长一惊,又问,"尸体呢?"

"送太平间了。"

"谁送去的?"

"梅大夫和侯大夫亲自送去的。"

雷院长愣了一下,问护士:"为什么不叫勤杂员送去呢?"

"这……"护士也说不清楚。

这时,天已经黑下来了,雷院长没再问什么,急忙朝太平间走去。当他来到太平间门口时,不禁惊住了:只见梅秀玉和侯家如两人倒在地上,晕过去了;担架车丢在一旁,尸体不见了。

雷院长把两人叫醒,问:"怎么回事?尸体呢?"

梅秀玉战战兢兢地说:"吓……吓死我了。"

雷院长火了:"究竟发生了什么事?怎么连尸体也不见了?"

侯家如这时好像清醒了一些,断断续续说出了事情的经过。他说,雷院长走后,病人抢救无效,死了。因正是交接班时,一时找不到勤杂员,没奈何只好自己和梅大夫用担架车把尸体送到太平间。当他们正要开门进去，不提防太平间大门"吱"一声自动开了，从里面"呼"地窜出一条黑影，把他们吓了个肝胆俱裂，以后就什么也不知道了。

雷院长感到事出蹊跷，问题严重。他要梅秀玉和侯家如去休息一会儿，暂时不要离开医院，自己立即给公安局打电话报案。

雷院长等在医院门口，把关涛等人迎进了办公室，把事情的前前后后如此这般地作了详细汇报，然后又带他们观察了现场。

关涛感到这确是一桩少见的案件：这个病人是谁送到医院来的？是什么病引起病人全身出现绿色斑块？又是谁劫走了尸体？他们的目的是什么呢？这些问题在关涛脑海里结成了一个个疑团，一时还无法解开。

他猛地想起雷院长曾说到病人似乎有话想说，但苦于说不出来，就只好用表情暗示。如果是这样，那么，病人睁两次眼睛、眨四下眼皮、又挤出两滴眼泪，是什么意思呢？于是，关涛就和蔡力、王允分析起来。

王允是个爱动脑子的人，他早就在思考这个问题了。如今见关涛把问题提出来了，便说："关科长，依我看，病人的这几个表情是连贯的，很有可能是表示一个什么数字。睁两次眼睛是否代表'2'？眨四下眼皮代表'4'……"

蔡力一听，马上插话说："挤两滴眼泪肯定就是'2'了，连起来准是'242'三个数字。"

王允摇摇头："不！如果挤两滴眼泪也是代表'2'的话，那么他不干脆再睁开两次眼睛算了。同一个数字，为什么要作不同的表示呢？我看是另有含义。"

"对！"关涛一边在静听着，一边急速地思考，他很同意王允的分析，"两滴眼泪，是不是代表两个'0'呢？"

一语中的，三个人同时豁然开朗："对！是'2400'！"

但这数字又意味着什么呢？门牌号码？汽车牌照？或者电话号码……总之，2400可能知道死者的情况；如果他是被害的话，也可能跟这个2400有密切关系。于是，关涛便对王允说："回去以后，马上请房管局、交通局、邮电局协助查清。"

"是!"

这时候,梅秀玉和侯家如进来了,他俩经过休息,神志已恢复了正常。他们请示雷院长,可不可以回去。关涛简单地问了一些情况,见他们也提供不出更多的东西,只好说:"你们先回去休息吧,以后少不得还要麻烦你们。"

两人刚转身走出门口,关涛突然又说了声:"请等一等!"

梅秀玉和侯家如不由一惊,脸"刷"地变得煞白。

挂钟与匕首

梅秀玉和侯家如刚出门要走,听到关涛又叫住他们,不由惊得脸色都变了。可关涛似乎并未介意,他转身对蔡力和王允说:"你们俩送两位大夫回家,路上要注意他们的安全。"接着,又压低声音说,"你们要注意观察,如果发现情况,立即向我报告,我在局里等你们。"蔡力、王允接受了任务,便分头送两位大夫回家。

蔡力送梅秀玉上路了。他这个人有个脾性,平日干重活抢在前面,冲锋陷阵,一马当先,可一见到女人,他的手脚就不知往哪儿放了。此时已是夜深人静,让他送一个女人,这一男一女走在大街上,像啥呢!他越走越感到不自在,只得和梅秀玉拉开几步距离,默默地走了一条街,又转过另一条街。

两人穿过了几条马路,进了一条弄堂里。梅秀玉站在一座石库门房子前,转身对蔡力笑笑,说:"蔡同志,我到家了,真谢谢你了。唷,我丈夫还没回家呢,你请到里面坐坐吧。"说着,掏出钥匙,打开了门锁,把门一推,邀请蔡力进去。

蔡力一听,心想:你丈夫不在家,深更半夜的,要请我进去坐坐,这算个啥话呀!反正我已安全地送你到了门口,尽到责任了。所以,他连忙说:"不,不!我该回去了。"

梅秀玉又说:"那……以后有空常来。"说完,看着蔡力转身走了,便跨进门,"吭当"把门关上了。蔡力见梅秀玉关了门,又折转身走到门前看了看门牌号码,又看到楼上亮起了灯光,他这才放心地往回走了。

再说王允送侯家如来到霞仙路和马齐南路交叉路口时,这儿有一家夜宵小店。侯家如指着店门对面的一幢楼房,说:"小王同志,二楼第三个亮着灯的窗户就是我的家。我今天被这具尸体搞昏了头,连晚饭都没吃,现在还真感到饿了。走,一块进去,随便吃点什么,我请客。"说着,就邀王允同进饮食店去。

王允想:自己是个公安人员,怎么能随便吃别人的东西呢?可又不能站在一旁,看着他吃呀!要不,人家还以为我是来监视他的哩。反正自己的任务是护送他回家的,既然已经到了家门口,这饮食店又还在营业,谅也不会发生什么问题了。他忙说:"谢谢!我回去了。你要多加小心。"

王允见侯家如进了小吃店,刚要转身往回走,但又一想:呀,我还没把他送到家里,这时我怎么好离开呢?想到这儿,他连忙走进小吃店,一看,不好!侯家如不见了。他惊得急忙奔到马路那幢楼的二楼第三个房间,一打听,那儿住的是个小学教员。据那教员说,整个大楼也没有一个姓侯的医生。王允知道上当了,急得直往公安局奔去。

关涛正在办公室里等候蔡力、王允回来,突然听到"噔噔噔"一阵脚步声,只见王允满头大汗冲了进来,不由心里"咯噔"一惊,忙问:"出啥事啦?"

王允气喘吁吁地把情况一说,关涛一听,气得一拳砸在桌子上:"果然是条狼!"他的话还没说完,门又被推开了,蔡力慢悠悠地走了进来。

关涛听完了蔡力的叙述,连声说:"上当了,全上当了!"

"上当?"蔡力一听,两眼圆睁,莫名其妙地望着关涛。

关涛说:"我听了雷院长的情况介绍,就预感到侯家如和梅秀玉行动有点反常,特别是他们那样匆匆忙忙把尸体亲自送到太平间去,实在让人生疑,所以我就决定让你俩送他们回家,以便进一步观察。果然,狡猾的侯家如连家门也没让我们沾边就中途逃走了,梅秀玉估计也不会在家里呆着。我们马上去一下,再研究下一步怎么办。"

关涛和王允、蔡力驱车来到梅秀玉家,见楼上还亮着灯光,蔡力不由舒了口气,心想:还好,人还在哩。可是,当他在门外喊了几声屋里没人应时,又有点急了。他把门一推,"吱呀"门没上闩哩。三人走了进去,蔡力又亮着嗓门朝楼上喊了两声:"梅大夫!梅大夫!"又没反应。

关涛示意:"上去!"

三人便"噔噔噔"上了二楼,一看,人影也没有。啊!原来唱的是空城计呀!蔡力恨得牙关痒痒,忍不住骂起来:"这鬼女人,把我当猴耍啦!"

关涛点燃了一支香烟,猛抽了几口,然后,仔细地打量起这间房子来。

这是一间大约二十个平方米的房间,摆设讲究,有条不紊。中间放着一张西式床,床上被子、床单整齐而干净;床边有一只床头柜,柜上摆了一盆十分精致的小盆景;旁边是一套颇为讲究的沙发;靠墙立着一个多用柜,里面放着一些胭脂水粉之类的女人化妆用品,看来梅秀玉平时是很注意打扮。所有的家具样式和摆设,都明显地看得出具有浓厚的西洋味儿,很可能这个房子的主人是出过洋、留过学的洋小姐。唯一有中式特点的,就是墙上挂着的一只古老的自鸣钟,与整个房间的陈设相比,显得很不协调。这只自鸣钟配着红木框子,有三尺多高,钟摆却是垂直地停在那儿,纹丝儿不动。

关涛再细看钟面,见紧发条的钥匙眼有些与众不同地凸出在外,活像一只按钮开关。关涛越看越觉得奇怪,他侧过身子,用手指在凸出处轻轻一按,"滴答、滴答"钟摆竟左右摆动起来了。蔡力、王允忙凑上来观看,谁知就在这个时候,忽听"啪"一声,钟面上突然跳出一把匕首,把蔡力、王允吓了一跳。说时迟,那时快,他们赶紧把关涛往旁边一推,几乎是同时"刷刷"亮出了两支手枪。

奇特的葬礼

蔡力、王允两支乌黑的手枪对准了墙上挂着的自鸣钟,两双眼睛瞪得溜溜圆,好像挂钟里会跳出个什么妖魔鬼怪来似的,空气煞是紧张。其实倒是一场虚惊,那把匕首从钟里弹出来之后,并没有飞向外面,只是伸出钟面,刀尖上还带着一张纸条。关涛沉着地上前"刷"拔下匕首,拿出纸条一看,上面写着:

关涛:小心你的脑袋!

关涛不禁鄙夷地一阵冷笑,伸手取下匕首和恐吓信,又仔细检查这只自鸣挂钟,只见插匕首的洞孔里,像有一块发出晶莹绿光的金属物。他小心地用钳子把它钳出来,一看,是一朵花的图案,仔细一辨认,呀!又是一朵绿色蔷薇花。

在爆炸发电厂和来历不明的病人这两件看来并无关联的事情上,竟然出现了同一个模样的蔷薇花,这使案情显得复杂化,由此,也提醒关涛应当冷静下来思索了。这时,关涛脑海里出现了一连串问题:刘叶枫突然回国,奇特的病人,梅、侯两人失踪,恐吓信和两朵蔷薇花,这一切是偶然巧合吗?尤其是梅秀玉在家里留下恐吓信和蔷薇花,这太不正常了。难道这是敌人故意把我们的注意力引开,以利于他们去炸发电厂?关涛想到这儿,马上给陆宗祥打电话,可是得到的回答又使他大失所望:似乎敌人已知道了我方的意图,陆宗祥按照"引蛇出洞"的计划,头两天不戴白金表,到第三天才戴上,可是这么做了之后,一点也没起作用。这下,关涛隐隐感到敌人好像是在摆"八卦阵",有意迷惑我们。

下一步该怎么办?关涛和两个助手经过分析,决定循着白金手表这条线继续追查下去,还是先盯住表的主人刘叶枫不放。

正当关涛准备登门去访刘叶枫时,王允拿了当天刚出版的《新闻日报》匆匆进来:"关科长,你看看这个。"关涛接过报纸,只见头版下方登了一条显眼的讣告,上面写着:

刘公叶枫先生之夫人张氏秀兰,不幸因病于去年八月仙逝。现定于本月十五日于姑苏举行葬礼,以示追悼。届时,敬请诸亲好友莅临参加吊唁。

谨此讣闻刘府账房敬启

关涛不禁哑然失笑："好个刘叶枫，在演啥戏呀！不管他，去苏州看看他葫芦里到底卖的啥个药。"

于是，关涛他们去市工商联和妇联，了解了刘叶枫的情况，做好了去苏州的准备。他们在取得工商联负责人的支持下，决定以工商联的名义到苏州去吊唁，来他个入虎穴、探真情。

关涛的这个计划，因事关党的统战政策，便向孙副局长作了汇报，孙副局长原则上同意这一方案，为慎重起见，又特地请示了市领导。市领导指示：一，对敌人绝不能心慈手软，要有狠劲，千万不要学那个东郭先生；二，不要把自己的同志、朋友也当成敌人，弄得草木皆兵。要他们严格按照这两条办事。

关涛领了指示，带着蔡力、王允登上火车，来到苏州。

关涛一行三人，先与苏州市公安局取得了联系。据苏州市公安局的同志说，刘叶枫偕同小老婆王素君从上海带了不少东西，到了苏州以后，就为举行葬礼奔忙。他俩亲自到凤凰山选购墓穴，买下了一块三穴墓地，左边一穴是用来安葬张秀兰的，右边空下的两穴，是留着为他们自己百年后准备的。表面看来，他们对张秀兰确是一片真心，但联系到刘叶枫与妻子平时那种淡漠感情，使人感到这样大肆张扬，似乎做得有点过头，显得虚假。尤其是王素君，本来跟张秀兰颇多矛盾，如今，怎么变得那样自觉自愿，那样诚笃地为张秀兰的葬礼张罗奔波呢？

几个人越分析就越觉得刘叶枫如此隆重地为妻子举行葬礼，其中似另有文章。关涛和苏州市公安局的同志一块儿商量、研究了如何进入刘公馆暗查的计划，必要时请他们给予配合和协助。

下午，关涛和蔡力、王允来到了刘公馆。只见门前挂着黑球，门上贴有白色挽联，屋内烧着纸钱，烟雾腾腾。大门口显得异常森严，四个彪形大汉好似庙里的金刚，分立两侧，凡进去的人，都要持有刘府发出的帖子，经过大汉过目，才能放行。关涛迈步走上前去，递上了一张名片。一大汉接过一看，哟！上海市工商界联合会的名片，这可怠慢不得，说了一声："请三位稍待。"就赶紧跑进去禀告。不一会,就见一个女人从里面走了出来。这女人三十多岁,黑发披肩,身穿黑色旗袍,左胸别着一朵白色小花,虽然淡妆素抹,但一双乌黑的眼睛仍然十分动人,她就是刘叶枫的小老婆王素君。

王素君出得门来,彬彬有礼地说:"关先生远道光临,实在不敢当。叶枫在内室恭候,特派我来迎接。关先生您请!"

关涛三人跨进大门,到了灵堂,那四个大汉在外同声喊叫:"上海市工商界联合会关先生等人到!举哀——"

一声"举哀",灵堂的几个和尚随即敲响了法器,念起了经文。王素君站在灵柩旁边,低下头,掏出手绢儿擦起了眼睛。关涛趁默哀的机会,暗暗把灵堂打量了一下。只见中间用八张八仙桌拼成供桌,软缎子的桌帷拖到了地面;桌前有一对白蜡烛闪着白光,香炉中缕缕香烟缭绕;桌上堆着各色供品,花圈、挽联布满灵堂;供桌两侧,坐着十六个身披袈裟的和尚;在供桌后面,用两张长凳搁了一口嵌着张秀兰遗像的灵柩,上面盖着蓝缎子材罩,一直拖到地面,两边挂着一排排黑绒幔子和祭帐,把灵柩后边遮了个严严实实。这一切,给人的感觉是肃穆、阔气、隆重,从这场面上,谁也看不出有什么破绽。

正当灵堂上鼓钹齐鸣、经声朗朗的时候,突然,"呜——呜——"一阵阵尖厉的警报声响了起来。

这是怎么回事呢?原来当时正是上海"二六轰炸"后不久,敌机还不时前来骚扰。也是无巧不成书,正好在这个时候,警报响了起来,这倒帮了关涛他们的大忙:人们一听这催命的空袭警报的鸣叫声,惊得慌了手脚,灵堂里顿时乱成了一锅粥,那十六个和尚丢了法器,乱跑乱窜逃命去了,那四个守门的彪形大汉,也跑得无影无踪。关涛见机会难得,便撩起黑幔,准备先看一看棺材后面还有什么。谁知他刚刚举手把黑幔撩起来,就见王素君从黑幔后面闪身出来,对关涛说:"关先生,还是到内室避一避吧,这儿不安全,叶枫也在那儿等您。"

关涛万万没有想到,王素君会守在灵柩边,他一怔:这倒是个厉害角色，要认真对付呢！他连忙随机应变地说："好！我正要去见刘先生哩。请！"便跟着王素君走进内室。

再说蔡力、王允听到警报一响，看到灵堂一乱，他俩"刷刷"就钻进了供桌底下，想趁机看看桌帷下面的情况。他俩在供桌下面匍匐前进，很快到了棺材下面。蔡力正想探出身子来看看这口棺材，忽听一阵脚步响，他从棺材罩下面望去，看见一双女人的脚，再侧过脸仰望一下，啊！惊得他差点叫出声来。

棺材的秘密

这时候，王允也看清楚了，走过来的这个妇人，原来是在上海突然失踪的梅秀玉大夫。两人一见梅秀玉在这儿突然出现，都感到十分惊奇。蔡力一看到这女人，顿时无名怒火直冲脑门，就想蹿出来抓她，王允赶紧把他按住，示意他不要轻举妄动。蔡力这才强忍着，和王允暗中监视着，看她究竟要干些什么。

只见梅秀玉手里提了一个气包包，走到棺材边，"咔嚓"一声卸下了棺材横头的后盖板，伸手从棺材里面拿出一个瘪了的气包包，再把手中的气包包放进棺材里，用手按了一下，上好横板，然后折转身子走了。

蔡力和王允见了，更加惊奇了：咦？棺材怎么能活动呢？她调换气包包干什么啊？看来棺材里面一定有名堂。他俩交换了一下眼色，正想怎样才能揭开这口棺材里的秘密时，"呜——"空袭解除警报拉响了，这下不好再呆在这儿了，怎么办？蔡力腿早跪麻了，躬起腰就要跟王允调换一下位置，谁知身子一挪动，不提防一只脚就伸到了棺材罩外面。这一伸，坏事了。

因为空袭警报一解除，十六个和尚全部忙不迭地回到灵堂来了。内中有一个小和尚，双手合十，无意间一低头，"呀！"棺材下面怎么伸出一只脚来啦？他吓得用肘弯碰了碰身边的另一个小和尚，那个小和尚一看，那只脚缩了回去，接着又伸出来一只脚，吓得他连声喊叫："有鬼！有鬼！"

这一喊，糟了！灵堂顿时又乱了套。蔡力和王允一看不好，怎么办？事到如今，是箭在弦上不得不发了。干脆，一不做、二不休，只见两人一躬腰，用尽平生之力，"嗨"一声大喊，"哗啦、扑通"把棺材掀翻在地上。没料到，从棺材里竟滚出一个半死不活的男青年。

灵堂一乱，惊动了内室的人，刘叶枫走在前面，后面紧跟着王素君和关涛，急速奔了出来。

这刘叶枫已年近六十，头微秃，肥头大耳，身穿西装，挺个大肚子，很有点大资本家的气派。他一见灵堂闹成了这个样子，很是生气。可是，当他一眼看见翻在地下的尸体时，他感到又惊又奇：怎么棺材里不是自己的妻子，竟是一个男子，再一细看，呀！这男子怎么是自己的儿子！他惊叫一声，猛扑上去，哭叫着："啊！邺汝儿呀！你……你怎么躺在这里呀？呜呜——"

关涛细细一看，见那男子皮肤上呈现出多处绿色的斑块，双目紧闭，牙关咬紧。啊？他立即想到南普医院那个突然失踪的皮肤呈绿色斑块的病人，但他怎么又会从上海来到了苏州呢？更奇怪的是，死者鼻孔里竟插着一根细细的橡皮管，地上还有一个气包包。关涛一看就知道这是一个氧气包。真怪呀！这时候，蔡力、王允已混进了人群中。王允机警地走近关涛身边，贴着他的耳朵，把刚才发现梅秀玉的事告诉了他。关涛听了不由一怔，他感到事情的变化又大大出乎意料之外，便立即轻声说："你马上和蔡力把这个病人送医院抢救！"

关涛说完，连忙扶起了悲恸欲绝的刘叶枫，说："刘先生，不要过于悲伤，保重身子要紧。"顿了一下，又说，"令郎可能还会有救，我们到里面去谈吧。"

刘叶枫在关涛的扶持下进了里屋，躺倒在沙发上。关涛问道："刘先生，令郎不是在南洋吗，怎么会出现在棺材里呀？"

刘叶枫强忍悲痛，说："关先生，一言难尽呀！"

原来，刘叶枫虽然身居国外，可时时不忘他苦心经营了几十年的上海家产。去年张秀兰病故，他因吃不准共产党的政策，不敢贸然归来。今年，他又接到政府邀他回国处理财产的电报，才渐渐消除了顾虑，打算回国，可是，却遭到他的小老婆王素君的极力反对。

刘叶枫有个儿子，名叫刘邺汝，二十多岁，血气方刚。他很讨厌他那年轻的后母。他主张回国，一来想到苏州给生母张秀兰入土建墓，以尽人子孝道；二来要到上海来继承父亲的产业。因此，他向父亲提出让他一个人回国。刘叶枫想想也好，就瞒着王素君，把自己在上海办的几家棉纺厂的账簿交给了儿子，并拿出一串钥匙，叫他到保险柜里拿一些钱带去，以备急用。

刘邺汝打开保险柜，从柜子里取出一叠钞票，猛地发现柜子的最里层还摆着一个极为精致的金属小匣子，他好奇地拿了出来，问父亲："爹，匣子里装的是什么？"

刘叶枫赶紧说："这是你后母的，别动它，赶紧放回去。"

刘邺汝想：父亲不敢动，我偏要看看是啥东西。他就背着父亲把匣子撬了开来，一看，是一本绿色的小本本，上面记的全是些数目字。他想：原来她在记私账呀。好吧，我叫你记不成！刘邺汝怀着一种报复的心理，把那个绿色小本本暗暗塞进了口袋，趁着王素君不在家，告别了父亲，回上海来了。

等到这天傍晚王素君回来时，不见了刘邺汝，便问："邺汝呢？"刘叶枫觉得也难长久隐瞒，只好如实相告。

王素君一惊："什么，他一个人走啦，哎呀，你怎么不和我商量一下呢？你就这么一个宝贝儿子，真放心得下哟？"她边说边取下头上的首饰，打开柜门，准备放进匣子里去，不料，一取出匣子，发现那个绿色小本子不见了。她赶忙问刘叶枫："我那小匣子谁动过了？里面少了东西啦！"

刘叶枫说："刚才邺汝曾动过，我叫他放回去了。你的东西不会丢的，你再好好找找吧。"

王素君一听，更急了，手忙脚乱地把柜子里里外外翻了个遍，哪里有绿色小本子的影子啊！

这一夜，王素君翻来覆去睡不着，刘叶枫就好言好语地安慰她说，别为那东西丢失不安了。哪晓得王素君却一个劲地抹眼泪，说："唉！那是一个记着几个小姐妹通讯地址的小本子，谁还去想它。我是因邺汝回国，勾起了伤心事。秀兰姐姐去世时，我们没能看上她一眼，也没给她烧烧纸钱，我们好歹也姐妹一场，想想总感到心里隐隐作痛。邺汝倒能尽孝，回国去了，只是我们还远隔天涯，有心也不能尽力，既然邺汝都回国去了，我想我们是不是也一块回去？邺汝一个人走了，也真叫人不放心，你看怎么样呢？"

王素君一席话，说得入情入理，感人至深，刘叶枫也听得激动起来。他本来就想回国，只因王素君的反对，才没动身，如今见王素君自己提出来了，也就一口答应，随后便转道飞来上海。

刘叶枫来到上海没有找到儿子，心里不免有些着急。王素君就劝慰他不用担心，并提出要刘叶枫在报上发讣告，为张秀兰隆重举行葬礼。刘叶枫因不见了儿子，心绪不好，又因年岁较大，精力不够，因此从上海到苏州一应事项，全交由王素君去张罗安排。但是刘叶枫万万没有想到，睡在棺材里的竟不是自己的前妻，而是日夜思念的儿子！

关涛听了刘叶枫的叙述，断定刘叶枫是个被人蒙在鼓里的受害者，但他又想：那个小匣子里究竟放了什么东西？为什么王素君发现它遗失了会那样着急，并且一反常态，紧跟着回到了上海？葬礼是她一手安排的，这移花接木的事也一定和她有关。她到底是个什么角色呢？

这时，关涛又问刘叶枫，知不知道有个梅秀玉，刘叶枫茫然不知。关涛又从袋里掏出白金手表，递到刘叶枫面前，问："刘先生，这只表是你的吗？"

刘叶枫接过一看，惊得过了好一阵才嗫嚅着说："是……是我的，它放在南洋那保险柜里的，怎、怎么到了你的手里？"

"这表谁能拿到？""平时保险柜的钥匙是我和素君掌握的，只有我和素君能拿到。"

现在，一切矛盾都集中在王素君的身上，关涛立即确定这是个十分可疑的女人。但他突然感到有好大一会没看到王素君了，便问刘叶枫："尊夫人呢？"

刘叶枫一听，也猛然醒悟，他生气地说："这些事都是她一手经办的，不知她搞的啥鬼名堂！来人，快去把太太请来。"

一会儿仆人回来说："太太不见了！"

偶然的巧遇

王素君究竟是个什么样的人？她现在又到哪儿去了呢？这里还得在此作一番交代。

说起王素君，别看她是一副贵太太的气派，其实倒是个举足轻重的人物。她，就是蔷薇花特务组织的联络员。这个组织受台湾总部直接指挥，旨在对大陆进行破坏活动。他们就是通过王素君跟隐藏在大陆的一个代号叫"2号"的头目联络。

两个月前，王素君奉总部之命，把刘叶枫的白金手表偷出来转给了上海的2号。接着，2号让她把在上海的蔷薇花特务人员名单转报总部。王素君收到后，用密码把名单打印在一个绿色的小本子上，准备等台湾的人来时带去，不料，却被刘邺汝误认为是账本，给带回大陆了。这一下，简直要了王素君的命啊！要是这份名单落到共产党手里，那蔷薇花在上海的组织不全完啦？王素君可真是急红了眼。于是，她一方面一反常态促使并跟着刘叶枫飞到上海，一方面急电在上海的"5号"，要他们不惜一切代价，拦截刘邺汝。这一切，刘叶枫全蒙在鼓里，刘邺汝也压根儿不知道。当刘邺汝刚一来到上海，就被一辆车子接走了。起初刘邺汝还挺高兴哩，以为是有关部门派人来接他的，直到被关进一间阴暗潮湿的小房子里时，他才知道上当了。

王素君赶到上海以后，曾瞒着刘叶枫，单独会见了刘邺汝，逼他交出绿色小本子。气盛好强的刘邺汝一心认定王素君记的是私账，王素君越是逼得凶，他就越发不肯交出来。王素君便恶狠狠地说："你现在硬，到时候我们有办法叫你自动交出来。"接着，便吩咐她的同伙，"把他带到2400那儿去，让2400来收拾他！"刘邺汝一听2400，这是啥东西？他正感到疑惑时，突然，"呼啦啦"闯进几个大汉，把他连推带拽押到一个房间里，按得他几乎喘不过气来。其中一个拿出了一瓶绿色的药水，据说这是国外特务机关研究发明的，叫"长效麻醉诚实剂"。打了这种药水，一可以使人长期处于昏迷状态而不断气，二可以讲出自己记忆中最诚实的话来。这些人七手八脚给刘郴汝打了绿色药水，谁知刘郴汝拼命挣扎，那个打针的特务一时没掌握好，结果过量了。顿时，刘郴汝浑身起了绿色斑块，只有出气，没有进气了，哪里说得出话来！

王素君这下傻眼了，她急忙派5号把刘郴汝送到医院去，指示她的同党梅秀玉、侯家如设法抢救。不料，因为送信人途中耽搁，梅、侯两人还没接到指令，病人已送到医院了。梅、侯两人毫无思想准备，一见病人身上的绿色斑块，知是他们的同党所为，不由吃了一惊，又未料到雷院长突然进来，更使他俩发慌了。在5号的示意下，他俩趁雷院长离开之际，送走了病人，又制造各种假象，甩掉了蔡力、王允，并且根据王素君的临时决定，在梅秀玉家中故意暴露身份，妄图把公安人员的视线引到已经逃得无影无踪的他们两个人身上，以赢得时间。

同时，王素君已经感到再在上海呆下去不安全了，便巧言哄骗刘叶枫登报，把给张秀兰举行葬礼的事张扬开，她就趁机招摇过市，让手下的特务以办丧事为名，公开进出刘府，用移花接木手法调换了尸体。她的如意算盘是先把刘郴汝假意安葬到人迹稀少的凤凰山上，然后让梅秀玉暗中抢救，以便索回绿色小本。王素君自以为她这一手算计十分周详缜密，却万万没算到被突然登门吊唁的三个上海来客给当堂揭穿了棺材里的秘密。

当王素君一见刘郴汝从棺材里滚翻在地，知道一切完了，三十六计，走为上计，便趁着没人注意的时候，出了刘公馆，好似丧家之犬，当天就逃到了上海。

王素君害怕呀！刘郴汝已落到了共产党的手里，一旦被抢救过来，交出了绿色小本，上海蔷薇花组织的人员就要全部落网。这下，不但共产党不会放过我这个重要人物，我的主子2号也不会饶过我的呀！王素君逃到上海,不敢去找她的同党,也不敢去跟她的主子2号联络,她吓得白天都不敢露面,只有到了夜里才敢出来。唉!如今刘叶枫这块挡箭牌丢了,到何处去安身呢?王素君现在只求躲藏起来,逃得一条性命,就算是万幸了。

王素君丧魂落魄地在昏暗的马路上毫无目的地走着,不知不觉走进了一条小弄堂。忽然,她想起她在南洋结交的情人就住在附近。此人叫邢俊友,是南洋一个经营橡胶园的华侨的少爷,自幼放荡不羁,无所事事,却长得一表人才。王素君在南洋时和他过往密切,她除了对他贪图钱财这点不中意外,其他都较满意,因而她曾提出要他参加特务组织。邢俊友一听连连摇头,声言他平素只图有钱,快活,别的一概不感兴趣。以后,邢俊友回国了,两人也就断了音讯。这时,走投无路的王素君猛然想起了他,心想:只要邢俊友不忘旧情,我就拿他做个门神,遮风挡险,先寻个存身之地,然后再谋出路。她主意一定,便走到邢俊友家,谁知叩了好一会,却没人开门,王素君心冷了,又陷入绝望中。

夜深人静,王素君神情恍惚,有气无力地走着,突然,传来一阵靡靡之音,她抬头一看,啊,是一家舞厅。王素君正愁没去处,便迈步走了进去。

王素君找了个空座位刚刚坐下,就发现有一个年轻男子两眼盯着自己。王素君先是一惊,再定睛一看,惊喜得几乎跳了起来,啊,那不正是自己要找的邢俊友吗!她立即走了过去,喊了声:"俊友!不认识我啦?"邢俊友没想到王素君会突然出现在自己面前,马上迎了过来,高兴地握着王素君的双手。

邢俊友亲切地问道:"素君,你怎么到上海来啦?"

王素君嫣然一笑:"看看你呀!怎么,不欢迎吗?"

"欢迎!"邢俊友连忙拉着她的手说,"走,咱俩到外面好好聊聊!"

两人走出舞厅,边走边谈,一会儿便走进大中国旅社,开了一个房间。王素君心里不禁暗暗庆幸:真是天无绝人之路啊!

谈了一会,邢俊友洗澡去了。王素君也准备洗个澡,清清神。可是,当她取下耳环、项链等放到床上时,无意中抬头望了一下窗户,这一望不打紧,立时吓了个三魂出窍、六魄离身：一个大个子站在窗外，正朝她发出阴森森的冷笑。

遗弃的皮箱

王素君抬头看见站在窗外、正朝她发出冷笑的大个子，穿了一身米黄色西服。呀！是5号，顿时惊得像触了电似的弹了起来。她想掏枪，可在苏州走得仓皇，没带枪；她想逃，但料到已无路可逃。她只得呆呆地站在那儿，任凭摆布了。

5号走进房里，冷冷地说："跟我走吧！"王素君胡乱地抓起卸在床上的首饰，乖乖地跟着5号上了三楼，被带进了302号房间，5号随手把门关上。

房间里陈设简单，昏暗的灯光下，显得十分阴森。王素君隐约看见里面坐着一个人，只见5号说："你不是要找2号吗？喏，这位就是。"

王素君顿时一阵紧张，她知道自己完了。2号是自己的上司，一般是不轻易露面的，如今竟亲自出马了，自己还有命吗？

这时，只听一个低沉而凶狠的声音响了起来："你这个祸精，尽给我闯祸，把我的计划全打乱了！"王素君虽未见过2号，但他心狠手辣，却早有所闻，今天自己落到这凶神手里，知道是九死一生了，两条腿不由像筛糠似的抖了起来。

2号又问了："没有上峰的指令，你擅自来到上海，究竟是什么用意？不准说谎！你知道，蔷薇花是带刺的！"事情看来隐瞒不住了，王素君只好把她遗失组织名单，追到上海，以及之后发生的事如实说了。

听说组织名单遗失了，2号急得像热锅上的蚂蚁团团转，他咬牙切齿地说："我们的事全坏在你这个臭女人手里！你这个成事不足、败事有余的妖精！"王素君自知犯了大错，只求2号宽恕。可2号却冷笑一声，挥手做了个动作，影子一闪就不见了。

再说邢俊友无意间见到王素君，重叙旧情，好不开心。他想：要真像王素君说的那样，我明天就把她带回家去，然后双双飞往南洋，安安生生过个小日子，那该多好！他洗完澡，乐滋滋地走了出来，一看，咦？人到哪儿去了？房里房外找了一遍又一遍，也不见人影。糟了，莫非她说的是假话，有意戏弄我？继而一想，不对，刚才的一言一行、一举一动，看不出她的虚情假意呀！是不是有什么事临时出去了呢？还是等一等吧。

邢俊友一个人躺在沙发上干等着，不由迷迷糊糊地闭上了眼睛。等他一觉醒来，已是凌晨四时了，还不见王素君回来，他擦擦蒙眬睡眼，禁不住叹了口气。再一看，沙发一旁却多了一只做工精细的皮箱子，用手一拎，倒还有点分量。他不由心里一动：这里面说不定会有金银财宝哩。干脆，来个脚底抹油——溜吧！

邢俊友拎起箱子，偷偷溜下楼，正要跨出旅社大门，却被门房一个值班的拦住了。邢俊友因没付房钱，又拿了箱子，不免有几分心虚，神色慌张起来，更引起了门房值班的怀疑，并且惊动了旅社的总管和一些旅客。在追问下，邢俊友只得在众目睽睽之下打开了箱子。谁知箱子一打开，邢俊友顿时大叫一声瘫倒在地，人们上前一看，原来满箱破烂中间夹放着一个女人的头颅。

全场大惊，旅社总管马上打电话向公安局报案。不一会儿，公安局来了一辆车子，又到邢俊友住的房间内看了，没发现什么情况，就把皮箱和邢俊友一块儿带到了公安局。

关涛掀开皮箱一看，不禁也"呀"一声怔住了：这女人头颅不是别人，正是他们要追捕的王素君。

关涛当即审讯了邢俊友。邢俊友这个公子哥儿哪见过这种场面，吓得颠三倒四、语无伦次地说了半天，才把他在南洋与王素君相识，直到昨晚和王素君在舞厅巧遇等前前后后的事说清楚。最后，他哭丧着脸说："我句句都是实话，不敢有半句撒谎，请公安同志详察！"

审讯完毕，关涛觉得案情越来越复杂了。本来他们苏州之行，发现的几条线索都与王素君有关，回上海之后，他把详情向孙副局长作了汇报，并根据孙副局长指示,一方面电告苏州市公安局,请他们跟苏州医院联系,务必全力救活刘蚋汝,另一方面又研究了对王素君、梅秀玉和侯家如的追捕方案。谁知刚刚作出部署,王素君的人头却已经来到了公安局。现在王素君死了,线索断了。王素君是谁杀害的?是邢俊友,还是另有其人?然而更使关涛感到震惊的是:敌人的耳目为何如此灵通?行动为何如此迅速?这又不能不使关涛联想到陆宗祥"引蛇出洞"计划落空的事,似乎也是我们内部有人走漏了风声,这无论是王素君或者邢俊友都不可能办到的。啊!眼下真是鱼龙混杂、真假难辨,令人难以安枕啊!

想到这里,关涛决定请示孙副局长紧急开会,分析案情,作出决策。谁知事情很不凑巧,孙副局长出去开会了,于是,这个会一直拖到第二天晚上才开。

会议开得紧张而热烈,大家一致同意关涛的分析,认为敌人的这一系列行动如此迅速,如此诡秘,既说明敌人阴险狡猾,也不能排除内部有人走漏风声,或者是我们内部也有潜伏的敌人,必须引起高度警惕!在会议刚要作出决定时,大中国旅社的服务员周彩云赶来报告了一个新情况,还送来一枚绿色蔷薇花徽章。于是,孙副局长便根据这个新的发现,立即部署行动,命令关涛跟踪追击。

2号的手令

大中国旅社的服务员周彩云,是怎么得到这枚蔷薇花徽章的呢?原来,她上午去邢俊友住的房间里打扫卫生,在整理床铺时,把被子一抖,"叭嗒"掉下来一只像纽扣似的东西,她拾起来,便随手放进了口袋里。

下班以后,周彩云回到家里,她那六岁的女儿倩倩嚷着要妈妈给买苹果,周彩云从袋里掏钱时,把这小徽章带出来了。倩倩一看,哟,好逗人哩!花纹别致,晶莹碧绿,美着哩,她情不自禁地跳了起来,说:"妈妈,给我,快给我嘛!"

周彩云开心地递给倩倩:"看你喜的!好,妈给你。"

倩倩接过小徽章,高高兴兴地别在右胸,喜爱地瞧了又瞧,问妈妈:"妈,好看吗?"

"好看,漂亮极啦!喏,给你钱,妈忙着哩,你自己去买两只苹果,回来洗干净再吃,啊,路上小心!"

"知道啦。"倩倩蹦蹦跳跳出门去了。

马路斜对面有一家水果店,老板是个戴老花眼镜的老头,正在忙着给几个顾客称水果。倩倩跑上前去,举着钞票往老板面前一伸,嫩声嫩气地说:"老爷爷,我买两只苹果。"

"好,好。"老板拿下老花眼镜,看看小倩倩,随即给她拣了两只大苹果,用一只纸袋装着,递到倩倩的手上,说,"小妹妹,快回家去,别在路上贪玩。"

倩倩回到家里,把苹果交给妈妈。周彩云从纸袋里拿出苹果,一看,里面还有一张小纸条呢!她取出来摊开一看,只见上面写了一个"急"字,旁边还加了个"!"号,周彩云以为是一张废纸,也没介意。倩倩吃完苹果,就跑到马路对面去玩"造房子"。水果店老板走到她面前,用手拍拍她,说:"小妹妹,我这苹果很好吃,你拿回家给你妈。"说着,就把两只用纸袋装的苹果塞到倩倩手里。

小倩倩拿了苹果跑回家喊着:"妈妈,妈妈,苹果!"周彩云接过一看,纸袋里又有一张纸条,上面并排写了两个"急"字,旁边两个"!!"号。周彩云感到奇怪了,便问倩倩这苹果是哪来的?倩倩说是水果店老板给的。隔了一会,周彩云又叫倩倩去买苹果,结果带回来的是三个"急"字,外加三个"!!!"号。真是奇哉怪也!过去,倩倩也到那家店里买过水果,可从来也没出现这样的事。今天看来,这纸条儿显然不是无意识地带进去的,一次多一个"急"字,多一个"!"号,说明是有含义的。她仔细想了想,是不是那枚蔷薇花徽章在起作用呢?她决定亲自去试一试。

周彩云把倩倩那枚蔷薇花徽章取下来,别在左胸上方,来到了斜对面那家水果店,对戴老花眼镜的老头说:"老板,请给我称三斤苹果。"

老板望了她一眼，很热情地给她称了三斤，也用一个纸袋儿装好，交给了周彩云。周彩云回到家里，把苹果全倒出来，可是，却没发现纸条。

周彩云更加迷惑不解，为什么倩倩三次去都有"急"字，而我去却没有呢？是不是他欺小孩儿幼稚，想通过她的手来传达什么信息呢？周彩云想到最近她们旅社里经常开会、学习，传达市领导的指示，要大家提高警惕，防止敌人的破坏，今天旅社里发生了人命案子，而这枚小徽章又是从那个出事的房间里捡到的。现在发现了这个怪事，不管它是不是敌情，也应该及时向公安局报告。于是，周彩云不顾天已晚了，便带着这枚绿色蔷薇花徽章，来公安局报案。

按照孙副局长的指示，关涛和他的两个助手连夜部署行动。关涛仔细地审视着周彩云送来的这枚蔷薇花徽章，感到尽管大小不同，但花纹、颜色、造型却跟陆宗祥白金表上的蔷薇花，跟梅秀玉家里挂钟上的蔷薇花一模一样，这是迄今为止发现的第三朵蔷薇花。他估计这枚蔷薇花徽章，很可能是王素君在慌乱之中丢失的。正当王素君被害、线索已断的时候，又发现了水果店老板这一可疑线索，这不能不使关涛感到真是"山穷水尽疑无路，柳暗花明又一村"啊！对，很可能蔷薇花是敌人特务组织的一个标记，因此关涛即刻派人严密监视这家水果店，同时决定亲自去观察一下。

水果店那个老头，确是蔷薇花特务组织的一个角色，具体受5号领导。当他发现一个小女孩胸前别了一朵蔷薇花时，以为是他们同党中什么人粗心大意，把这样重要的东西乱丢乱放，被小孩儿拿来别在胸前。他怕出事，因而接连写了三次"急"字，想敦促同党赶紧把蔷薇花收起来。后来，当他看见一个妇女也别着一朵蔷薇花来买苹果，但别的位置错了，才知道不是自己人。他估计出事了，最起码是他们的某个同党遗失了这一重要标记，落到了别人手里。因为事关重要，他当即把情况向他的上司5号作了汇报。

却说关涛换了便装，来到这家水果店的附近，举目往店里一看，只见水果架前，有一个五十来岁戴一副老花眼镜的老头，正在笑容满面地忙着接待顾客。

关涛故意放慢步子，从水果店门前经过，暗暗往店里一瞄，呵！别看这水果店门面不大，里面却有一条很深的通道。关涛想：要对这老家伙采取措施，还得首先堵住他的后路才行。

关涛拐进旁边一条弄堂，准备远距离监视着，不料他刚一拐弯，就见一个穿米黄色西装的大个子走进了水果店，从老头那儿买了一袋水果，走出店门，拐进了另一条弄堂。关涛一见这个穿米黄色西装的大个子，立时想到在南普医院，不是有人反映病人到来时，曾发现过一个穿米黄色西装的可疑之人吗？想到这儿，关涛立即紧跟上去。那个人似乎发觉有人跟了上来，立即加快了步子。关涛岂能放过他，也迈开大步，紧紧地追上去。

那家伙很狡猾，忽而钻弄堂，忽而拐小路，忽而又钻入人流之中，滑得像泥鳅一样。关涛也使出全身解数，一路紧跟不舍。

那人来到繁杂的三马路，快步来到证券大楼前，回头一看，后面跟踪的人不见了。他松了一口气，走进大楼，正准备上二楼，猛然有两道犀利的目光射来，把他吓了一跳。原来是那个跟踪者，竟先来到了大楼里。

关涛是怎么进来的呢？他见穿米黄色西装的人直往三马路跑，就估计到他会往证券交易所钻，于是他就抄近路抢先进大楼"恭候"了。那人一看不好，就"噔噔噔"窜上二楼。关涛呢，也"嗒嗒嗒"快步追了上去。那人狗急跳墙，纵身从二楼跳了下去，跌了个狗吃屎，没等爬起来，只听一声大喝："别动！"他抬头一看，两个持枪的公安人员已站在他的面前。

这两个公安人员正是蔡力、王允。原来他们早就开着车子在暗暗跟着他们的科长。当关涛进入大楼以后，他们就停车在路边等候，警惕地注意周围的动静。王允眼尖，一眼发现从二楼窗口突然跳下来一个穿米黄色西装的人，立即冲上去擒个正着。

关涛他们把那个穿米黄色西装的大个子押上吉普车，回到公安局，立即进行审讯。谁知大个子顽固得很，除了一连声地叫嚷"你们凭啥抓我"，啥都不说，气得蔡力恨不得一拳揍他个半死。关涛觉得不施加点压力是撬不开他嘴巴的，就掏出一枚蔷薇花徽章，冷冷地说："这东西你大概知道是什么吧！"

那大个子一见这小小的蔷薇花，不由打了个哆嗦，沉默了好一会儿，才嗫嚅着说："我都交代，让我抽支烟好吗？"

关涛点了点头。那大个子从烟盒里摸出一支烟，衔在嘴里。关涛向王允摆了一下头，王允走上前说："这儿有火。""嚓"揿了一下打火机，凑上去给他点烟，突然伸手把他嘴上的那根烟抽了出来，说："换一支吧！"

大个子一见，"扑通"一跪，说："我坦白！我交代！"

这个特务供认，他是蔷薇花特务组织联络行动组的成员，具体任务由5号指派，而5号又接受2号的领导，至于2号是谁，他不知道。他只知道这次行动的主攻目标，是炸发电厂。今天他是奉了2号的命令到水果店取"货"的。其他情况，他全不知晓。

押走了特务以后，关涛拆开香烟，里面果然有一张小纸条：

暂缓行动，一切待命。2号。

2号是谁呢？关涛望着这张纸条，陷入了沉思。猛地，他似乎感到，这张纸条上的字体怎么那么熟悉呢？再细细一看，啊！不由得吃了一惊。他的手颤抖了，心跳也加速了。

难道他是2号？

奇怪的调令

关涛一看纸条上的笔迹，竟和孙副局长字体一样，这怎能不使他感到头皮发麻呢！他怀疑自己是否看错了，决定到陆宗祥家去，再仔细看看孙副局长送的那轴亲笔书写的中堂。

关涛怀着解谜的心理来到陆宗祥家里，谁知陆宗祥一看到他便急切地说："关科长，你来得正好！我正准备去找你。"

关涛问："有什么急事吗？"

陆宗祥告诉关涛说，他今天下班，去永安公司买东西，等他买完东西出来，发现戴在手腕上的白金手表丢了。

关涛一听白金手表丢了，脑子里又添了一个问号：这手表是谁偷去了？难道是敌人弄去的，那他们还想从这块表上打什么主意呢？而且这表又是在孙副局长的中堂内发现的呀！难道果真是他送的，这……这……他简直不敢想下去啊！

关涛用照相机暗暗拍下了孙副局长写的中堂，回到局里，连同2号的那张手令，一块儿交给了技术科，请他们鉴定。

关涛回到办公室，陷入苦思之中。突然，电话铃响了起来，他抓起话筒一听，惊得连声大叫："什么？什么？啊……"

怎么回事呢？电话是苏州市公安局打来的。他们告诉关涛，今天早上，有四个手持上海市公安局公函的公安人员，来到苏州医院把刘郿汝接走了。等到苏州市公安局得到消息，赶到医院时，人车都已无影无踪了。

刘郿汝被劫走了，在关涛的脑海里又增加了一个大问号。他想：敌人固然是诡计多端的，可是刘郿汝住在苏州哪个医院是绝对保密的，就连刘叶枫，我们也没告诉他呀！这样看来，我们内部不仅有敌人耳目，而且这个人还是个掌握相当多内情的人。至于是不是孙副局长，关涛希望他不是，因为他毕竟是自己所尊敬的领导啊！

可是，事情偏偏出乎关涛的愿望之外，技术科送来了鉴定，结论是：两份字体，出自一人笔迹！

关涛看了技术鉴定，他希望这一切都不是真的，但这是科学鉴定，不容置疑的啊！

他怔了半响，才回过神来。他见案情已牵涉到局领导，事关重大，便急忙来到市政府，向市领导作详细汇报。

市领导很重视，听了汇报以后，仔细看了两份笔迹和鉴定结论，说："呵！案子还挺复杂的嘛！"

关涛请示下一步怎么办，市领导说："放心！我会作安排的。"

听了市领导的话，关涛像吃了一颗定心丸，感到浑身都增添了力量。他兴冲冲地回到局里，人还未坐定，盛秘书就推门进来，说："老关，你回来啦！到处找你哩。孙副局长叫你马上到他办公室去。"

"啊？好，好！"关涛想：好快啊！是不是我向市领导汇报的事他知道了呢？怎么这样迫不及待就找我呢？本来，他想向自己的助手蔡力、王允打个招呼，可是一想，在目前的情况下，大家的神经都处于高度紧张状态，敏感得很，稍一疏忽就有可能打草惊蛇。所以，关涛虽然心里紧张，表面上仍像没事一样，跟着盛秘书来到了孙副局长的办公室。

孙副局长坐在他办公桌边的转椅上，神情似乎和平时没什么区别，仍然是那样不露声色。他见关涛来了，照旧将手一伸，请关涛坐在靠墙的长沙发上，然后，开门见山地问："老关哪，听说你们从一名捕获的敌特分子身上，搜到了一张纸条，是吗？"

关涛一听，不由得暗暗吃惊！心想：此事我们还没汇报，他咋知道的？但又一想，他是直接主管这件案子的，我怎么好装聋作哑，一字不吐呢！这时，关涛真是心潮起伏啊！但他毕竟是个有丰富斗争经验的人，当即决定来个就汤下面，探探他的"底"。于是说："孙副局长，我正要找你汇报这件事。关于那张纸条，根据我们已经掌握的材料，感到问题比较复杂……"

关涛是投石探水深，目的想看一看对方会有什么反应，因此故意把"比较复杂"四个字拖长了音调，不说下文，两眼直盯着孙副局长。

谁知孙副局长没有急于追问下文，而是平静地掏出香烟，递了一支给关涛，然后点燃烟，猛吸几口，吐出一圈圈烟雾，慢悠悠地说："复杂，是我们工作的特点。现在，既然有了这张纸条，就要一抓到底，不能轻易放过。"他说到这儿，长长地叹一声，显出无可奈何的神态，摇了摇头，说，"老关，蔷薇花案尚未破案，上海发电厂的情况你又比较熟悉，这里正需要你呀！可是上级又下达了一个新任务，点名要你去啊……"

关涛一听要调他去执行新任务，气得差一点从沙发上跳起来。好厉害呀！这分明是釜底抽薪嘛。眼看着火就要烧到他身上，他却来了个先下手为强，要把我调走，这是万万不能答应的。关涛急忙说："孙副局长，如果我的工作不力，你可以批评我，蔷薇花案正要从这张纸条上突破，我们理应乘胜追击。如果把我调走，恐怕对工作不利吧？"

孙副局长还是那副无可奈何的样子，摊开双手说："我也是这么想啊！可是，有什么办法呢？这是市委的意见啊！"

关涛想：我刚从市领导那儿来，你能瞒得过我吗？但这事又不好挑明。他坚决地说："孙副局长，我愿立军令状，一星期之内侦破蔷薇花一案。待我破案后再接受新任务。"

孙副局长听后，"嚓啦——"把抽屉拉出半截，关涛警惕地注意着他的一举一动，只见孙副局长从抽屉里取出一份卷宗，说："老关哪，这是市委安排你去接受新任务的有关文件，拿去看吧！"

关涛接过卷宗，翻开，"公安部文件"五个红色字体立即跃入眼帘。他定睛一看，只见上面写道："甘肃南部发现几股叛匪骚扰，危害解放后人民群众的安全。本部拟请上海、天津两地抽派精干侦察人员，火速赴陇南配合驻军肃匪……"关涛看到这里，抬头望望孙副局长。孙副局长仍然是一脸无可奈何的样子，指指文件旁边的批文说："你再看看这上面还有市领导同志代表市委作的批示。"

关涛一看，果然，文件上有铅笔批语，上写："请派关涛等十名干警，明晨启程，速往陇南剿匪。"关涛看到市领导的批示，真的被搅糊涂了。他想：孙副局长他可以假冒市委名义，但现在明明是市领导同志的亲笔批文呀！这究竟是怎么回事呢？

事已至此，关涛不想再在这儿多磨蹭，但是，使他苦恼和不安的是，自己的老首长，当年在两军对垒之中，都能决胜千里，运筹帷幄，今天怎么竟轻信这个孙其的话呢？事关重大啊，我一定要去找老首长，揭穿姓孙的阴谋！想到这儿，关涛便问："什么时候动身？"

孙副局长说："文件上写得明明白白，明天早上启程。现在还有些时间，你先把蔷薇花案件的材料办个移交，全部交给盛秘书。你走了以后，盛秘书暂时调到你们侦察科去，下一步的侦破工作，由盛秘书负责。"

关涛见大局已定，只得和盛秘书一起来到自己的办公室。关涛虽然肚中有话，但不便说出。盛秘书却认真地接过一份份材料仔仔细细核实签收。两人默默无声，经过一个小时，才办好移交。关涛说："材料都在这里了！"

　　盛秘书问："都齐了吗？"

　　关涛最后只好掏出了那张小纸条，说："这是从敌人身上搜获的，蔷薇花案的工作能否顺利进行，这张纸条是关键性的证据！"

　　盛秘书连连点头，把那张纸条放在一只"绝密"档案袋内，然后看了看手表，说："关科长，时间不早了，你明天一早就要动身，快回家去准备准备吧！"

　　关涛从公安局出来，准备去找蔡力、王允，可是回头一看，发现后面有两个人影一闪，啊，有人盯梢！好厉害呀！已经在监视我了。他只好先回到家里，靠在沙发上，闭上眼睛思索起来。他觉得，今天的事自己已经处在被动的位置上，要扭转这个局面，就只有找市领导了。市领导是自己的老首长，他是了解我的，我一定要当着他的面，把孙副局长披着的那层面纱揭开来。

　　关涛主意已定，为了摆脱跟踪，他机警地从晒台上爬到邻居家里，再从邻居家的后门闪身出来，一路急走紧赶，来到市政府门口，出示工作证，说明来意后，门口警卫将他拦住，说："市领导同志到北京开会去了。"完了！市领导同志不在，事情已经没有挽回的余地了。他的心痛得像刀剜似的难受。

小镇响枪声

　　第二天天还没亮，孙副局长就亲自坐车来到关涛家里，说是要亲自送他上火车。关涛心想：哼！什么欢送，分明是押送！他们进站后，在月台上，孙副局长说："这次任务十分紧迫，来不及和你细谈，到了目的地，我们再通信联系吧！"

　　关涛一声不吭，和孙副局长拉了拉手，便上了火车。孙副局长看着火车开动，才回转身子。他刚走了几步，只见盛秘书急冲冲地奔过来，递给孙副局长一份紧急通知。孙副局长一看，是公安部发来的，叫他马上去北京参加紧急会议。孙副局长盯着通知，反反复复看了好一会，才和盛秘书一起出了车站回去了。

关涛走进车厢，按指定的座位坐了下来。他抬眼朝外看看，天还没亮，窗外一片漆黑，车厢两侧又全挂着窗帘，什么也看不清。他再透过微弱的车灯光，打量了一下周围，这车厢里坐的全是穿了干警制服的公安人员。看来，这是一节特别车厢。关涛的位子在两节车厢连接的尽头。关涛细细打量了一下车厢里的人，发现其中有六个人，总是有意无意地瞟着自己，射来十二道令人不可捉摸的目光。其中有个胖胖的络腮胡子，好像是个领头的。关涛想：这几个人是哪儿来的？为什么总是这样盯着我呢？

关涛正想着，突然，车厢门被打开了，"咯咯咯"，随着一阵皮鞋声，进来一个人。关涛猛一回头，只见进来的那个人，三十岁左右，也穿着一套干警制服，个头有一米八十以上，体魄魁梧，健壮得简直像一头牛。大个子走到关涛对面的一个位子上，坐了下来。他刚一坐下，两道目光就"刷"地在关涛身上扫了一下。关涛一颗心不由得一沉。他想：车上六个人，已难对付，如今又来了一个大高个子，更棘手了。嗯！此次去陇南，真是步步踏险，情况复杂呀！

先后上车的人虽然在一个车厢里，但似乎谁也不清楚谁的底细，只是你提防着我，我提防着他，连睡觉都睁着一只眼睛。空气紧张得点火就能着，险着哪！

列车出了上海站，轰隆隆地一直向前飞奔。列车渡过长江，过了郑州，穿过潼关，又飞出了西安，都没发生什么意外情况。

当又一天夜幕降临的时候，这节车厢里的人，神经紧绷了一天一夜，各自都有些倦乏疲惫了，他们都似睡非睡地靠在软座上。就在这个时候，关涛突然发现自己的茶杯下露出了一个小纸角。他感到奇怪，装着端杯喝茶，把压在杯子底下的小纸条迅速捏在手里，背着人瞟了一眼，只见上面写着：

市领导命你：提前下车，火速返回上海！绝密！

这封密信又是什么时候送来的呢？送信人究竟是谁呢？关涛再仔细看看，纸条角上还打了一个执行特殊任务时使用的记号。关涛顿时一阵激动，这是自己人送的。那么，谁又是"自己人"呢？他无法断定，但他也略略放了点心。因为不管是谁，总说明还有"自己人"在身边。

列车进入山区，前方到了一边陲小站，稳稳地停下了。这里上下的旅客并不多，关涛悠然地喝着茶，看着乘客们上车下车。可是，当列车即将开动的一刹那，关涛突然提起旅行袋，快步奔下车去，双脚刚一落地，列车就启动了。关涛的行动，简直叫人猝不及防，慌得车厢里的人手忙脚乱，乱成一团。那六个人你挤我撞，纷纷从窗口翻了下去。那个大高个也双脚一踮，"噌"越窗而出。

关涛飞快地越过一座拱桥，进入小镇，住进了镇头一家两层楼的旅社。他准备在这儿休息一晚，化装后秘密返回上海。现在关涛才完全明白，这次派自己赴陇南，原来是市领导同志用的计策。他那满腹焦虑和不安的心放下了，眼下又摆脱了那六个虎视眈眈的可疑之人，还有那个神秘莫测的大高个子。此时，他才真的感到有些疲倦了，便准备上床休息。

过了一会儿，旅社内忽然人声嘈杂起来，原来，车上那六个人在络腮胡子的带领下，嗷嗷吼叫着也进旅社院内来了。他们确实是一群奉了2号指令，准备趁机下手杀害关涛的歹徒。他们没料到关涛会突然下车跑了，慌得他们急忙跳下车，像一群没头苍蝇，在小镇上乱窜了一阵，终于追到这家旅社来了。

这伙歹徒在络腮胡子的指挥下上了二楼，朝关涛住的房间逼过来。他们正要往房里冲，突然"砰砰"两声枪响，一个歹徒被打中了，这下好似捅了马蜂窝，顿时"砰砰砰"、"哒哒哒"枪声吼叫起来，整个旅社乱了起来，沉寂的小镇也闹腾起来。接着驻地部队赶来了，镇上的公安人员和民兵也赶来了。络腮胡子一看大势不好，连忙狂吼一声："甩手雷炸！"随着"轰轰"两声，关涛住的那房间一片火光。硝烟一过，络腮胡子冲进房间，只见一个身穿警服的人已被炸死。络腮胡子走过去翻开死者身子，那死者的脸已被炸得血肉模糊。他急忙翻开死者的衣袋，从里面找到一张证件，一看正是关涛的。络腮胡子像得到宝贝一样，开心得号叫起来："关涛死了！关涛被炸死了！"说完，又喊了一声"撤！"几条黑影闪了几闪，便隐没在黑暗中了。

意外的重逢

关涛遇难的消息很快传到了上海，蔡力、王允万分悲痛，他们大声疾呼："为什么要让关科长一个人走？为什么不让我们跟他一块儿去啊！"他们怀着满腔的悲愤和对敌人的仇恨，"噔噔噔"来到他们现在的领导——盛秘书的办公室。

关涛的遇难，对盛秘书来说，虽然从情绪上没有像两个年轻人那么激愤，但看得出他也在强掩内心的激动。他把两位年轻人让进办公室，然后告诉他们，关涛被害，是敌人有计划的行动；关涛只身与敌人展开了殊死搏斗，他用生命换来了一个重要情报。说到这里，盛秘书拉开抽屉，从里面拿出一封信，递给他们说："这是关涛同志遇难前送出的最后一份情报。你们先看看。"

蔡力、王允接过信一看，只见上面简单地写着："刘邺汝现在上海西区教堂，此人对破获蔷薇花案有很大用处，望务必把他夺回来！"蔡力、王允看了信，更悲痛了，他们说："这是关科长用生命换来的情报。眼下孙副局长去北京开会了，蔷薇花案是由你全盘负责。盛秘书，你下命令吧，让我们打进教堂去！"

盛秘书望着两位怒气冲冲的年轻人，说："同志们，作为一个优秀的人民侦察员，一定要遇事不慌。斗争是很复杂的，绝不能感情用事啊！昨天，我收到这封信，就去请示了市领导。他反复交代，对敌人一要狠狠打击，二要注意政策。宗教信仰自由，受到政府的保护，我们可不能冒冒失失地乱闯。我们先商量一下，看看用什么办法好？"

蔡力连眼睛都急红了,跺着脚说:"我们不去闯,敌人不会送货上门的呀!"

王允冷静地思考了一下,说:"盛秘书,我有个办法,可以深入到教堂里面去。"

盛秘书急忙问:"那好哇,你说说。"

王允说:"刘叶枫自从儿子遭害、王素君出事以后,他心灰意冷了,常叨念说遭此不幸,是上帝的意旨,还说过想入教。我想,我们正好帮他找一个教徒做他的引荐人,在他去教堂举行入教仪式时,我和蔡力扮作他的随从陪同他去,伺机深入教堂进行侦察。你看如何?"蔡力一听,连声叫好。

盛秘书想了想,点点头说:"我看这个方案倒是可行的,你们先做准备吧。不过,要加倍小心。"

于是,蔡力、王允便来到了刘叶枫的上海公馆。他们见到刘叶枫,几乎认不出他来了。没几天,刘叶枫就像变了个人似的,原先大腹便便,一下子变成瘦长皮囊了;一双大眼睛没一点神采。蔡力、王允同他寒暄了几句,就说明来意,请他协助。刘叶枫听说可以找到自己的儿子了,自然满口答应了。

举行入教仪式的那天,蔡力、王允伴随着刘叶枫到了西区教堂。那是一座哥特式高大建筑,左侧有一幢两层楼房,溜尖的铁栅栏杆把整个教堂与那幢两层楼房严严实实地围了起来;教堂大门边,有一座小门房,平时人们就从那扇小门进出;小门上挂着一排搪瓷水牌,进入教堂的人,要用毛笔在水牌上写上自己的姓名和事宜,交给守门人递传进去。

守门的是一位白须白眉、又聋又哑、身患"抖抖病"的老教徒,当蔡力去敲门的时候,老人不停地摇着头、抖着手,拉开小门上的小窗门,用手指指水牌。王允忙提笔写上了"刘叶枫入教"的字样递过去,老人收了水牌,示意他们稍等等。过了一会,老人便抖抖索索地打开小门,让他们进去。

三个人走进了那个高旷的拱形大厅,不一会,身穿礼服的神父伫立在十字架前,为刘叶枫举行了入教受洗仪式。

蔡力、王允站在一旁,注视着教堂四周的门户通道,心中在考虑着如何进行侦察，并把刘邺汝救出来。就在这时，大厅的两边突然"呼啦啦"冲进来几个大汉，上前紧紧揪住了蔡力、王允的胳膊。蔡力、王允虽拼命挣扎，终因双拳难斗四手，被捆得动弹不得，他们愤怒地大声呼叫起来："我们是陪刘先生来的，你们这是干什么？"

这一喊，惊动了神父，他气愤地喝道："你们竟敢这样对待我的虔诚的教徒，实在太无礼了，赶快放手！"一个为首的马脸说："我们的事不用你管，带走！"

神父气得浑身发抖，连声说："你们这些魔鬼！撒旦！我要向你们抗议！抗议！"

可是，这伙歹徒哪听他的，强拉硬拽把蔡力和王允拖走了。

刘叶枫一看也急了，忙对神父说："他俩是我带来的随从哪，您得救救他们呀！"

神父骂道："这是些不法之徒，常常背着我干坏事，我……我再也不能容忍他们玷污我这圣洁的教堂了。"

一伙歹徒把蔡力、王允连拖带拽，拉到教堂旁边那幢两层楼房下面的一间阴暗地下室内，搜去了他俩身上的短枪，反绑了他俩的双手，再用拇指粗的麻绳把他俩紧紧捆扎起来，然后把他俩关进一只密不透气的铁桶里。那个马脸走过来，恶狠狠地说："看在上帝份上，让你俩尝尝干焖沙丁鱼的滋味，再到上帝那儿去会见你们的关涛吧！"说完"咔嚓"锁上了铁桶上厚厚的盖子，扬长而去。

这铁桶其实是一种刑具，人关进去闷得难受，时间一长就会昏迷窒息而死，歹徒们称它为"焖罐头"。蔡力、王允被关进桶里，动不得、看不见，恨得眼里喷火、钢牙咬碎。他们气恨啊！本来他们想进教堂侦察敌情，没想到一进来就身陷绝地。死，对他们来说并不怕，只是没能完成关科长的遗愿就不明不白地死去，这是最心痛的！

不多时，他们感到闷得发慌了，只得张大嘴巴喘着气，互相鼓励着：要坚持，相信刘叶枫会去报告的，盛秘书会调兵营救的……渐渐的，他们感到胸闷、头昏、目眩,虚汗湿透了衣服,人越来越昏昏沉沉了。在迷糊恍惚中,他们似乎听到地下室的铁门"咔咔"响了几声,随着铁桶盖子也打开了。一阵冷风吹来,顿使他俩清醒过来。张开眼皮一看,有个人站在面前,再仔细一看,原来是那个白须白眉的看门老头。蔡力想:你这个老头也是他们一伙的呀!他顿时怒火中烧,猛一使劲,一头撞过去,"叭嗒"把老人撞了个趔趄。

老人身手倒也敏捷,顺势一个后翻,立起就伸出两手,紧紧把蔡力抓住,轻轻喝了声:"不许莽撞!是我!"

呀!这老人的声音怎么这样熟悉呀?蔡力、王允全愣住了。

神秘的2400

蔡力、王允一听老头声音很熟,忙问:"你是谁?"

"关涛。"

两个人听说是关涛,惊得倒退了好几步。怪了!难道我们是在梦中吗?他们正在惊疑时,只见老人摸出小刀,割断了他俩身上的绳子,扯下了白发、白须,露出了真容。蔡力、王允细细一看,千真万确,是关科长啊!他俩猛扑上去,紧紧地抱住了关涛,蔡力这个铁铮铮的硬汉子,竟像孩子似的唏嘘起来。

听故事的会问,关涛不是遇难了吗?人死怎么能复生呢?故事还得回过头来说一段。

原来,那天关涛突然下车,到小镇旅店住下,刚想上床躺一会,不料有个穿警服的突然破门而入,用枪逼住了关涛,那人得意地说:"想不到吧,关科长!你们到处找我,我却自动找上门来了。"关涛这才看清楚,来人正是他们要追捕的医院大夫侯家如。侯家如也是奉了2号的密令,要他上火车暗暗跟踪关涛,并"趁机除之"。他化了装,坐在另一节车厢里,一直监视着关涛的行动。关涛一下车,他就暗暗尾随着到了旅社。这会儿他面露杀机，冷笑着说："今天，我是奉了上司的手令，要死的，不要活的！"说着，就要扣动扳机。

就在这千钧一发的时候，忽听"啪"一声响，从窗外飞进来一块石头，随着侯家如一声惊叫，他的手枪已被击落在地。紧接着，"呼"一道蓝光闪过，好似从天而降飞进一个人来，双脚一蹬，"扑"把侯家如踹到门角边，一弯腰把地上的枪拾了起来。

这几个动作简直是一眨眼的事。关涛想：此人确实了不起！再一看，啊！这不是火车上的那位大高个吗？忙说："你是……"

大高个说："我是公安部的李通海，奉上海市领导的指示，沿途保护你。"说着，出示了证件。

啊？李通海！公安系统赫赫有名的侦察英雄。关涛紧紧握住他的手说："李通海同志，真谢谢你了！"

李通海踢了踢趴在地上的侯家如，说："快说，你们把刘邺汝藏在什么地方？"

侯家如吓得抖抖索索地说："我……不知道！"

"什么？"李通海手枪一点，"你不老实，我就毙了你！"

"他……他在上海西区教堂的……地下……室里。"

李通海和关涛交换了一下眼色，两人会意地点了点头。突然，外面传来了叫嚷声，那侯家如一听，发疯似的从地上"呼"地跳起来，夺门就想逃。李通海不慌不忙，回手一枪柄，"扑"正砸在他的脸上。这时一伙歹徒已冲上二楼，李通海叫关涛顶住敌人，他让关涛把身上的证件拿出来，塞进了侯家如的袋里，然后又猛地向敌人扫了一梭子，急叫了声："快走！就让这家伙做你的替身吧。"说完便带着关涛安全地离开了旅社。第二天，关涛化了装，李通海帮他发了密电，然后亲自把他送上了返回上海的火车。

关涛回到上海之后，秘密会见了市领导，汇报了沿途的情况和下一步的打算，经市领导批准，他做好了那位白须白眉老教徒的工作，经过化装，来了个冒名顶替，来侦探教堂的秘密。今天他一见蔡力、王允扮成刘叶枫的随从进入教堂，就猜出两人的意图，因而一直在暗中观察、保护。刚才，歹徒们对蔡力、王允行凶，他都看在眼里，这会儿，他是特意来营救自己的战友的。

三个战友意外相逢，真是喜出望外。关涛对蔡力、王允说，既然已经闯入龙潭，我们就要探他个水落石出。三人商量停当，正准备悄悄出门，忽然听见外面响起了脚步声，他们屏住呼吸，从门缝里往外一瞧，差一点"啊"出声来。你道来者何人？正是在医院和苏州两次失踪的梅秀玉！

关涛一看是梅秀玉，马上便想到她在苏州给刘邺汝换氧气包的事，如今又在这里出现，说明刘邺汝一定藏在附近。于是关涛向蔡力、王允示意，跟着她。

三个人身轻轻、步悄悄，暗暗跟在梅秀玉的后面。梅秀玉做梦也不会想到在他们的老巢里，竟有公安人员在跟踪，因此她头也不回，一直朝前面走去。

梅秀玉通过地下室，上了二楼，来到第四间房的门口，也不掏钥匙，只是用手抓住门环，"吱吱"连续转了两个圈圈，那门就自动开了，梅秀玉随即走了进去。

关涛从梅秀玉的动作里，猛然想到，"二"楼的第"四"间房，又连续转两个圈圈，连起来不就是"2400"吗？呀！难道我们寻找了很久、一直是个谜的2400就在这儿吗？如果真是这样，那才是"踏破铁鞋无觅处，得来全不费工夫"哩！

他们轻轻走到那个房间门边，朝里张望，看不见什么；贴在门上听了一会，也听不到一点儿动静。怎么回事呢？不能让到手的鱼儿又溜了！关涛赶紧照着梅秀玉的做法，把门环"吱吱"转了两圈，果然门开了。可是，三个人冲进去一看，全呆了：里面连个人影也没有。

蔡力急得直搓手，王允也迷惑不解地望着关涛。关涛想：明明看见梅秀玉进来，这房间既没窗，也没第二道门，她会到哪儿去呢？看来这房间里一定有名堂，于是他就细细地打量起来，这里面除了桌、椅、床之外，再没有什么异样的东西。他在墙壁上敲敲,桌椅上摸摸,毫无结果。蔡力急得握紧大手在床头"砰"地砸了一拳,谁知这一砸,奇迹出现了!只见那张床"嘶嘶"地翻到了墙上,床下的地板也"哗哗"向两边移开,露出一个地道口。巧啊!原来蔡力无意间砸着了机关。

关涛一看大喜,一挥手,说了声:"下!"三个人鱼贯地进入地道。地道内黑得伸手不见五指,只能摸索着向前走去。他们东拐西拐,转弯抹角摸索了好大工夫,突然发现前面露出一丝光线。他们顿时来了精神,加快步子朝那光线走去。

果然,他们听到有人说话声,细细一听,是从左边地道内传来的,是个女人的声音:"快把那个绿色的小本交出来吧,要不,你这样半死不活的多难受哇!"

关涛一听话音,好像是梅秀玉在逼问刘邺汝。他连忙对蔡力、王允耳语了几句,叫他们赶快进去,逮住梅秀玉,救出刘邺汝,他在外面负责警戒。

蔡力、王允点了点头,蹑手蹑脚走了进去。那儿有个小房间,门没关紧,房里躺着一个瘦得像刀削一样的男子。梅秀玉背朝门站着,娇声娇气地说:"邺汝哇!我都陪你那么久了,我的心……也难受极了。快把那绿色小本子交给他们吧,咱俩……远走高飞。"

蔡力、王允轻轻推开门,一步跨进去,说了声:"梅大夫,久违了!"

梅秀玉回过头,惊得结结巴巴地说:"你……你们……"

"我们是特地来接你的,怎么,不认识啦?"王允说着一把抽掉她身上的短枪,用枪逼着她说,"老实点,跟我们走!"

梅秀玉怎么也想不到,公安人员会突然出现在地道里,面对黑洞洞的枪口,她只好低下了头。

蔡力走到刘邺汝面前,说:"刘先生,你受苦了。我们是来接你出去的,你爹正等着你哩!"说完,把刘邺汝轻轻背了起来。王允押着梅秀玉在前面开路,蔡力背着刘邺汝紧跟在后。

关涛见蔡力、王允已顺利地完成任务,忙示意他们赶紧出去,他自己留下来，继续侦察。他摸索着向前走了一段路，发现地道尽头有一个宽敞的洞府，往里一瞧，透过昏暗的灯光，只见黑压压地坐了不少人，那个穿米黄色西装的大个，正在吆喝着："弟兄们，2号有手令，这个教堂已经引起共产党的注意，要我们在天亮前就转移，2号已有安排，具体行动由我指挥……"

关涛一听，啊！这儿果然是敌人的巢穴，他们想溜！不行！一定要想法拖住，绝不能让他们逃之夭夭。关涛这么一想，便悄悄退回几步，准备选个堵截敌人的位置。不料，还没等他选好位置，突然，"滴铃铃——"地道里响起了刺耳的铃声。

警铃怎么会响的呢？原来蔡力、王允走了不多远，梅秀玉突然装着摔了一跤，按动了紧急信号。铃响了，王允气极了，一枪砸过去，把这个顽固不化的特务砸了个脑袋开花。

铃声一响，匪徒们乱成了一团，5号挥着枪叫道："不许乱！谁要临阵脱逃，我就毙了他！快给我冲出去！"匪徒们在枪口的威逼下，持枪冲了过来。

王允来到关涛面前说："关科长你走吧，让我来掩护！"

关涛说："王允同志，抢救刘邺汝，事关重要，你快走，这是命令！"

王允只好应了一声"是"，保护着刘邺汝，按原路出了2400房间。到了教堂，正碰上了神父，神父急忙带他们从小门出了教堂。

这时，关涛和冲上来的匪徒展开了堵截战。敌人过来一个，"砰"给一枪；来两个，"砰砰"打一对，把匪徒们全震住了。可是匪徒们毕竟人多势众，一窝蜂冲过来，逼得关涛只好边打边退。他想：只要退到2400，我居高临下，守住出口，谅你们插翅也难逃。哪知关涛退了一阵，地道内突然静了下来，枪也不响了，人也不喊了。关涛一想，突然喊了声："不好！"连忙重新冲了过去。

原来匪徒们已朝刚才刘邺汝藏身的方向逃窜。关涛估计那儿必有洞口，便大喝一声："你们已经被包围了，跑不了啦，快投降吧！"

5号见有人在后面追赶，回头又和关涛打上了。双方又对峙了一阵。在对峙中，匪徒们已逃出了洞口，当5号最后一个逃出洞口时，关涛也追了出来。

枪声指引了方向,我们守卫在附近的部队终于赶到了。匪徒们如卵碰石,稍一接火,就溃不成军,最后只好举手投降了。

这时候,蔡力、王允也赶到了。他们告诉关涛,刘邺汝已送进南普医院,他们父子见了面,刘邺汝含着泪,说他藏了一个绿色小本子。经技术人员破译,原来是敌特组织名单的密码,现在正按照市领导的指示,请他们对号入座!

关涛一听,非常高兴,忙对蔡力说:"你马上挂个电话,向盛秘书汇报,让他也高兴高兴。"等蔡力打完电话后,关涛便对蔡力、王允说,"走,我们捉拿2号去!"

张开的大网

自从蔡力、王允随着刘叶枫去教堂后,盛秘书一直守候在电话机旁,现在接到蔡力打来的电话,当即指示他们要一鼓作气,仔细搜查,务必把敌人的2号查出来。他放下电话,连夜驾驶着一辆摩托车,亲自来到了上海发电厂。

夜深了,可是发电厂的许多同志还没休息。自从发电厂的一个发电机组被敌机炸坏之后,市领导同志曾亲自到发电厂视察,要求总工程师陆宗祥和工人同志们,以主人翁的精神迅速修复发电机,保证上海正常用电。在陆宗祥的带领下,全厂技术人员和工人经过日夜奋战,终于把被炸坏的发电机修好了。

明天凌晨就要正式进行鉴定和验收了,因而今晚对机组的保卫工作就特别的严格。当盛秘书驱车来到的时候,陆宗祥和保卫科的李干事连忙迎了上去。陆宗祥十分激动地紧握着盛秘书的手说:"盛秘书,这么晚了,您还亲自来哟!"

盛秘书说:"市领导一再指示我们,发电厂是敌人重点瞄准的目标,今天晚上可是个关键时刻啊!我怎好不来呢?老实说,不亲眼看,也放心不下呀。"盛秘书边说边点燃了一支烟,吸了一口,然后用赞扬的口吻说,"一进厂就感到气氛不一样,看来你们的保卫工作做得很不错嘛。"

李干事谦逊地说:"我们的工作做得很不够,请盛秘书多检查指导。"说着,李干事走在前面领路,盛秘书在陆宗祥陪同下,进入厂区进行检查。

盛秘书显然是个行家,他不是一般巡视看看,而是认真细致,一丝不苟。他话虽不多,但听得出他那话语中既表现出内行,又毫无炫耀的意思,凡是他认真检查的地方,都是重要的、必须严加注意的部位。

他里里外外巡视了一阵,见没有发现什么问题,便满意地说:"你们的工作做得确实不错。"

三个人一路谈着,出了厂房。李干事说:"盛秘书,请到会客室休息一下吧。"盛秘书看了看手表,便随着他俩走进了一间布置得极其清雅的小会客室。踏进会客室门,就见里面坐着一个人,仔细一看,竟是孙副局长,这倒使盛秘书大感意外。他惊讶地问:"孙副局长,你怎么到这儿来啦?"

孙副局长一见盛秘书,脸上的表情似乎也流露出一般人难以察觉的变化,他站起来,和盛秘书握了一下手,说:"傍晚刚从北京回来,胡乱吃了点点心,就赶到这儿来了。肩上的担子太重,放心不下啊!来,坐下来慢慢谈吧。"

盛秘书坐了下来,向孙副局长汇报了这几天的工作。两人谈了一会,盛秘书看了看表,说:"哎呀!时间好晚了,孙副局长远道归来,早点回去休息吧!"

"不急,不急,我这人熬夜熬惯了。再坐一会儿吧,有些情况我还想详细了解一下哩。"于是,他又询问了一些其他事情。

眼看着时针快指向十二点了,盛秘书再一次说:"孙副局长,时间不早啦,你要注意身体,还是回去吧。"

孙副局长呷了口茶,没有立刻作出回答。

这时,只听厂门外三声喇叭响,一辆车开进了厂里,孙副局长放下茶杯,站了起来,说:"现在到时候了,该走啦。盛秘书,请吧!"

孙副局长和盛秘书一走出会客室,就见从车上跳下三个人来,前有关涛,后有蔡力、王允,来到他俩的面前。

孙副局长说:"盛秘书,上车吧,检阅一下你的队伍吧。"

盛秘书一看,只见车上的几个武装战士押着一伙人,其中有穿米黄色西装的5号,还有头上缠着白纱布的梅秀玉。盛秘书吃惊地说:"你们这是什么意思?"

孙副局长说:"这就用不着我说了,你心里比谁都清楚。"

关涛一挥手,蔡力、王允一拥上前,卸下盛秘书的枪,警帽。

盛秘书歇斯底里地大叫大嚷:"我抗议!你们诬陷好人,放走了真正的罪犯!你们……"

孙副局长冷冷一笑,说:"再长的戏也总有结尾,你的戏也该收场了,还是留点精神回局里去作交代吧。带走!"

盛秘书说:"慢!你们凭什么抓我?你们究竟有什么根据?你们这样做是犯法的!"

孙副局长说:"呵!你还不死心呀?那好,我就讲给你听!

"你们是一伙潜伏在大陆,阴谋对年轻的中华人民共和国进行破坏、捣乱的败类。你们选择的第一目标就是上海发电厂,如阴谋得逞,几百万人口的上海城就会顿时陷入黑暗,你们就可趁着混乱,进行更阴险的破坏。

"可是,由于发电厂防卫很严,你们无从下手,于是,你了解到陆总工程师酷爱手表,就密令你们在南洋的同党王素君,偷来了刘叶枫先生的白金手表,装上了定时炸弹,并且密放在我写的中堂里,送给陆总工程师。你满以为陆总工程师会很高兴地戴在手上,到时你们就可引诱他到发电机旁,一旦爆炸,就可达到机毁人亡的双重目的。

"可惜啊,白金手表被关涛同志识破了,你的阴谋没有得逞!当你在思谋下一步的诡计时,你的同党王素君遗失了特务密码名单,打乱了你的部署。眼看着你们的组织岌岌可危的时候,你却来了个丢车保帅,杀了王素君,并嫁祸于邢俊友,企图转移我们的视线。

"当关涛同志怀疑我们内部有人走漏风声时,你慌了手脚,为了保存自己,你便抛出了一个'2号手令',故意让一个特务穿上米黄色西装引诱关涛同志追捕,有意把所谓手令抛出来,嫁祸于人。

"你这个手令倒也确实迷住了一部分人,技术科的同志上了当,连关涛同志也中了你的计。可是,你的这一切都没能瞒过市领导的眼睛。市领导同志洞察风云,决定张开大网,把关涛调走,让你来负责此案的全部工作。

"你自以为得计,密派同伙伺机杀害关涛同志,不想关涛同志并没遇害,反而弄清了刘邺汝的下落。当蔡力、王允侦察教堂时,你又暗中指使同党加害他俩。可是你做梦也没想到,关涛同志已经在教堂了,他救出了自己的同志,救出了刘邺汝。

"你看大势已去,就孤注一掷,铤而走险,亲自出马来到发电厂,妄图炸毁发电机,再逃之夭夭。这就叫'机关算尽太聪明,反误了卿卿性命'。

"今天,我是奉了市领导的命令,特来收网的。2号先生,还有什么话说吗?"

谁知盛秘书听了这番话,不但毫不惊慌,反而"嘿嘿"冷笑了几声,说:"我真佩服你,真会编故事。我想你应当清楚,我是什么时候入党的!"他说着,猛地撸起袖子,"解放前夕,为了保护这个发电厂,我是流了血的!伤疤还在呢!"

孙副局长一听这话,气得脸也变色了:"住嘴!你是钻到我们党内来的敌人!你凭着在护厂时流的几滴血的资本,钻到我们的心脏部门,当上了公安局局长办公室的秘书。但是,2号先生,假的就是假的,你以你的行动,剥掉了伪装。我前面说的不是故事,而是铁的事实!你伪造的手令,经过专家的严格鉴定,已证明是你的手迹。还有……"

孙副局长挥了挥手,只见李干事和陆宗祥走了过来,把那块白金手表,还有一张快速拍下的他放手表的照片,举到他的面前:"这是你刚才塞进发电机里的手表,你还想抵赖?"

2号头上终于冒汗了。这时候,钟声已敲过十二响,2号吓得连连后退,胆战心惊地说:"炸……炸弹!"

孙副局长轻蔑地一笑,说:"胆小鬼!定时炸弹早已排除了。"说着,"啪"

一声打开了白金手表,取出一朵绿色蔷薇花,说,"这就是你们特务组织的标记,绿色蔷薇花!怎么样?2号!如果我说的还有什么不完善的地方,就'请'你回局里去再作补充吧!"

关涛上前把他一推,喝了声:"走!"

蔡力、王允走上前,"咔嚓"一声给他铐上双手。

孙副局长叫住关涛,说:"关涛同志,市领导正在办公室等我们的消息,快给他挂电话。"

"是!"

押着特务的汽车开出了电厂,孙副局长和关涛乘坐的吉普车紧跟在后面。两人不约而同地对望了一眼,内心充满了说不出的喜悦。

此时,午夜的钟声刚刚敲响,新的一天又来临了。

(搜集整理:肖士太 黄宣林 欧阳德)

(题图:黄英浩)

神探·谜案

shentan mian

百密总有一疏。自认高明的罪犯,总会留下蛛丝马迹。寻找线索,是神探们的拿手好戏。

望月鳝

安东府新任知府姓苏名月镜,人称"苏青天"。上任第一天,他便按照惯例,着手处理上一任知府遗留下来的积案。翻阅案卷时,发现有一起当时震动安东的"奸情杀夫"案,罪犯张氏判斩,定于某年某月某日午时三刻在西市口斩首示众。

看着案卷,苏青天不禁皱起了眉头:既定为奸情杀夫罪,为何不见奸夫;既说是奸情,如何案宗里没有奸情证据。苏青天暗自寻思:杀头可不比割韭菜啊,一定要等抓到了奸夫方能开斩。

苏青天随即升堂,对张氏"奸情杀夫"案进行复审。

张氏被带上堂来,但她头戴重枷,脚拖大镣,"扑通"跪倒,口喊:"冤枉!"

张氏今天突然翻供,使苏青天定要弄个水落石出。于是,他将惊堂木猛地一拍，大喝一声："斗胆泼妇，光天化日之下胆敢谋害亲夫，还不给我从实招来，交出你的野男人。"

张氏跪在地上说："青天老爷在上，民女张氏冤深如海，望青天大老爷作主申冤。"

"你既说有冤，冤在哪里，快快讲来。"

张氏一五一十地把发案经过向苏青天陈述了一遍，最后哭着喊道："民女如有半点不轨，万死无冤。望青天大老爷万万要为民女作主。"

苏青天叫人把张氏押回牢房，宣布退堂。

这一夜，苏青天卧室的蜡烛亮了一个通宵。

第二天一早，苏青天发布了上任后第一张榜文，内容是：半月内，市场黄鳝全部由衙门统一收购；如有私买、私卖者，立即捉拿问罪。一时街头巷尾议论纷纷，人们对新知府的举动怎么也捉摸不透，只知道新知府是快刀斩乱麻的断案老手，都想看看他重新审理张氏"奸情杀夫"案，能审出什么名堂来。

话说半月之后，衙门一共收购了七荷花缸的黄鳝，统统放在苏青天的小庭院内喂养。

这天，正是农历十五，玉兔东升，地自如银。苏青天轻手轻脚地围着一只只荷花缸观察，只见缸内成千上万条大大小小的黄鳝缠成一团，当苏青天走到第七只缸边时，只见缸内有一条黄鳝与众不同，正昂着头，向着天中的明月呆呆地望着。苏青天伸出手猛地一抓，这条黄鳝头一缩，立刻钻进黄鳝堆中去了。

第二天，苏青天命人把另外六只缸的黄鳝卖了，将剩下的第七只缸内的黄鳝均匀地分在七只缸里。

转眼又到月半，苏青天又在缸边观察，其中一只缸内有一条黄鳝在昂首望月，苏青天想抓又未抓到。次日，苏青天命人把其余六只缸的黄鳝又卖掉了，将这一缸的黄鳝又分在七只缸里。

如此这样，经过若干次的反复，苏青天终于把这条喜欢昂头观月的黄鳝找了出来。

　　眼看张氏原判处斩之日临近,衙门却迟迟未见动静,人们耐不住气了,更有传闻说:"新知府看这张氏长得漂亮,想纳为近妾。"就在这时,苏青天的第二张榜文张贴出来了:定于某日午时三刻,在西市口设公堂,当众判决张氏"奸情杀夫"案。消息一下子传遍整个安东。

　　到了这天午时三刻,台下挤满了黑压压的人头,苏青天登上临时高筑的大堂,高声说道:"经复审,张氏'奸情杀夫'案乃是一件冤案,本堂当众宣判:张氏应立即开枷释放。"

　　话音未落,台下人声鼎沸,张氏婆家的人更是吵得厉害,大喊苏知府断案不公。

　　苏知府猛拍惊堂木,台下才渐渐静下来。然后,向台下众人讲道:"父老们,乡亲们,这的的确确是个冤案,你们且听我细细说来,再作议论不迟。"于是,苏青天就把这个案件的发案经过向大家讲了一遍。

　　原来,张氏家住安东城外。一家三口,丈夫王二和六旬老母,三人和和气气,相敬相爱,日子过得幸福美满。

　　王二家的耕田离家很远,每次王二外出耕作都是早出晚归,早中两顿饭由妻子送去。这一天,天刚蒙蒙亮,王二就牵着牛、扛着犁下田了。耕了来回两趟以后,正好耕到一座坟的边上,王二手上的犁把猛地一震,突然从亮闪闪的犁片下面冒出一股殷红的血来,随即窜出一条酒杯粗的、黄灿灿像蛇一样的东西来。王二大惊失色,拔腿就跑,跑到地边时,发现没有什么动静,于是又转回来。仔细一看,原来是一条足有两三斤重的黄鳝,头已经被犁片切成半片,死了。王二暗自高兴,心里想:今天运气不错,我的口福大,中午可以美美地喝它几口酒了。于是,王二就折了一根树枝,把黄鳝挂在旁边,继续耕作。

　　不一会,妻子张氏送饭来了,王二高兴地告诉张氏:"今天口福大,耕地耕出一条肥肥的黄鳝,要是到街上买,少说要几吊钱,你拿回去,中午给我打几两酒来,我要美美地喝上几盅。"妻子拿着黄鳝走了。

时值中午，张氏果然给他送来了一盆香喷喷的红烧黄鳝和一壶酒。这时，王二还有一趟田没有耕到头，他便对妻子说："你先把饭菜放在那里，我这一趟耕好再吃，你先回去吧。"妻子回家去了。

可谁知直到天已经黑透了，还不见王二回家。张氏和老母非常焦急：莫不是今天中午喝了点酒，加上耕作劳累，在地里睡着了吧？张氏连忙找了几个邻居帮忙，到田里去找王二。

这几个人打着灯笼，一路找到田里，发现王二倒在地上，七窍流血，已经死了。这还了得！众人有的到衙门报案，有的到王二家报丧。

验尸官策马赶到，见王二全身青紫，七窍流血，系服毒死亡；推断死亡时间，是在半日之前，也就是午饭时候。

王二家里的人都一口咬定王二是被张氏害死的，理由是午饭是张氏送的，定是途中在饭里放了毒药。于是，他们不顾张氏已经被这突如其来的噩耗击昏过去，就一起到衙门告状。

前任知府胡定一向对女人害死丈夫案深恶痛绝，听说王二之死是其妻张氏所害，随即升堂，传讯张氏。张氏刚醒过来，就被带到堂上。胡知府大喝一声："狗胆泼妇，竟敢害死亲夫，快快如实招来，免得皮肉吃苦。"

这张氏是农家村舍之女，何时见过这样大的阵势，被胡知府这一个下马威吓得六神无主，过了好一会才清醒过来，哭着在堂前大喊："冤枉！"

胡知府一听张氏喊"冤枉"，怒从心头起，惊堂木一拍，说："贱骨头，不是你在路上下的毒，为什么你们吃一锅里的饭，你却没有死？你又为什么不等你丈夫吃完饭再回来？你今天是不打不招。来人！给我大刑侍候！"

就是堂堂七尺男子汉也禁不起这样的"侍候"呵，可怜这弱女子，大刑之下，不得不含冤供认。就这样，张氏被以"奸情杀夫罪"打入死囚牢门。

苏青天到任后，发现此案证据不足，复审张氏时，对她讲到的黄鳝的情况引起了注意。当夜，他查阅了许多医书，最后在一本书中发现有一种叫做"望月鳝"的东西，外形和普通黄鳝没有区别，但有剧毒，人服后立即死亡；这"望月鳝"和其他黄鳝的根本区别在于：每逢月亮圆时，这黄鳝就会昂起头，静静地向月亮观望，所以给它取名为"望月鳝"。但是，这种望月鳝在世上甚少，往往几万条里边才能有一条，于是，苏青天一边命人大量收购黄鳝，定要找到这种望月鳝，一边又暗中进行大量调查，了解张氏平时为人，以及他们一家相处的情况，断定王二之死，绝非出自张氏之手，而是吃了望月鳝所致。

说到这里，苏青天顺手从一只瓦罐里抓起一条酷似黄鳝的望月鳝，当场命人活杀、烧熟，喂给狗吃，只见那条狗顿时七窍流血，倒在地上。一时真相大白，众人拍手叫好！张氏的老母和同族亲戚都来到堂前，扶起跪在地上的张氏。

从此，苏青天的名声越传越远。

(搜集整理：晓国子)
(题图：陈　宁)

田知府隔省断案

清朝光绪年间,一天,襄阳府一家饭店门口,站着一个中年妇女,满面愁容,眼含热泪。她怀里抱着的男孩,手里拉着的女孩,都在哇哇啼哭。店里的师傅王二看了十分同情,上前问道:"大嫂,你是哪里人,为啥这样伤心?"

那妇女说:"俺是广西人,因蒙冤受屈,到县衙、州、府、省城告状没告准,现在去北京告御状,路过这里。怎奈所带盘费已经花完,孩子们饥饿难忍,有心要讨一点,又难于开口。"说着,泪如泉涌。

王二忙端出两碗米饭让他们吃,又说:"北京离此千里迢迢,你携儿带女,沿路乞讨,不知何年何月才能走到。襄阳知府田大人,清如水,明如镜,人称包公再世,你何必舍近求远呢?不如先到府衙起诉,田大人若是不管,再进京也不迟。"

饭铺掌柜听王二这么讲,出来说:"王师傅,你真多事!她是外乡人,本省本府都不管，这里会管吗？"

王二说："天下官管天下事，想管，隔州隔县也能办；不想管，本州本县也枉然。让她到咱襄阳府试试，也坏不了事嘛！"

那妇女听王二说得在理，便寻路来到府衙。田大人升堂讯问，她便把自己冤情从头到底讲了一遍。

原来那妇女名叫麻淑娟，家住广西省德保县人安村。爹娘下世后，留下她和弟弟麻俊德艰难度日。那时，人安村驻扎一支镇守边防的清兵，为首的一名武官名叫许培武，是内地人，家中无亲无故，只身在外。此人心地善良，怜惜穷人，麻家两位老人下世时，曾经解囊相助，事后又关心照料麻家姐弟。麻淑娟感恩不尽，又敬重许的人品，便与他结为夫妻。

后来，许培武抵抗外患，屡立战功，不断加官晋级，最后当上了广西边防统领。部队迁防后，麻淑娟随夫同往，与其弟分居两地。从此，许把自己俸禄的节余部分，全交给妻弟麻俊德收存，以备解甲归田之日，同居一处，共同使用。不想麻俊德起了昧财之心，所收银两置庄买地，文约上写了自己的名字，霸为己有。七八年后，许统领不幸阵亡。麻淑娟手中没有积蓄，只好带着儿女回到弟弟家中。麻俊德见姐姐空着手回来了，便冷眼相看，恶语相伤，想把母子三人赶出门去。麻淑娟见弟弟恩将仇报，被逼无奈，便到官府申诉。谁知官府都说许培武交给麻俊德的银两一没字据，二没人证，空口无凭，因此县衙不准，州衙不受，府衙不管，巡抚大人不理。麻淑娟走投无路，只好去北京告御状。如果再告不准，便准备一头碰死在金殿上。

听到这里，田知府问："你告御状，怎么告到本府来了？"

麻淑娟说："路过贵府，多亏饭店师傅王二指点，说大人为官清正，让我前来试试。如果大人准状，也是民妇万幸；如果不准，俺就下堂。"

田知府沉思片刻，命人取来纹银十两，递给麻淑娟，说："你母子先到王二那家饭店暂且住下，等候本府查明实情，再作处理。下堂去吧！"

一月之后，田知府升堂问案。先把麻淑娟传来，让她坐在大堂屏风后面，又传被告麻俊德上堂。

田知府问:"麻俊德!七十二行,你干的哪一行啊?"

麻俊德答:"七十二行都不会,全靠家里几亩薄地,租给别人耕种。"

田知府冷冷一笑:"噢!是个不务正业的人哪!"

麻俊德一听,知道话里有话,忙磕头禀道:"大人!广西与湖北既不是一省,又隔州隔县,小民奉公守法,把我押到这里,不知为啥?"

田知府说:"天下官为天下百姓办事,有人把你告到本府,本府就要传来审问。你犯了王法,还要明知故问,刁民!"

麻俊德摇头晃脑,装作为难的样子说:"大人,小民实在不知犯了哪条法呀!"

田知府喝道:"匪徒!你与拦路抢劫、图财害命的蒋八王狼狈为奸,坐地分赃,该当何罪?蒋八王已经捉拿归案,你还不如实招来!"

麻俊德一听,大叫冤枉:"青天大老爷,这是别人陷害,小人绝无此事!"

田知府又问:"你一不耕田,二不经商,不务正业,如不是坐地分赃,你置庄买地的钱从何而来?"

麻俊德打个愣怔,结结巴巴地说:"那……那是祖上留……留下的。"

田知府把惊堂木一拍,喝道:"不当面对质,料你不肯招认。我把蒋八王押上堂来,如果与你素不相识,本府也不冤枉你;如果蒋八王认识你这个窝赃罪犯,可要从严治罪!"说罢,让麻俊德换上衙役号褂,站在衙役中间。然后,命人从监中把蒋八王提到堂前,说道:"在这大堂之上,你要认出同伙麻俊德来,认错了人,可要罪上加罪!"

蒋八王戴着脚镣手铐,在大堂上这厢看到那厢,最后来到麻俊德身旁,咬牙切齿地说:"好你个不仁不义的麻俊德,兄弟抢劫财物全放在你家,谁知你翻脸不认账。如今我被囚在襄阳,你却逍遥法外,既不设法搭救,也不来监里探望,江湖义气,全然不念,你真狠毒呀!"

田知府命人把蒋八王押下堂去,说道:"麻俊德!你若不与蒋八王同谋作案,他岂能认识你是何人?该招了吧!"

麻俊德被弄得莫名其妙,支支吾吾不知怎样回答。

田知府又把惊堂木一拍："拉下去重刑伺候！"

麻俊德浑身筛糠，磕头哀告说："大老爷！我实不瞒你，置买家产的钱不是我的，但与蒋八王可不沾边儿，全是昧我姐夫许培武的。你可千万别信蒋八王的话呀！"

田知府哈哈笑道："我可不信你说的话。你姐夫是你姐姐的丈夫，昧你姐夫的钱，如同昧你姐姐的钱，同胞姐弟，如此绝情，你良心何忍？料你姐弟之间不会做出这等无情无义的事。抢来的就是抢来的，岂能容你避重就轻！"

麻俊德听了，咧开嘴哭了起来："大老爷！真是我姐夫的钱哪！他已经死了，如今姐姐还在追要，都怪我财迷心窍，六亲不认，到现在后悔也晚了！"

田知府说："你说昧你姐姐家的钱，本府没与你隔墙住过，昧与不昧，本府也不知道。若能把你姐姐喊来，当堂作证，这窝赃之罪便可否定，现在也不晚呀！"

麻俊德说："广西离这里相隔千里，咋能把她喊来？"

田知府说："我这公堂乃是神灵宝地，只要你面北大喊三声，她就会应声而来。"

麻俊德喊声未落，麻淑娟绕过屏风，走下堂来，问道："弟弟，你不在家中享福，来这里干啥？"

麻俊德定睛一看，姐姐果然到了，又惊又喜，流着泪说："姐姐！贼咬一口，入骨三分啊！我的房屋田地全是用你家银两置买的，强盗蒋八王却一口咬定我与他是同伙，大人不信，请姐姐作证。"

麻淑娟感激襄阳知府足智多谋，逼使弟弟说了实话，为自己申明了冤情，于是眼含热泪禀道："大人！我弟弟的家产与蒋八王毫无瓜葛，全是用我家节余的银两置买的。请大人公断！"

田知府提笔书写一道公文，让麻俊德按上手印。

麻俊德捧着一看，上面写道：

广西省德保县人安村麻淑娟，状告其弟麻俊德昧银一案，经查明，麻俊德现有家产均系昧其姐家银两所置买。

被告麻俊德供认不讳。本府判定：麻俊德现有家产应全部归还麻淑娟……

这时，麻俊德如梦初醒，明白是中了田知府的计谋。

原来，一月前，田知府准了麻淑娟的状，就派人去广西查访，不但查明了实情，还认准了麻俊德的相貌特征，将麻俊德押到襄阳后，便采取弄假求真的办法进行审问。堂上出现的"蒋八王"，原是府衙一名武官所扮，他就是派往广西私访的人。

麻俊德按了手印，田知府说："麻俊德，回去照本府的判决办理，不得违抗！如再不认账，本府定要加重治罪。下堂！"

麻俊德起身要走，麻淑娟忽又禀道："大人！念俺姐弟同胞之情，愿将家产分一半给弟弟，使他也能温饱。"

田知府听了十分感动，知道麻淑娟出于真心，便在判决书上又添上一笔。两厢衙役个个敬佩，都称赞麻淑娟宽宏大量。麻俊德更是热泪纵横，向姐姐千恩万谢，然后一起走下堂去。

从此，田知府隔省断案的事，天下传扬。

(搜集整理：刘俊立 张楚北)

(题图：顾世鸿)

包公考子

　　包公一生清正廉明，铁面无私。这年，包公告老还乡，他吩咐家人悄悄收拾了行囊，连夜雇了一条船，顺流而去。

　　行至半路，包公的船被一条大船追上，大船上下来一位身着簇新官服的少年，见了包公跪倒在地，说："孩儿拜见父亲。"原来，这少年是包公的二公子包繂。今年包繂上京应试，中了金榜三甲，被委任为县令，即刻上任。路途中包繂得知父亲告老还乡，便赶来相送。

　　包公见了很高兴，说："你与为父正是顺路，咱们不妨一同乘船上路，也好省下一半路费。"

　　包繂便打发走自己乘坐的官船，与包公同乘一条船前去赴任。路上，包公问起包㑷的为官之道,包㑷毫不含糊,说自己立志成为父亲那样的清官。包公沉吟道:"做清官可不容易啊!"

父子俩一路走,一路聊,不觉船行到清江口。一位渔翁听说包公告老还乡正巧经过清江口,死活要送他一条清江鲫鱼。包公见渔翁态度坚决,只好收下,但悄悄吩咐下人临走时留下几钱银子,算是买鱼钱。

清江鲫鱼味美肉鲜,天下闻名。包公命下人拿去厨房炖上,不想过了半天,去厨房端鱼的下人慌里慌张地跑进来,说他刚才去厨房端鱼,不料却发现鲫鱼不知道被谁偷吃了,只剩下一堆鱼骨鱼刺。

包㑷勃然大怒:"这一定是下人们馋嘴,偷吃了鲫鱼。"可是下人们都说自己没有偷吃。包㑷一时无法,望着包公。

谁知包公却平静地说:"你身为县令,如果连一个偷吃鲫鱼的案子都断不清,还能去治理一方吗?"

包㑷面露羞色,他在船舱中踱了一会,便命令下人们一一接受询问,要讲清在鲫鱼被偷吃的半炷香工夫里,他们都在哪里,有谁为证。结果,包㑷发现有三个人无法证明自己的清白,一个是炖鱼的厨子,一个是丫环小柳儿,一个就是端鱼的下人。

厨子说他一直在厨房做菜,只在鱼快熟时离开了一小会去方便;丫环小柳儿则说她有些晕船,那会儿独自一人在船头透气;而端鱼的下人说自己一直侍候在船舱外,去端鱼的时候发现鱼已经被人偷吃了。

包㑷一时犯了难,三人均有作案的时间:厨子可以利用他一个人在厨房的便利,从容偷鱼;丫环小柳儿有可能利用厨子出去方便的时候进厨房偷鱼;端鱼的下人更别说,他完全可以在端鱼的时候偷吃。包㑷不知道该如何是好,他思忖半天,想不出办法,一时性急,命令随从:"给我打,我看是他们的嘴巴硬,还是板子硬。"随从不顾三人的哀求,刚想举起板子下手,就听一声怒喝:"住手!"

只见包公黑着脸,怒气冲冲地走进来,他训斥包㑷:"我以为你有何高明手段,原来不过是严刑逼供、屈打成招。用板子审案的官全是昏官庸官,你连一件窃鱼案都要借助板子，以后如果遇到大案，岂不是每次都要动大刑？与其让你留下无数冤案，给我包家丢脸，还不如不去做这个县令。"说着，包公拿起包僖的官印，就要丢进水里。

包僖赶紧上前跪倒："父亲，我错了，是我一时性急，请父亲放心，我在一天之内定要断清此案，否则我自己把官印归还朝廷，脱下官袍，回家种田。"

包公见包僖言辞恳切，才收起怒气："也好，就看你一天之内如何了断此案。"

包僖来到厨房，翻看了盘中剩下的鱼骨，思忖半天，突然眼前一亮，急忙端着盘子来到包公房中，说："父亲，我找到了一处疑点。"

包公忙说："说来听听。"

包僖指着盘里的鱼骨说："常人吃鱼时，要十分留心鱼刺，因为一不小心，就会被鱼刺卡住喉咙。但是看看这个盘里，鱼刺根根不少，上面鱼肉皆无，鲫鱼被偷前后不过短短半炷香工夫，什么人有如此本事，能在眨眼间把这么大一条鲫鱼吃得干干净净、骨肉分明？这不是太奇怪了吗？我想，这盘子里的鱼根本不是渔翁送的清江鲫鱼，偷鱼的人一定是先把鲫鱼偷走，再用早先吃剩下的鱼骨冒充。"

包公听后，捋须点头说："不错，你的洞察力还不差。"

包僖说："既然偷鱼的人还没机会吃掉鲫鱼，我想鱼一定还藏在船上。"他立即下令让随从搜船。不料把船翻了个遍，仍没有发现鲫鱼的影子，包僖又被难住了。他怎么也想不到，自己竟然会被一条小小的鲫鱼弄得灰头土脸。包僖心里烦恼，一不小心，打翻了一个砚台。这时正巧夫人进舱，见砚台翻倒在桌上，便问："是哪个丫环如此粗心，打翻了夫君的砚台？真是该打。"

"夫人不用生气，砚台是我自己打翻的……"包僖心不在焉地说着，突然，他脑海里仿佛划过一道闪电，心里一阵亮堂。

包僖兴奋地赶到包公舱内，说："父亲，偷鱼的人找到了。"

包公问："哦，是谁？"

包㸅微微一笑："请父亲恕罪，那个偷鱼的人，就是父亲您。"

包公饶有兴趣地追问道："为什么说是我？"

包㸅胸有成竹地说："刚才我不小心打翻了一个砚台，夫人便怀疑是丫环打翻的，这使我想到，我们总是责怪下人犯错，却不想我们自己同样会犯错。其实鲫鱼失窃当时，除了三个下人，还有一个人也有作案的时间，这人就是父亲您。当时您曾经出去过一会，可我却根本没有怀疑您。搜船时，全船也只有父亲您一人身上没有被搜。而最为关键的一点，就是父亲您穿的是宽袍大袖，平时您都是垂着袖子，可自从丢鱼后，父亲却一直把袖子拢在一起，因此我断定，鲫鱼一直都藏在父亲的袖子里。"

包公听完哈哈大笑："不错，鲫鱼是我偷的。"说着，他垂下袖口，一条半熟的鲫鱼从袖子里掉了出来。

原来，包公见包㸅虽然志向远大，却有些纸上谈兵，夸夸其谈，于是他临时想了个主意来考验包㸅的断案能力。如果包㸅断不清此案，包公将会上书朝廷，收回包㸅的县令之职，免得天下又多一个昏官。

包㸅明白了父亲的苦心，上任后勤勉自爱，善治政事，后来也成了像包公一样的清官。

(于　强)
(题图：黄全昌)

玉球之谜

一天下午,三轮车工人陈为民的老婆回家推开门一看,吃了一惊,见丈夫陈为民躺在沙发上,口吐白沫,神志昏迷,家里的箱子、大橱和抽屉都被打开了,她赶紧去公安局报案。

市公安局侦察科铁科长赶到现场,发现陈为民的房间不大,但摆设倒是很像样,打蜡的红漆地板照得出人影,一套新式家具,还有落地电风扇、三用衣架、彩色电视机、四喇叭收录机,谁也想不到这个房间的主人会是个踏三轮的工人。虽然箱子、大橱都打开了,但收录机和陈为民手上的进口手表都没有动。铁科长想,看来这不是一般的经济盗窃案。于是立即将陈为民送医院抢救,又将地上的半截烟头包好,送回局里化验。化验结果,说香烟里含有一种粉末,具有强烈的麻醉作用。

经过医生抢救以后,陈为民醒过来了,他说,他今天休息在家,中午时来了个民警,一边说要向他了解一下情况,一边掏出香烟,递给陈为民一支,他吸了没几口就昏迷过去,什么事情也不知道了。

陈为民的老婆又报告说,经过查点,家中共失窃存款五百四十元,还有一张二十元的有奖贴花,号码是2854480。铁科长一听,就问她:"为啥记得这样清楚?"原来,陈为民参加储蓄以来,他从未得过奖,这次特地洗干净了手再去买,买回来给他老婆一看,她脱口而出:"怎么买了这么个号码,你看,'二百五试试不灵'。"就这样,把七个号码全记住了。

事有凑巧,第二天,人民银行公布中奖号码,"2854480"竟是头奖。这给破案提供了一线希望,铁科长紧紧抓住了这个线头,作了周密的布置,等待罪犯自投罗网。

一连三天,这个头奖没人来领。直到第四天傍晚,银行刚要关门,急匆匆跑来一个年轻小伙子,递上一张存单,营业员一看号码,正是"2854480",赶紧报告公安局,罪犯落网了。

经过审问,罪犯作了详细交代:他名叫叶飞虎,今年二十八岁,住在陈为民隔壁。最近正为结婚要花费三四千元而发愁。四天前的上午,他听到隔壁陈为民家来了个客人,讲一口绍兴话,起先,他倒毫不在意,后来听到陈为民说:"两万?不行!你告诉他们,起码一只手。"便引起了叶飞虎的注意,他从床上爬起来,在板壁缝里钻个小孔,偷偷一望,只见两人一声不响在吸烟。不多一会,陈为民头一歪,就倒在沙发上不动了。那个人立即戴上手套,从陈为民身上摸出钥匙,就"唏哩哗啦"地开始翻箱倒柜地寻找什么东西。三四分钟以后,那人捧出一个布包,轻轻打开,露出了一只荷花型的玉球,红白相间的花瓣,同真荷花一样,十分精巧。这时叶飞虎才明白,他们刚才讨价还价,正是为了这个东西。叶飞虎正想着,只见那个人拿起一根绳子往陈为民脖子上套。"啊,他要杀人!"叶飞虎脚一软,从凳子上跌了下来,等他爬起来再往小孔里望去,隔壁房间里除了陈为民昏倒在沙发上,已经人去楼空。

过了好一会,叶飞虎产生了一个歪念头,决定来个趁火打劫,捞点外快。于是悄悄地溜过去,怕目标太大,他不敢拿实物,偷了现金和有奖贴花,然后用拖把把脚印全部擦掉。

叶飞虎讲完了整个作案过程，铁科长说："难道你忘了，当时陈为民房间里还有个一身民警打扮的人？"

"民警打扮的人？没有，没有，确实没有，我要有半句假话，愿受加倍处罚。"

叶飞虎被押下去以后，铁科长想：看样子，叶飞虎不像在说谎。可是为什么他的口供同受害者陈为民的叙述不相同呢？陈为民为啥对玉球只字不提？这玉球又是什么东西？这一连串的问号，在铁科长脑子里转个不停。为了弄清这些问题，决定让叶飞虎和陈为民见见面，当面对证。

可是，事出意料，出院回家的陈为民连同他的三轮车一起失踪了！找遍大街小巷，不见他的影子。直到第二天早晨，才在万松林的一个山沟里发现了他，三轮车轮子朝天，陈为民已经僵硬笔直了。从现场看，三轮车很像是从斜坡上翻车跌进沟底，陈为民脑袋撞在石头上而死去的。但经过检查，三轮车刹车性能良好，不可能滑坡出事，特别是他脑袋撞着的那块石头沾着的土质同沟底的土质不相同，分明是石头撞脑袋而不是脑袋碰石头。同时，还发现附近的草有许多被踩倒。这些迹象表明，陈为民很有可能是被谋杀的。

铁科长看完现场回到局里，正要讨论案情，突然送来了一封奇怪的信，信封上写着：

"本市公安局侦察科长收　内详"

铁科长拆开一看，里面没有信纸，只有一张照片。照片上一个男子举着一块大石头，朝另一个的脑袋砸去，旁边还有一辆翻了身的三轮车。很明显，被害者正是陈为民。大概照片是偷拍的，所以凶手只是个背影。照片的反面写着一行小字："摄影者：一个祖国的罪人。"咳！世界上的事情就是这么复杂，尽给侦察人员出难题：拍照片的是什么人？为啥称"祖国的罪人"？而照片上这个凶手又是谁呢？尽管复杂，可是照片还是拍下了犯罪分子的某些特征。经过侦察人员的努力，终于查到了这个凶手，他正是和陈为民同一个三轮车队的一个绰号叫"甲鱼"的绍兴人。铁科长了解了这一情况后,却没有去惊动他,只是暗中作了周密的布置,看这个"甲鱼"下一步怎么"爬"?

第二天一早,"甲鱼"踏着三轮车来到华侨饭店门口,他没有主动地去兜生意,而是躺在三轮车上,二郎腿一跷,看起报纸来了。但两只眼睛并不盯在报纸上,而是注意着从里面出来的每一个人,显然,他是在等人,等谁呢?鬼知道。

就这样,"甲鱼"从早晨等到十点钟时,饭店里走出一个人来。此人油头粉面,西装革履,右耳朵上有一块明显的黑痣,是香港一个走私集团的成员,外号叫"黑耳朵"。

"甲鱼"一见"黑耳朵",连忙一跃而起,迎上去问:"先生,要车吗?"

"黑耳朵"朝"甲鱼"看看:"车稳吗?"

"不但稳,而且舒适安全,万无一失。"

就这样三言两语一交谈,"黑耳朵"跳上三轮车,"甲鱼"蹬起就走。就在这时,又从里面出来个女华侨,她坐上另外一辆三轮车,尾随而去。

"甲鱼"蹬着三轮车左拐右弯,很快来到一条僻静的林荫道上,车速渐渐慢了下来。"黑耳朵"问:"货带来没有?"

"甲鱼"腾出一只手,两个指头一捻,说:"你从那边来怎么不懂规矩?"

"黑耳朵"微微一笑:"看货定价,这也是我们的规矩,你不会不懂吧?"

"甲鱼"立即从怀里摸出一张照片,递给"黑耳朵":"请原谅,带实物不方便。"

"黑耳朵"接过照片一看,确是那只光彩夺目的玉球,就问:"什么价?"

"五万。"

"太黑心了吧?"

"嫌贵就请你们老板亲自来谈,请下车吧。"

"黑耳朵"见"甲鱼"态度生硬,就说:"好,我是贪货不贪财。什么时候交货?"

"明天早晨八点,后山公园假山旁边,怎么样?"

"好,一言为定,回饭店。""黑耳朵"说完,摸出几张十元票面的兑换券,递给"甲鱼","我们交个朋友吧。"

"甲鱼"接过钱,掉转车头往华侨饭店踏去。路上,"黑耳朵"又问:"老兄,这宝贝怎么会到你手里?"

"甲鱼"一呆,心想:怎么到我手?这很简单,当年和陈为民一道造反,抄家时在一个姓宋的老华侨家里搞到这个宝贝,后来老华侨被人逼死,这个玉球就属于我们两人所有,如今我又干掉了陈为民,宝贝就为我独得了。但这是绝对保密的,能告诉你吗?于是随口说道:"是祖传的。"

"黑耳朵"又说:"哦,是祖传的?我听说这玉球原来是一个姓宋的老先生的。"

"甲鱼"听了一惊,心想:你倒知道底细呀,脸一板说道:"先生,你这样打听,难道不知道是失礼吗?"

"黑耳朵"想:好厉害的家伙。就说:"停!让我下车,明天见!"说完,下车扬长而去。

"甲鱼"踏着空车回去,心里越想越高兴,小小玉球明天一转手就是五万元,有了钞票,啥事不好办,真是运气来推不开,心里越想越开心。他正得意,突然听到有人问:"三轮车同志,火车站去吗?"

"甲鱼"脑子里正想着五万元,哪有心思蹬车带人,眼珠一转说:"去是去的,你车费出得起吗?"

"多少?"

"十五元。"

哪知对方并不嫌贵,跳上车子说:"走吧。"

"甲鱼"哪里知道,乘车的是公安局的侦察人员!他上车不久,就悄悄地把他事先按在坐垫下的微型录音机取走了。不用说,"甲鱼"和"黑耳朵"刚才为玉球的对话全在录音带上了。

第二天上午八点钟,"黑耳朵"准时来到了后山公园假山旁边,"甲鱼"

也不失约，按时带着玉球来了。"黑耳朵"接过玉球一看，是真货，就将一只咖啡色拎包递过去说："五万，一分不少，如果相信我，就别数了。"

"甲鱼"一看，拎包里装的全是钞票，顿时眼花缭乱，心花怒放，连忙说："相信，我完全相信。"说着，递过一支香烟，"请抽烟。"

"不，谢谢，我们还是赶快离开这儿吧。"

谁知他话音刚落，从假山后闪出个人来，大声说："你们慢走！"两人大吃一惊，定神一看，来的却是个女的，一身华侨打扮，只见她威风十足地说："两位先生，请跟我走一趟吧。"

"甲鱼"强作镇静，虚张声势地问："你，你是什么人？"

女华侨从皮包里抽出一张照片，朝"甲鱼"眼前一扬，说："我吗？是干这个的！"

"甲鱼"一看，照片上不正是自己举起石头砸陈为民的情景吗？吓得浑身直冒冷汗，连手里那只拎包也掉到了地上。他狗急跳墙，正想扑上去拼命，从假山后面又冲出来两个戴红袖章的男人，一个扭他左手，一个扭他右手，将他抓住。女华侨手一挥，说："带走！"两个男子将"甲鱼"拉走了。

"黑耳朵"面对这突然发生的情况，觉得奇怪，刚才这位华侨是他前几天在火车上认识的，而且同住在华侨饭店里。她是什么人呢？"黑耳朵"正在疑惑，只听女华侨说："跟我走吧！"

"黑耳朵"只得拎起那只装钱的包和装着玉球的布包，跟着女华侨走出公园。凑巧，公园门口停着一辆出租汽车，司机正在看书，女华侨说了声："去华侨饭店吗？"

司机点点头："上车吧。"他放下书，驾起汽车飞驰而去。

汽车在华侨饭店门口停下，两人下了汽车，进了饭店，上了楼，进了房，"黑耳朵"顺手将房门关上，"刷"一下抽出一把跳刀，"啪"地打开，问道："请问小姐，你究竟是哪方尊神？不然，我这刀子是不认人的！"

女华侨一点也不紧张，不慌不忙地掏出那张照片说："这照片不是你寄给我们的吗？怎么，是健忘还是不相信？"说完微微一笑，接着又拿出一个红本本,"要不要看看工作证?"

这时,"黑耳朵"才明白,这位在火车上偶然相识的女华侨,原来就是这个市的公安局的,他激动万分,泪流满面地说:"请饶恕我吧!我这次回来是来赎罪的,在澳门我还有妻儿,不然,我一踏上内地就会去自首。请相信我,我这次来不是盗玉球的,而是来保玉球的。"接着,他就叙述起关于这只玉球的事。

原来,这只玉球是五十年前军阀孙殿英盗墓得来的。后来,落到了他的副官手里,这个副官带着这个玉球逃到了香港,因缺钱用,就把它卖给了珠宝商,这珠宝商就是"黑耳朵"的父亲。"黑耳朵"看到这个玉球,也十分喜欢,在与别人的谈话中不知不觉走漏了消息,从此闯了大祸,每天从早到晚,不断有人来找"黑耳朵"的父亲,电话也一个接一个,但他父亲说什么也不肯将玉球交出去。后来一个叫"青皮"的走私集团下了毒手,绑架了十五岁的"黑耳朵",逼他父亲交出真玉球。可他们没有想到,这个珠宝商经过痛苦的思想斗争,还是抛弃了亲生儿子,带着玉球回到了内地。

"黑耳朵"长大后,就在"青皮"走私集团里干起了见不得人的勾当。后来,他的一个同伙就把当时如何绑架他,他父亲又是如何出走的事告诉了他。"黑耳朵"一听,如梦初醒,惭愧得不得了,越想越觉得对不起父亲。可是在那样的社会里,一切在人家手里控制着,有什么办法呢?

天赐良机,这次老板派"黑耳朵"来内地取球,因为能辨别真假的只有他:"黑耳朵"暗自欢喜,下决心要保护这个玉球,争取立功赎罪。但他又怕蹲监狱,不敢公开进行斗争,所以就偷偷跟踪"甲鱼",拍下他杀人灭口的照片寄给公安局,希望当局能逮捕"甲鱼",缴获玉球,他自己也可以回香港向老板交差。

女华侨听完后,说:"原来是这样,谢谢你的帮助,那你根据什么判明这个玉球是真的呢?"

"喔,这很简单,我父亲曾经告诉过我:真球上有个花瓣的尖端有个小缺口。"

"哦——"女华侨顺手倒了杯橘子水,递给"黑耳朵","请喝杯水吧。"她看着"黑耳朵"端起茶杯,一饮而尽,就笑笑说,"很好,先生,你的任务完成得不错,我代表'青皮'谢谢你。"

"你说什么?"

"你喝下了橘子水,时间已经不多了,有什么话请说吧,我可以转告你在澳门的妻儿。"

"黑耳朵"一听,两眼睁得老大,他一跃而起:"你,你究竟是什么人?"

"先生,请别激动,实话告诉你,老板早就不相信你了,所以特地派我来监视你,果然不出所料,你走了调啦,可你怎么也逃不出我们的手掌。如今你已证实了这个玉球是真的,就没有留下你的价值了。不过你放心,喝了这杯橘子水是没痛苦的,十分钟后你就可以舒舒服服地去见上帝了。"

"啊,无耻!""黑耳朵""刷"地抽出跳刀:"要我死,你也休想活。"说着,猛扑上去……

正在这时,房门打开了,进来一群人,为首的正是刚才那位看小说的司机。女华侨一惊,忙问:"你们……想干什么?"

"我们想干这个!"汽车司机扬了扬手中的逮捕证,原来他就是铁科长。女华侨明知自己末日已到,但还要作垂死挣扎,大声叫道:"你们凭什么逮捕我?"

铁科长冷笑了一声,说:"怎么,还要欣赏一下你自己的表演吗?"说完,手一挥,一个侦察员一按录音机,立即响起了女华侨的声音……女华侨顿时脸孔煞白,一下子瘫倒在沙发上。

原来,铁科长收到那张照片,并查清了凶手就是"甲鱼"以后,就作了周密的布置,撒下了天罗地网。侦察员小吕事先在"甲鱼"的三轮车上安上了微型录音机,然后又化装成乘车人,取走了录音机。这样一来,这伙人的勾当就清楚了。然后又在公园里和华侨饭店里撒下了大网,等公园里那场戏演完,那伙戴红袖章的人以及"甲鱼"都落了网,接着又演出了饭店里这场戏。至于"黑耳朵"喝下的那杯橘子水,不用说,早已调换过了。

这真是:
荷花球起风波,怪事连串;
走私犯盗国宝,算尽机关;
公安局撒大网,无孔可钻;
铁科长破疑案,名不虚传。

(冯炳生 张永春)
(题图:黄英浩)

天衣有缝

阿娟就要当新娘了。这天下班后,她喜滋滋地和男朋友林阿贵去布置新房间。

哪晓得他俩打开房门,一股臭气冲面扑来。阿娟感到奇怪,新公房,里面的一切都是新的,哪来的臭气呢?她赶忙去开窗子,发现那臭气是从放在靠窗的三用沙发里散发出来的。阿娟招呼阿贵,将沙发移开,发现沙发底下有摊臭水,腥臭难闻。阿娟嘴里嘟哝着:"死野猫,钻在沙发底下拉屎拉尿!"她边骂边叫阿贵取来拖把,擦去臭水,然后将沙发搬回原处。

谁知,刚才放沙发的地板上,又发现几滴臭水。阿娟更奇怪了:怎么,难道这臭水是从沙发里漏下来的?她赶忙叫阿贵将三人沙发坐垫拉开,这一拉可不得了啦!只见一具一丝不挂的无头女尸,躺在沙发坐垫下面放被胎的暗柜里,阿娟吓得"啊"一声惊叫,拔脚奔到门外大喊起来:"快来人啊!

快来人啊……"

左邻右舍奔过来看后,立即向公安局报了案。半个小时后,侦察科李科长带了两名助手来到现场。

李科长四十开外,是公安战线上一员经验丰富的老将。他一踏进新房,就仔细检查:死者身长一米六十上下,三十五岁左右,已婚未育,从尸体僵硬程度和颈部残留的血污判断,死者是先被掐死后再砍下脑袋的。

李科长沉思了一会,便问呆立在一旁的林阿贵:"这张沙发,是从哪家商店买来的?"

林阿贵见李科长问他,他那右眉毛当中断了一截的紫痕竟抖得上下直跳,嘴里结结巴巴地说:"这个沙、沙、沙发,我、我、我是从十六铺自、自由市场上买来的。"

李科长一听是从自由市场上买来的,心里"咯噔"一下:这事麻烦了,自由市场上人来人往有多自由啊,到哪儿去找卖主?他立即命令车走尸体,暂时封闭现场,然后便回到公安局。

李科长觉得要想通过查找卖沙发人来打开案子缺口,已是"此路不通"。他根据验尸报告提供的材料,决定先查明死者身份,然后顺藤摸瓜。于是报请局长批准,向全市各区分局发出协查通知。

通知发出四十小时后,就报来了四份材料,其中有一份是这样写的:

亚洲电机厂嵌线女工董伟琴,现年三十四岁,身高一米六二。近期经常病假。三天前没来上班,也未曾请假。组内同志去她家探问时,未见本人,且其房内极为凌乱。

董夫在劳改农场服刑,董曾多次向法院提出离婚要求,鉴于其夫服刑期间认罪态度较好,为有利其夫改造起见,法院同志曾多次上门调解。一周前,董已接受调解,撤回离婚申请,并愿意去劳改农场探望其夫……

李科长看了这份材料,为了判断无头女尸是不是突然失踪的董伟琴,他立即带了助手,驱车来到董伟琴的家。

车子到了目的地,李科长下车走了进去。这是一幢老式平房,当中客堂,两边厢房,董伟琴的卧室在西边的后厢房。李科长推门踏进房间,只见房内橱柜箱笼翻得一塌糊涂,连被窝垫褥也被撕开,简直像遭了一场浩劫。床前的泥地上,有一个圆印子,一旁放了一把切菜刀和一块圆砧板,上面沾有血迹,经取样化验,都是董伟琴的血。李科长终于明白,董伟琴是在自己的房间里被杀害的。

凶手为什么要杀害董伟琴呢?是抢劫凶杀案?但是当查看了被翻乱的抽屉,发现金银首饰、现钞存折都没被拿走时,李科长便否定了这个假设。

那么,是不是情杀?如果是,她的情夫是谁?李科长决定先向董家的邻居了解了解。

住在董伟琴家斜对面的李家阿婆,反映了一条非常重要的情况,她说:"前天下午三点钟,有一个三十来岁的男人,带了两个小青年,推来一辆黄鱼车,把董伟琴家的三用沙发搬走了。"

李科长忙问:"董伟琴家沙发是什么式样的?"

李家阿婆说:"淡咖啡泡沫塑料的面子,靠背上有一排'枕头',晚上拉开好当床,下面暗柜里还好放棉花胎呢。"

李科长听了,从笔记本中取出一张彩色照片递给李家阿婆。

李家阿婆指着照片说:"对对对,董伟琴家的沙发,与照片上的一模一样。"

李科长暗暗"哦"了一声:原来林阿贵的沙发就是董伟琴家的。那就说明卖沙发的人,很可能就是凶手或者是认识凶手的人。他问李家阿婆:"来搬沙发的人,长什么模样?"

"三十多岁,长脸,右眉毛当中贴了一块橡皮胶,当中断了一截。"

李科长听到这儿,眼前马上出现了林阿贵的形象。

李科长谢过李家阿婆,走了出来,只见董伟琴家的门口,有个人在探头探脑地朝里张望。李科长咳了一声,那人一掉头,见是李科长,立即惊得'啊'

一声,浑身颤抖起来。李科长也认出了那人,猛喝一声:"林阿贵!"

林阿贵万万没料到在这里会遇到公安人员,他额头上的冷汗,好像黄梅天泛潮,揩去一层又冒出一层。

李科长待他情绪稍微稳定,便问:"你与这里的主人认得吗?"

林阿贵连连摇头,说:"不认识!不认识!"

"那你为什么到这里来?"

林阿贵额头的汗又大颗大颗地冒出来,他支吾了一阵,才说:"我到这儿来是想打听打听凶手有没有抓到。"

"你怎么知道凶手在这儿?"

"我那只三用沙发是从这儿车走的。"

"你不是说从十六铺自由市场买的吗?"

"我当时怕,没敢讲真话。"

"你怕什么?"

林阿贵用手抹了一下额头上的汗水,说出了他害怕的原因。原来,林阿贵是个犯有前科的人,三年前因打群架,眉毛被对方挑去一截,他把对方打成重伤,被判了两年刑。刑满后因为是个蹲过"臭乳腐甏"的人,对象难找,后来好不容易找到阿娟姑娘,哪料到在快要结婚的时候,碰到这倒霉事。他怕公安局怀疑到自己,弄得鸡飞蛋打一场空,所以盼望早日抓住凶手,就来探听消息。

接着,林阿贵又说了买沙发的经过。三天前,林阿贵去十六铺自由市场买沙发,可是那儿沙发标价高,式样又不中意。他正东拣西问时,有个三十多岁的妇女走到他面前对他说,她家有只新做的三人三用沙发,因为急等钱用,愿意低价出售。林阿贵就跟她上门看货。一看觉得式样中意,便讲明180元当场付款成交,并让她写了收款收据,约定第二天去车货。

林阿贵说到这里,从身边取出一张亲笔写的收据,递给李科长,接着说:"前天,我向食堂借了辆黄鱼车,请来两个小青年帮忙,来这里搬沙发。谁知我一推开门,只见女主人背朝我,光了膀子在系胸罩。她发现背后有人,头也不回，一边生气地说我招呼不打就推门，一边抓起衣服躲进里屋去了。我说，我来搬沙发的，她在里屋说，要搬就快搬。于是，我们七手八脚将沙发搬上黄鱼车，就匆匆回家来了。唉！早知这样，打死我也不贪这便宜货了！"

林阿贵的话，真像茶博士冲茶，滴水不漏。可是，李科长听了却是疑问重重，他想：如果林阿贵所说是真的，那他来搬沙发时，董伟琴还没死，那她的尸体怎么会出现在沙发里呢？如果已经死了，那个光了膀子系胸罩的女人又是谁呢？

尽管林阿贵的突然出现，很值得怀疑，但李科长只是向他宣传了一番党的政策，就叫他回去了。

林阿贵走后，李科长和助手们商量后觉得，董伟琴被害，看来既非谋财害命，又不像情杀，从被翻乱的现场来看，作案者好像在寻找一样东西！可是，现场却丝毫没发现作案者留下什么印痕，看来案犯是个狡猾的老手。于是，李科长和他的助手，还有派出所的民警，决定来个兜底翻，先在这屋里查个明白！

李科长等人对董家的物件进行了细致的检查，没有发现什么可疑的东西，当他们进入厨房检查时，见锅灶旁边的墙上吊了一只竹制的小碗橱，那橱有四根紫竹柱子，三根竹柱子的顶端积满厚厚的灰尘，而右前方那根柱子，非但顶端没积灰，而且竹节被打通了。

李科长用手电往里一照，竹筒里有张纸条。他把纸条取出来一看，原来是张名单。数一数，共有三十四个名字。每个名字后面，都注明这个人因何罪何时被捕，判几年刑，何时释放，现住何处等等，连他们关在监狱里的监号，都写得清清楚楚。这张名单中有董伟琴丈夫的名字，也有林阿贵的名字！

李科长见了这张名单，心中又惊又疑：监有监规，犯人在监狱里的情况，是不允许带到监外来的。这张名单出现在董伟琴被害的现场，难道这起凶杀案与此有关？看来林阿贵与董家早有联系，这家伙说了谎！他到底扮演了啥角色？

李科长向派出所民警交代了几句，就和助手回到局里。他预感到这凶杀案似乎潜藏着较复杂的背景。为了摸清这张名单与凶杀案的关系，李科长连夜赶到劳改局所属的农场，一核对，这名单上的人都是这个农场二中队的犯人，或曾经在这儿服过刑的人。这一情况使李科长感到一阵振奋，觉得搜索的范围缩小了，于是他决定首先提审董伟琴的丈夫。

董伟琴的丈夫说，由于董伟琴要与他离婚，凡是监友释放，他总要拜托他们劝劝董伟琴。名单上的人，他都拜托过。

"林阿贵你也托过吗？"

他点点头。

李科长从农场回来，脑子里一直翻腾不停，凶杀、名单，还有那个躲躲闪闪的林阿贵，下一步从何入手呢？他决定带了董伟琴丈夫的照片再找林阿贵。

林阿贵一见李科长，又慌得头上冒汗。

李科长单刀直入问："你认识这个人吗？"

林阿贵看了照片点点头，说："认识，他是个犯人。我刑满离场时，他托我到他家劝劝他老婆，不要和他离婚。我怕到他家后有人怀疑我是内外串供，弄不好又要吃官司，所以我一离开农场，就把他家地址丢了。我没去过他家，他现在怎么了？"

李科长见林阿贵又不承认认识董伟琴，而且说得合情入理，心想：他为什么处处回避与董伟琴相识呢？凶手既然在董伟琴家里杀了她，肯定与董伟琴相识，让我再去问问董伟琴家对面的李家阿婆，出事的那几天，除了林阿贵，还有谁到过董伟琴家。

李科长带了三十来张犯人的照片，来到李家阿婆家，一张一张给她看。

李家阿婆看了半天，指指林阿贵的照片说："只有这个断眉毛来搬过沙发。"

李科长又问道："阿婆，除了这个断眉毛，那两天还看见过什么人到过董家？"

李家阿婆想了想,说:"还有一个女民警。"

"女民警?"

"那天,断眉毛搬走沙发后,大约过了二十分钟,我亲眼看到董伟琴送女民警出来,还与女民警握手告别呢。"

一听这话,李科长惊奇地瞪大眼睛:这就奇了。林阿贵搬走沙发时,董伟琴还没死?难道她的尸体是飞到沙发里去的不成?

不过李科长在惊奇之后,又感到发现了新线索:现在又多出一个女民警。林阿贵搬沙发时,见到过一个光膀子妇女在系胸罩,因为妇女一般不会当了其他人的面光了膀子换衣服的,这说明当时屋里只有一个妇女。可是李家阿婆又亲眼看见董伟琴送女民警出门,那么这个光膀子的女人应当是董伟琴。那这个女民警又是从什么地方冒出来的呢?

为了摸清女民警的来龙去脉,李科长来到受理董伟琴离婚案的法院,找到有关科室。经核实,出事那几天,根本没有一个女民警去过她家!

李科长从法院出来,步子轻快多了。哼!女民警是假的!找到这个假女民警,这件案子就会有眉目了!

李科长决定先从那张名单入手。他回到局里,取出名单上已刑满者的相片,通过技术处理,在那些剃光头的相片上戴上一顶女民警帽子。第二天一早,又来到李家阿婆家,请她辨认。

事情进行得十分顺利,李家阿婆没费多少工夫,就认出其中一个人来:"喏,就是她。"

李科长一看,此人叫施绾桔,平时走路时喜欢扭扭捏捏,举止说话一副娘娘腔,四十多岁的人了,连根胡须也没有。有人说他脸皮厚,胡子也戳不出来。这个人过去与林阿贵是同一个劳改小队,如今又是同厂同车间同小组的工人。他与林阿贵关系很密切,难道是他与林阿贵串通作案?

李科长正打算到他们厂里去摸一摸情况,办公桌上的电话铃突然响了起来,他拎起话筒一听,不由拍案而起。

电话是他的助手打来的。原来,助手发现林阿贵早上请假,匆匆乘长途汽车去远郊重固镇,来到镇西小河边一棵杨柳树下,东张西望,看样子好像在等人,又好像在寻找什么东西,到了中午十二点,他又突然急匆匆跑到汽车站乘车回上海了。等林阿贵一走,助手就来到他徘徊的小河边,四下查找,最后在河里捞起一只黑色的塑料包,拉开一看,竟是被害人董伟琴的头!

李科长站起来,手里抓着话筒,紧皱眉头,思索了一会,然后用果断的口气命令他的助手:"把黑色塑料包原封不动放回原处。加强监视,注意保密!"

李科长放下电话,看了一下手表,立即骑上摩托车向长途汽车站驰去——林阿贵一下车,就被"请"到了公安局。

林阿贵心里想:这下子阎王老爷查簿子,要我命了。他冷汗淋漓,耷拉着脑袋,坐在审讯室里。

李科长开口问道:"林阿贵,你去重固干啥?"

林阿贵仍耷拉着脑袋,好似一尊塑像,毫无反应。

李科长见他低头不语,提高声音说:"林阿贵,你要端正态度,把你为啥要到重固去的原因讲清楚,这样才有利迅速破案,对你也有好处啊!"

林阿贵这才像从梦中惊醒,他抖抖索索从口袋里摸出一张纸条递过来。

李科长接过一看,只见上面写着:"六日上午九点,望去重固镇西边小河边第三棵杨柳树下碰头,将面授机宜,解除你的沙发之忧。千万勿误。"下面没有姓名。而纸条上的字,都是用从报刊上剪下来的铅印字,一个一个拼贴起来的。

林阿贵接着说,这纸条是他早上上班时在工具箱里发现的。自从沙发里出现女尸,公安局找他谈话,阿娟又对他态度冷淡,他成天提心吊胆,怕说不清楚,怕阿娟要和他吹。现在见有人肯给他面授机宜,就去了。林阿贵说到这里,哭丧着脸说:"谁知我一下汽车就被你们抓来了,看来我新郎倌做不成了,呜呜呜!"

李科长看了纸条,听了林阿贵的叙述,已断定这是罪犯设的圈套,看来,罪犯想把"湿布衫"脱给林阿贵，通过林阿贵的活动，来转移警方的视线。

那么，是谁把"湿布衫"脱给林阿贵的呢？李科长想：纸条放在林阿贵的工具箱里，这说明只有与林阿贵同车间、同小组的人才能做到，于是施绔梧便暴露出来了。

施绔梧是何许人？他原是"四人帮"的爪牙，被判刑后，心怀不满，妄图东山再起。在狱中，他把同监犯的名字、监号、罪行都默记在胸。刑满释放后，就开列这张名单，并寻机加入海外特务组织，想把这批人当作他发展特务组织的对象。当他刑满释放时，董伟琴的丈夫拜托他劝劝董伟琴，他来到董家，见她一人独居，这地方偏僻冷静，是个搞特务活动的理想场所，便起了霸占董伟琴的念头。为了遮人耳目，他男扮女装，扮成女民警，与董伟琴勾搭成奸。

一天，施绔梧正巧与一个特务组织接上关系，他一时高兴，多喝了一些酒，酒后失言，露了口风，惊得董伟琴心尖打颤。她从醉酒后熟睡的施绔梧身上发现了写有她丈夫名字的名单，吓得赶紧将名单藏在紫竹小碗橱的竹筒里。施绔梧酒醒后，发现名单没了，就掐住董伟琴的头颈，逼她交出名单，谁知一时惊慌，酒后用力过猛，竟将董伟琴掐死了。

这时他一不做二不休，索性丢下董伟琴，戴上手套，穿上董伟琴的鞋子，在房里翻箱倒柜，寻找名单。结果名单没找到，他担心时间一长，董伟琴的尸体被人发觉，便把她的头割下包好，把尸体塞进沙发下面暗柜里。一切料理好，正在化装时，林阿贵闯了进来。等林阿贵车走了沙发，他把董伟琴平时常穿的长袖衬衫挂在门背后，出门时看到李家阿婆在门口，就操起门背后的长袖子假装握手，提高嗓门说了声"再会"，挟着包裹扬长而去。

林阿贵家里无头女尸暴露后，施绔梧摸准林阿贵的脾性，知道他自从判刑后变得越加胆小，又对政府产生了不信任感，就用纸条引林阿贵到重固去兜一圈，以便让公安人员对他更加注意。当他听说林阿贵一下汽车就被带进了公安局，他得意地心里暗叫一声：大功告成也！

第二天上班，施绔梧走进车间，见林阿贵已经在那里干活了。这一惊非同小可:"阿贵,你昨天下午到哪里去了?"

林阿贵把昨天早上的事说了一遍,最后说:"反正我没杀人。现在捉人要凭证据的,他们没有证据,就把我放了。"

施绾桔听说"没有证据",心中一阵冷笑:让我给你弄个证据,送你上西天了结此案吧。

这天,施绾桔早班下班,乘车直奔重固镇。到了小河边,对一个船民说他有个黑包失落在河里,请他捞一捞,愿付拾元钱报酬。船民真的下水把黑包捞了起来。施绾桔见没人注意船民,付了拾元钱,拎着黑包回到上海。那时已经是晚上八点多了,他偷偷来到林阿贵的新房间,见新房里黑灯瞎火,好像没人。他轻轻敲了几下,没人回答。这才摸出钥匙,把门轻轻推开,身体一侧,闪进门里,随手关上房门。

他万万没想到,就在门锁"啪"锁上的时候,房内电灯突然亮了。施绾桔抬头一看,只见林阿贵、阿娟,还有两个公安人员,正站在里面盯着他。他惊得灵魂出窍,身子就像根进了汤盆的油条,再也直不起来。

李科长将门一开,门外进来一个人,手里拿着一张拾元纸币交给李科长。

施绾桔一看,正是那个帮他捞包的"船民"。他什么都明白了,眼乌珠往头顶上一弹,人瘫到地上。施绾桔本以为,他犯的案子是天衣无缝,无人知晓,现在西洋镜全部拆穿,他知道大年夜翻日历——自己的末日到了。

(黄宣林)
(题图:雨 立)

小巷怪案

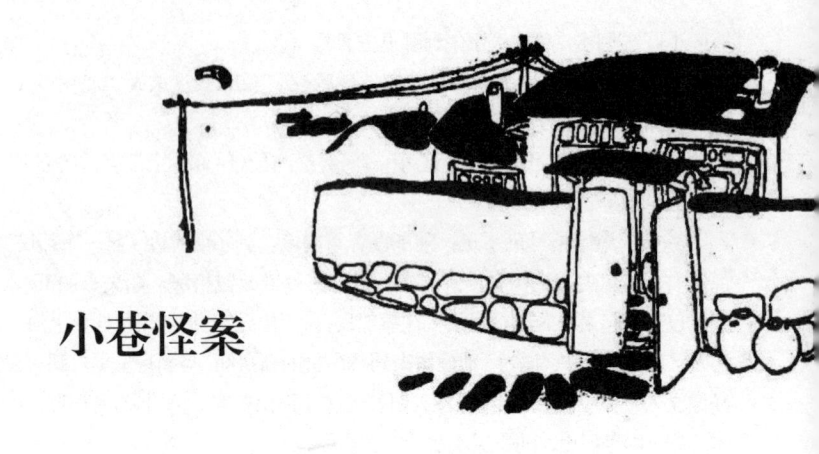

有一年八月中秋节，清晨，章市公安局刑侦科，年轻的科长王刚突然接到一件古怪的人命案子。他立即驱车赶到现场，只见一个三十上下的妇女七窍出血，倒在地上；她身旁还躺着一个白发苍苍的老太太。

要想知道这案子怎么发生的，咱们的故事还得从头说起。

这城市有条万家小巷，号称"万家"，其实只有三座小院，是条死胡同。小巷顶头3号院，住着一位万老太太，老头早已去世，只有个独苗儿子，叫万宝。万宝心眼灵，脾性倔，大学毕业之后，眼下正当"不惑"之年，当上了大学的副教授。万老太太晚年得福，七十岁上抱上了孙子。小孙孙长得"猴势"，又是猴年生的，于是老太太给孙子起了个小名，叫"猴猴"。

儿子孝敬，孙子逗人儿，万老太太从心眼里喜欢，可就是儿媳妇玉兰不称心。不知是婆婆嘴碎，还是媳妇耳背，反正婆媳俩一直疙疙瘩瘩合不拢。近年来，老太太把孙子哄得满街满院跑，媳妇对她的态度却变本加厉地孬，最近一个时期，居然连饭也不给老太太吃饱。他们吃好的，让老太太一人吃赖的；媳妇吃饺子，给老太太喝汤。万宝性子虽然倔，可是在老婆面前却软得象只羊。万老太太为了孙子，忍气吞声，气急了，顶多背地里骂媳妇一句:"不得好死的!"于是乎,万家经常因为吃吃喝喝闹矛盾,出岔子。

这天,八月十五中秋节,清早起来,玉兰给猴猴和万宝吃了广式月饼,打发他们爷儿俩去姥姥家送月饼,自己打开一块"五仁"月饼,就着婆婆给端过来的热奶,吃好、喝足,上班去了。

一路上,玉兰一边急匆匆往前走,一边为过节的饭食煞费心思,想怎么才能不让婆婆尝到甜头。走着,想着,突然觉得一阵头晕、恶心,紧接着是绞肠刮肚似的疼痛,刹那间,豆大的汗珠子从那张由紫红变苍白的脸上"噼里啪啦"往下滚。她紧咬着牙关,用拳头顶住肚子,在路边蹲了片刻,仍不觉好转。好在走出家门不太远,往家返吧,当她挣扎着刚刚迈进家门,就一头栽倒,不省人事了。

万老太太听到堂屋里"扑通"一声,心想:儿子、媳妇和孙子都不在家,莫非坏人闯进来?赶快出去看个究竟。她一伸头,只见门坎边黑乎乎一堆,不禁心头一惊,慢慢走近弯下腰去仔细一看,"啊!"吓得往后一仰,一个趔趄坐在地上,这才看清是媳妇玉兰倒在门口。她伸手抱住玉兰要扶她起来,却两手沾了黏糊糊的血。老太太不知出了什么岔子,吓得昏了过去。

等到万宝闻讯心急火燎地从岳母家赶回来的时候,妻子玉兰和老娘已经被送往医院,经过几小时的全力抢救,万老太太总算缓过气来,玉兰却莫名其妙地死了。

公安局刑侦科的干警们,在王刚主持下分析案情,他们根据死者七窍出血这一现象,对吐出来的污物进行鉴别、分析,确认死者是中毒致死。那么,是自杀还是他杀呢?根据死者清晨吃过早点就去上班,发病后又挣扎着返回家中的情况判断,很快便否定了自杀的可能性。那么谁是凶手呢?他们初步分析有三个人。

第一怀疑对象是万老太太。因为万老太太是"第一现场"的当事者,玉兰喝的牛奶是她煮的;万家婆媳不和,众所周知;而且万老太太也经常流露出"让你不得好死"的意念。这种开始出于发泄私愤的诅咒,在矛盾激化的时候,形成她的作案动机是可能的。万老太太昏死在媳妇身旁,有的办案人分析，认为像万老太太这把年纪的老人，被吓到如此程度，较为圆满的解释，似乎只能是这样：她原计划在媳妇的早点里投毒，到药性发作，正好是在路途，或者上班时间。但事与愿违，当她被"扑通"一声惊起，突然发现被她投毒的人正死在她的脚下时，老太太吃不消了。这种突如其来的过度紧张，造成了她的昏厥，是不难理解的。

第二怀疑对象是玉兰的丈夫万宝。因为万宝对妻子欺负老母亲，早就心怀不满。毒死妻子，是不是他长期被压抑的怒气的爆发呢？而且几年来，他很少到岳母家，此次则一反常态，主动提出去给岳母"进贡"。这就可能在他临走之前，将事先准备好的毒药放入妻子的牛奶里，然后，当即离开这块是非之地。加上有人还反映说，近几年来，他妻子常扬言，万宝自从提为副教授后，就瞧不起她，还说她厂里的技术员李莉缠上了万宝。难道是出于情杀？大家认为也有可能。

第三个怀疑对象，就是玉兰同厂技术员李莉。这个女人衣着讲究，打扮时髦，是全厂有名的"金鹿"。她通过玉兰的关系，认识了万宝，特别是她从考职称、上电大开始，晚上经常找万宝请教问题，造成了万宝夫妇之间的裂痕越来越深。李莉可能为了追求她失掉的温暖，利用她到万家的机会，把毒药放入玉兰的牛奶里，促成她的死亡，从而实现她梦寐以求的欲望。

王刚听着大家的分析，竭力要从这众说纷纭之中理出一条能够连结真正凶手的线索。他经过几个不眠之夜的苦苦思索，好容易从中疏理出一些头绪，决定先围绕万老太太展开侦破工作。

万老太太虽然恢复了神志，可是每当公安人员问到玉兰的事，她除了嘴巴哆嗦、手指颤抖而外，就是摇头；问得紧了，她就支支吾吾，说不明，道不白。闹得公安人员软不是，硬不得，束手无策。

经过对残留食物的进一步化验分析，表明玉兰是被一种前几年生产的烈性鼠药毒死的。又根据街坊反映，那几年，万老太太经常往外扔死老鼠。

王刚听到这一新发现，眼睛猛地一亮，这个发现至少表明，犯罪的根源在万家的可能性很大。王刚试图顺着万老太太——鼠药这条线索，再对万老太太做做工作，以便从她身上打开突破口，然后顺藤摸瓜。

这天上午，王刚随同民警、居委主任一起向万家小巷走去。他一路默默不语，思考着跟万老太太谈话的内容和方式，不知不觉已经到了万家门口。早晨的万家小巷显得格外宁静，王刚抬头扫视了一下这条小巷和这扇熟悉的大门，心情却怎么也平静不下来，他像是要摆脱这种对办案不利的情绪，下意识地正了正大檐帽，回头用眼神招呼一下随行人员，然后大步跨进门槛。

小院里更静，除了院子中央那棵老槐树时而发出轻微的"刷刷"声，别无动静。地上落满了残花败叶，证明院子的主人已经有几天没打扫了。屋门是虚掩着的，窗户上仍挂着窗帘。王刚用食指轻轻敲了两下屋门，见没动静，他又到窗前喊："万大娘，万大娘，起床了吗？"仍然没有应声。几个人只好推门而入。

一推开门，几个人同时"啊"惊叫一声，只见里屋的门框上，面朝里吊着一个女人，杂乱的白发披散着。这不就是万老太太吗？！他们慌忙把万老太太放下来，一摸，呼吸和心脏都停止了，瞳孔已经放大，四肢僵硬。

王刚警惕地审视了现场的每一个角落，终于发现死者的衬衣兜里，有一张信纸。他忙打开，纸上写满歪歪扭扭的字：

宝儿：

玉兰死了。大伙都问我，我也说不清楚。反正她是绝对不会自己去死的。可又是谁害死她的呢？看他们的样子，是不是觉得跟娘有关系？不过，绝不是娘害死你媳妇的！

娘早就想去了，老是舍不下你和猴猴。万没想到玉兰反倒先我而去了。如今，既然弄成这么个摊场，娘死了倒省心，也给你们减去许多不必要的麻烦。

宝儿，你跟同志们说说，人死了，再查，也活不了，就别在娘身上耽搁大伙的工夫了。娘没给你和猴猴留下什么，床底下正中，有两块活砖，下面埋着一个坛子，里面装着你爹从国外回来的时候，积攒下来的一些碎金烂银子。你把它交给公家，换些钱。你爹咽气的时候，嘱咐把这笔钱留给你们两口子，有了孩子，供孩子念书花。你把它收起来，用在正经处，别辜负你爹的一片心血。娘纵然屈死黄泉之下，也能瞑目。望带好猴猴！

儿的娘

王刚读着信，心里热辣辣的，眼窝禁不住阵阵发酸。他自言自语地说："我们来晚了！"

万老太太的自杀，使侦破工作好似拨开了笼罩在案情上面的一团迷雾。这时王刚一人坐在刑侦科自己的办公桌前，吞云吐雾，回想着昨天夜里局长亲自参加召开的全科人员"会诊"会。王刚认为，万老太太虽然具备作案的客观条件，但老人一向性情温和，对儿子和孙子都有着深沉的爱，缺乏足以构成她犯罪的性格和心理的必然性。今天万老太太的自杀，是她以特有的方式，向儿孙和人们敞开自己的灵魂！

凶手究竟是谁呢？看来，侦破工作还须从头做起。王刚想起昨夜局长在"会诊"会上说的，我们在破案过程中既不能带任何的主观随意性，也不能被众说纷纭的客观现象搅乱了自己的视听；必须从乱麻中理出一束好麻来，编织成捕捉罪犯的法网。

下一步怎么着手侦查？王刚决定抛开一切"先入为主"的框框，一头扎进生活的潜流中，去摸索与开辟通向彼岸的新路。他首先在万宝任教的大学里生活了一段时间，排除了对万宝的任何疑点。最后又把圈子缩小到技术员李莉身上。他凭着一手绘画与制图的高超技艺，化装成描绘员，与李莉接近，取得了李莉的信任，终于了解到：从表面上看，李莉生活随便，讲究仪表，实际上，她是个十分坦率、爽朗而又好学的女性。她生活上不拘小节，然而心灵与她的仪表一样的美。她接近万宝，既是敬慕，也属同情；她对万教授的所谓"追求"，实质上是对知识的追求。厂里的那些传闻，除了忌妒，便是中伤，而这些恶言的传播者，主要的还是万宝的妻子玉兰。

两个多月的深入生活，使得原来所形成的全部疑云，都消散了。现在，王刚的脑海里一片空白。他虽为摆脱原来的羁绊而感到轻松,同时也感到从未有过的空旷。目前,对于案子的侦破,简直到了"山穷水尽"的境地。他又坐卧不安了。

这天下午,王刚谢绝了局长让他休息一周的建议,当晚就跑到局长办公室,请求再次召开关于万家小巷案子的"会诊"会议。他希望听取上级和同行们的意见,并汇报自己酝酿的新设想。

会上,当科里同事们听到王刚竟然全部否定当初确定的嫌疑对象,案子要从零开始侦破的时候,有的惊讶,有的迷惑,有的沉思,有的反对。当一阵议论静下来之后,局长问王刚:"你从哪里作突破口?"

王刚说道:"猴猴。"

大伙一听,全愣了:猴猴?一个四岁的小孩子?简直是不可思议!人们交头接耳,会场里一片"嗡嗡"声。

"好!"局长站起身来说,"俗话说童言无忌,还是请王刚同志把他的'锦囊妙计'和盘托出,咱们再评头论足吧!"

王刚清清嗓门说:"前一段,当我们全神贯注于我们设计的'疑点'时,却忽略了一个人物——猴猴。在通常的侦破中,是不会想到一个四岁小孩的,然而在万家小巷3号案件里,我们会发觉,猴猴处于一种特殊的位置:他是联结两名死者和各个疑点的纽带。在我们'山穷水尽'的时候,他或许能够为我们提供一些作为成人所难以知晓的宝贵线索,为我们指出那'柳暗花明'之中的'又一村'。"

时钟敲响了十二下,会议室里灯光通明。人们听了王刚这个独特、新颖的分析,一致同意,并决定立即接回猴猴,进行单独的试探性"侦讯"。

两天后,王刚手里拎了一架录音机,急匆匆走进刑侦科,局长和全科同志立即被请进会议室,王刚等大家坐定,一按键钮,立即传出了他和猴猴的对话声。

"猴猴,你知道妈妈哪去了吗?"

"叔叔,我妈妈是不是见上帝去了?"

"啊？！你是怎么知道的？"

"我给妈妈的牛奶里放了耗子药。"

"真的？！"

"叔叔，哄你是坏蛋！我妈妈说，我长大要是不孝敬她，就给我的牛奶里放上耗子药，让我见上帝去。她说，叫上帝爷爷好好教训教训我；妈妈不孝敬奶奶，我也给她的牛奶里放耗子药，让她先见上帝去，让上帝爷爷好好教训教训她，省得她不听爸爸和奶奶的话。"

"谁给你的耗子药？"

"是我自己从面柜底下找到的，那儿有一大包哩。我常拿它逮耗子玩。耗子吃了，睡着了，我怎么玩它也不动弹，我就不怕它了。"

"噢！——原来是这么回事。"

"叔叔，耗子吃了它的药，也会见上帝吗？"

"唉！傻猴子。"

"我才不傻呢。我奶奶说我灵，才叫我'猴猴'哪！耗子尽偷吃我们家粮食，让它吃了药也见上帝去，让上帝爷爷也好好教训教训它，以后再别偷粮食吃了，是吧？叔叔。"

"唉！别说了，我的傻猴子！"

录音机关了，人们不禁摇头叹息，感叹不已。

该结案了。王刚写好结案报告，踱到窗前，推开玻璃窗门，极目眺望着远处连绵不断的山峰和烟雾缥缈的暮色，伸直双臂，深深地吸了几口新鲜空气，连日来紧张工作所带来的疲劳，顿觉消逸。今晚正好又是周末，他打算跟孩子痛快地玩一玩。

突然，办公桌上电话铃急促地响了起来。他走到电话机前，拎起话机，"啊！"惊得目瞪口呆。

电话是居委主任打来的，说万宝和猴猴一起跳楼自杀了！

原来半个钟头前，猴猴被居委会送到正在学院值班的万宝身边。当居委会主任向他介绍了猴猴投毒的真相之后，万宝如同五雷轰顶。他疯了一般扑向孩子,双手抓住猴猴的胳膊,急切地问:"真的?猴猴!"猴猴不知发生了什么事,吓得眨巴着两只大眼睛,不敢说话,只是肯定地点了一下头。就在他还没明白过来的一瞬间,"叭"一记大耳光搧得他口鼻出血,倒在地上。此刻的万宝已经完全失去了理智,只见他捶胸顿足,不能自已。说时迟那时快,万宝一把将猴猴举起向窗外抛去。居委主任被眼前的突变惊得魂灵脱壳,她两条腿像被钉子钉在地上,想挪也挪不得。还没等她反应过来,只见眼前一团黑影飞出窗外——万宝已经跳楼了。

一个月后,万家小巷3号院里,万家堂屋正中的供桌上,并排安放着三个骨灰盒。王刚要在这里举行一个与死者"告别"仪式。他邀来这条小巷里所有的居民和附近的里委干部。

仪式开始了。屏声静气的人们,看见王刚手把手领着一个头裹白纱,臂戴黑布的小孩走了进来。"猴猴!"人们一见小孩禁不住惊叫起来。

原来,猴猴被万宝从楼上扔下来之后,正巧摔在花坛里,经及时抢救,脱离了危险。今天,猴猴像突然长大了几岁,他不哭,不闹,也不说一句话,只是紧闭着小嘴,瞪着黑豆豆似的大眼睛,来回盯着那三个黑盒盒出神儿。他紧紧地贴住王刚,两只手牢牢地抱住王刚的腿。

王刚用手紧紧地护着猴猴,思如潮涌。他暗自决定,他要把身边这个无知小"凶手"抚养长大,用他长辈遗留给他的那笔钱,用他们的不幸,用他王刚自己的心血,把这个本应不是孤儿的孤儿抚养成人。他要供孩子上学,考大学。那盘录音带,将作为一部特殊的生活教科书,留给他……

(韩德贵)

(题图:陆 华)

槐树下的血案

这是一个发生在二十世纪八十年代末的故事。有一天,特区晚报上登了一则署名"安淑娇"的启事。启事上说:"一九六九年五月,我因有海外关系被揪斗。该月七日中午,我从关押处逃了出来,饥饿难忍,且又身无分文,正想吊死在一棵大树下,却意外地发现草丛里有扎钞票,我绝处逢生,打消了自杀的念头……现在我无任何亲人,又身患绝症,不久于人世,假如那个把钞票放在草丛里的人能准确地说出当时周围环境的特征来,那么,我的全部财产就归这个恩人。下月六日,我将在家里恭候恩人。为严防有人冒充,到时将严格审查……"

安淑娇何许人也?当地经历过"文化大革命"的人都知道,她原来是某大学经济系讲师,当年曾被作为杀人犯通缉,后来偷渡出海,经香港到了美国，在她父亲帮助下，成了当地小有名气的银行家。这次，她携带全部财产回国，在特区清波山下买了一所恬静的独院，整天简装外出，神出鬼没，人们给她送了个绰号"怪女人"。如今，怪女人的这则启事，引来整个特区议论纷纷，人们猜不透她究竟要干什么。

却说到了五月六日这天，安淑娇住的这所独院门前，挤满了看热闹的人。人们都想知道安淑娇登的这则启事是否确有其事。就在这时候，只听"呜呜"开来一辆橘红色轿车，"嘎吱"在独院门口停下来，门一开，从车上走下一位西装革履、戴一副金丝边眼镜的中年人，人们镇住了。为啥？来人谁都认识，他叫叶山青，在市公证处专替人办遗产法律手续，曾多次在电视屏幕上亮过相，今天他出场了，这不正意味着怪女人安淑娇的启事并非儿戏？人们开始安静下来，静观事态的发展。

好一会儿，也不见动静，人群中几个留长发的后生崽想进去碰碰运气，站在他们边上的一个麻脸老汉急忙劝阻说："什么，你们想进去？当初怪女人捡钞票时，你们有多大？还不是在地上抹鸡屎。再说，启事中说的大树，在这方圆几百里土地上，处处皆是，你们能说准儿吗？"几个后生崽被麻脸老汉这席话说得直吐舌头。就在这时候，人群中走出一个衣着寒碜的中年人，一脸的络腮胡子，他四下里一望，便径直朝独院大门走去。刚走到独院门口，就从里面闪出一位眉清目秀的姑娘，姑娘自我介绍，她叫雪萍，是安淑娇新近雇来的秘书。络腮胡子从口袋里掏出一张皱巴巴、刊登着那则启事的报纸，低声说："我是为启事而来的！"雪萍姑娘打量了他一眼，便把他引进院子。

络腮胡子跟着雪萍姑娘走进厅堂，张望四周，惊讶不已，进口的崭新家具，现代化的各种家用电器，最时髦的各种装饰品……他眼花缭乱，犹如进入了天堂。雪萍姑娘轻轻咳了一下，络腮胡子像从睡梦中醒过来，这才注意到厅堂一角的躺椅上睡着一个脸色苍白的女人。他壮起胆子问："你就是安淑娇？"安淑娇朝他点点头。络腮胡子拿起那张报纸，在安淑娇眼前晃了晃，"恕我直言，你在启事中说的那些话算不算数？"

安淑娇瞪了他一眼:"我登启事是为了寻找那个不知名的恩人,当然说话算数!"

络腮胡子脸上立刻堆满了笑容,肯定地说:"喏,我就是你要找的那个恩人!"

安淑娇一听,显得很激动,她没有料到自己要找的人会这么快上门,吃力地坐了起来,微笑着说:"今天我把公证处的叶律师请来了,他现在在隔壁房间,如果你说的对上了号,证实是我要寻找的恩人,那么,我今天就要把遗嘱的手续办好……"说到这里,她不住地咳了起来,急得雪萍姑娘手忙脚乱,忙给她拿来药片吞服,才好了些。她苦笑着对络腮胡子直摇头,"唉,医生说我得了癌症,天天催我去住院,这桩心事还没了结,我哪能去得。好吧,现在我们到隔壁房间去。"

雪萍姑娘搀着安淑娇,向隔壁房间走去,络腮胡子紧跟在后。这是一间没有窗户的小房间,叶山青见他们进来,便从凳子上站起来,欠了欠身。安淑娇靠在一张沙发上,边喘气边对叶山青说:"我……我在世上……的日子不久了……在见上帝之前……得赶快把这事办好……今天得麻……麻烦您了!"

"哪里,哪里!"叶山青说话彬彬有礼,"上门为老弱病残者服务,这是我们公证处一贯的宗旨。不必客气,不必客气!"络腮胡子心里甜滋滋的,像灌了蜜,便在一张凳子上坐了下来。

安淑娇向叶山青点点头,叶山青将桌上一架录音机开关一揿,对络腮胡子说:"你能肯定,你就是安淑娇女士要寻找的那个恩人?"

络腮胡子胸有成竹:"我想不会错,因为二十年前的五月六日,我确是把一扎钞票丢在某个地方一棵大树下的草丛里。"

叶山青"哦"了一声:"那是一棵什么名称的大树?"

络腮胡子眨了眨眼睛,不慌不忙地答道:"槐树。"安淑娇全身怔了一下,不过很快恢复了平静。

叶山青又问:"那你当初为什么要把一扎钞票丢在槐树下的草丛里呢?"

络腮胡子边回忆边说:"二十年前,我在离这儿几十里的固冬林场当伐木临时工,这活儿既累又危险,干了几个月后,我积攒了三百来元,便想另谋生路。五月六日中午,我将其中二百元钱,全是五元一张的,用牛皮纸包好,放在衣兜里,另外百来元放身上零用。我上了老古庙的深山密林,错走到一个名叫大中谷的地方,听到后面传来一阵"窸窣"响声。我怕碰到坏人,将那包二百来元的钱藏在这棵槐树下的草丛里,可是待以后再来取的时候,没了,当时只好自认晦气,没想到,那二百元钱竟救了安女士一条命,值得!值得!"

叶山青俯身和旁边的安淑娇嘀咕了几声,然后回过头来对络腮胡子说:"安女士捡钱的地方,正是在槐树下的草丛里,钱的数目也对。请问,槐树周围环境的特征呢?这一点至关重要!"

络腮胡子想了想,说:"槐树东边有条小沟,小沟直通阜水河;西边有一个陡壁,壁上有石刻的'大中谷'三个大字;南边有几棵小松树;北边嘛,好像那儿有几丛荆棘!"

安淑娇又惊又喜:"一点也没错!唉,当时我受人折磨,穷困潦倒,如果不是捡到你那扎钞票,我早魂归九天了啊!"

这时,桌上响起一阵电话铃声,雪萍姑娘拿起话筒一听,原来是医院里来的,要安淑娇马上去住院,不能再拖下去了。安淑娇脸色惨白,心裂肝断,她竭尽全力,指着络腮胡子对叶山青说:"快!快把遗嘱手续办好!"

叶山青严肃地点点头,对络腮胡子说:"安女士要把全部遗产给你,请你出示能证明你身份的证件。"

络腮胡子激动得双手微微颤抖,从内衣口袋里掏出一个身份证,递给叶山青。身份证上注明络腮胡子叫裴一飞,在市郊铸铁厂工作。

叶山青清了清嗓子,一字一句对安淑娇说:"你将把你的全部财产赠给恩人裴一飞,请你再三思!"

安淑娇长嘘了一口气,感叹道:"古人一饭之恩,尚当结草衔环,何况裴一飞的那扎钞票救了我一条命……我说一不二,决不反悔!"

络腮胡子偷偷拧了一把大腿，很疼，这不是做梦。他感动得"扑通"一声跪在安淑娇脚下，朝她"咚咚咚"磕了三个响头："你才是我的大恩人啊！今世我不知道如何谢你，只有来世变牛变马来报答你！"

"别这样，快起来，起来！"安淑娇身体虚弱，边喘气边叫络腮胡子快起来，她用力抓住雪萍姑娘的手坐直了身子，"我的固有资产大概有二百万，这包括我在特区房地产公司的投资一百万，电子开发公司的股票六十万……另外，金银首饰可折合二十万；再加上这栋半年前花了三十万买下的独院……总共不下三百万。我在世上时间不长了，叶律师，我马上要写遗嘱！"叶山青将笔和纸递给了安淑娇。络腮胡子眼睛瞪得溜圆，心怦怦跳个不停，三百万财产，这是他做梦也没想到的意外之财啊！

正在这时，通往厅堂的门被人敲得"砰砰"响，雪萍姑娘走过去拉开门，一个麻脸老汉冲了进来，他向安淑娇自我介绍说："我叫向铁冈，川背乡川背村村长，二十年前的五月六日……"

"咦？"安淑娇脸色陡变，"这是怎么回事？"她向叶山青使了一下眼色。

叶山青又朝桌上录音机开关一揿，对麻脸老汉说道："好，你讲吧。"

麻脸老汉便叙述起来。原来二十年前，他被当作"走资派"揪斗，吃尽了苦头，恰好五月六日那天准备逃跑。中午，他带了些米粑和平时积下来的钱，往古庙山林走去，正好在这棵槐树下歇息，吃了几团米粑，又顺手把钞票藏在槐树下的草丛里，怕万一被抓住，连钱一起没收，倒不如把它留在这儿，说不定还可以救救哪个落难人。说起来也巧，这钱正好是二百元一扎，半新旧，全是五元一张的。麻脸老汉憨厚地对安淑娇笑了笑："哟，真没想到，这钱第二天被你捡到了，我真有福气！"

安淑娇早已听得惊呆了，失声叫了起来："天呐，大中谷……槐树下……你说的一点都没错！"络腮胡子气得说不出话来，屁股在凳子上磨来磨去。

叶山青诧异地问麻脸老汉："你能不能说出槐树周围环境的特征？"

麻脸老汉抓抓头皮，竟然说得跟络腮胡子一模一样。

怎么会有两个人在同一天中午，在相同地点，放了相同数目的钱呢？叶山青扶着眼镜框,大惑不解;安淑娇倒抽了一口冷气,嘴边掠过一丝不易察觉的冷笑;雪萍姑娘又激动又兴奋,事情复杂了,有好戏唱了!

这时候,络腮胡子在凳子上坐不住了,气咻咻地指着麻脸老汉直叫:"他是假的,假的……你们别信他的鬼话!他在逃跑的紧要关头,会把钱放在草丛里吗?他有那个德性吗?"

麻脸老汉一口咬定:"你才是个冒牌货!"

"呸!你这个下流坯!"络腮胡子愤怒至极,不由自主地推了麻脸老汉一把。

麻脸老汉一个踉跄,差点跌倒,他未还手,只是讥讽地说:"你力气蛮大嘛!"

络腮胡子眼露凶光,麻脸老汉也不示弱,于是两人指手画脚地吵了起来。

雪萍姑娘急得直跺脚,叶山青凑到安淑娇身旁,提醒道:"会不会他俩在差不多的时间内,分别把钞票放到了槐树下?"

安淑娇面带愠色,摇摇头,低沉而又威严地说:"不可能,那地方没有路,我只认定一个恩人,他俩中必定有一个是冒牌货。哼!在国外,危机四起,险恶丛生,我都闯了过来,没想到今天在我的故土,会有人在大庭广众之下算计到我的头上来了。我也不是好惹的,雪萍,把'飞飞'带到门口等候!"

雪萍姑娘推门出去,不一会牵了一头高大的狼狗立在厅堂门口。她吹了一声口哨,狼狗"飞飞"毛发竖立,龇牙咧嘴地好像要一下子扑上来。

叶山青连忙劝道:"安女士,要郑重,慢慢来,千万不要莽撞。否则,不但要把事情弄糟,还会触及刑法的。"

"犯了法,我来坐牢,反正我也活不了几天。我痛恨捉弄我的人。今天我非要把这事弄个水落石出不可!"安淑娇说完转过头,双眼直瞪络腮胡子和麻脸老汉,"你们俩谁个是诈,现个儿说出来,我可以饶了。否则,我要让狼狗撕了他!"

络腮胡子瞪着狼狗,一言不发;麻脸老汉却吓得直咋舌:"别……别叫狼狗……咬我!"

叶山青心生一计，说："我对他俩刚才的叙述推敲了一下，觉得有些不同之处。我们再详细问问他俩，当年槐树周围环境的特征中，是否还有遗留的地方，这样，也许能辨出真伪。"

安淑娇略一思索，点了点头，喘着气说："给他俩五分钟时间想想，让他俩再作些补充。"

小房间里的空气顿时紧张起来，只有墙上的挂钟时针"嘀嗒嘀嗒"地响着，这五分钟简直就像五个小时一样长。

时间刚到，麻脸老汉就抢着开口了："我想起来了，当时周围还有一个标记，槐树北方的荆棘处有一堆乱石头。"

"不，不！"络腮胡子急不可耐，脱口而出，"那儿是一个深坑！"说完，脸上呈现出一种异样的神情。麻脸老汉目光呆滞，脸色蜡黄，"扑通"一声一屁股坐在地上。

安淑娇死死盯住他："我早看出来了，你不是正经货！你活腻了，跑到这儿来寻死！"她手一挥，从门外冲进来两个彪形大汉，像捉小鸡似的把麻脸老汉反提出了房间。"哈哈哈！"望着麻脸老汉的背影，络腮胡子洋洋得意，情不自禁地大笑起来。

安淑娇腾地从沙发上一跃而起："我终于找到了你！"络腮胡子一怔，转瞬间，一副冰凉的手铐"咔嚓"戴到了他的手上。

络腮胡子回过头来，雪萍姑娘正冷眼对着他，络腮胡子瞪着一双血红的眼睛大叫："你们疯啦！"

安淑娇脸上的病容倏地消失，像换了一个人。她健步走到络腮胡子跟前，说："我们倒没疯，疯的正是你！二十年前的今天，你不也发出过这么几声狞笑吗！我问你，你怎么知道槐树北方的荆棘中有个深坑？你不会忘记那深坑里曾经埋过尸体吧？你为了攫取我的百万财产，怎么把这事忘啦？你这个魔鬼！""啪"，她重重地搧了络腮胡子两个耳光。

络腮胡子歇斯底里地叫米："你说的我压根儿不知道。冤枉！天大的冤枉！那个麻脸老汉才是真正的魔鬼啊！"

话音刚落,从门外传来"咚咚咚"的脚步声,麻脸老汉向这儿走过来了。他一进门,就冷笑着说:"魔鬼,你中计了!"他用手往脸上一抹,"麻子"纷纷落了下来……

络腮胡子定睛一看,立在他面前的竟是大名鼎鼎的年轻侦探麦利生!他大惊失色,"啊"一声,瘫倒在地……

这是怎么回事呢?事情得从头说起。

原来二十年前的五月六日这一天,当地两派发生武斗,枪声激烈……被关在土牢里的安淑娇趁乱逃了出来。她饥饿难忍,只得钻入山林采摘野果充饥,不知不觉来到老古庙"大中谷"附近。她走着,走着,不料脚下一滑,一个趔趄险些陷进旁边一个深坑,幸亏眼疾手快抓住坑边一根古藤,才没掉下去。这个坑十分隐蔽,大约三四尺宽,一二丈深,密匝匝的草丛、古藤盖住了坑口。坑口不远处有许多散乱石头,还有几处明显的荆棘,不过一般人是不易察觉的。

这时,突然从后面传来"窸窸窣窣"的响声,安淑娇以为有人来追捕她,好在她会爬树,"刷刷"几下上了不远处一棵高大的槐树。她坐在枝杈上,透过枝叶间隙,紧张地注视着地面。只见几个蒙面汉子提着手枪,鬼鬼祟祟地走近了,他们四下里一看,就钻入槐树周围的草丛里埋伏起来。安淑娇正觉得奇怪,忽然远处又传来一阵纷乱的脚步声,待这批人走近一看,啊,打头的人安淑娇认识他,是市郊某银行主任孟老头。原来孟老头得到消息,有一个派性组织将派人以保卫银行为名进驻,实质上是企图将银行现金全部卷走……为此,孟老头决定把钱转到市银行去。为谨慎起见,不能走大路,孟老头在银行工作人员王进提议下,决定从古庙山林那儿绕道出去。谁知道王进就是这个派性组织安插在银行内部的"奸细",他故意领着孟老头他们一行人穿过密密麻麻的松树林,绕过数不清的荆棘丛……来到大中谷。这儿阴风阵阵,草木摇曳,山影模糊,犹如一个坟场。

安淑娇正想叫孟老头快跑,但来不及了,从草丛里射出一串罪恶的子弹,孟老头他们顿时就倒在血泊之中。安淑娇目不忍睹,心如刀割,她强忍着，屏住气息，死死地盯住这伙杀人犯。蒙面人从草丛里钻了出来，其中一个矮个头得意非凡："我们好运气，不过，嘿嘿，小兄弟王进死得有些屈！"一个高个头提起孟老头尸体旁一只鼓鼓的提包，扯开拉链一看，全是钞票。另几个同伙正要围过来，高个头指着那个隐蔽的深坑，在矮个头耳边嘀咕了几句，矮个头忙带着几个同伙把尸体一具具拖进深坑。当他们拖着最后一具尸体来到坑边时，突然从背后射来一串子弹。矮个头挣扎着转过头，看见高个手中握着一支仍在冒烟的手枪，他明白了是怎么一回事，咬牙切齿地骂道："你好狠心……杀人灭口……独吞这几万钞票……你……你这个魔鬼！"高个头冷笑着走上去，抽出同伙身上的手枪，然后把尸体丢进坑里，用石头填了上去……"哈！哈！哈！"对着山野，他得意地发出了令人毛骨悚然的狞笑，这笑声深深地铭刻在安淑娇的脑海里。

这时雷声阵阵，天昏地暗，大风呼啸地掠过山林，陡削的绝壁发出尖厉的凄叫，高个头提着慌乱之中未拉上拉链的提包，匆匆逃跑，刚跑出几步，就"叭嗒"摔了一跤，几扎钞票从提包里掉了出来，安淑娇瞧得清清楚楚，这几扎钞票都是半新旧，五元一张的。高个头手忙脚乱，捡起钞票就钻入了密林之中。这时，一场大雨倾盆而下，现场被冲刷得干干净净。安淑娇从树上下来，在孟老头遇难地方的石头缝里，找到刻有他姓名的一支金星钢笔。她仔细看清槐树周围的地形，然后来到学校革委会，准备报案。

革委会办公室里有个大腹便便的人，正对着电话筒吼叫："你们死哪儿去了，竟让安淑娇逃跑了……还不赶快把她抓回来！"这人是革委会副主任谭彩石，和安淑娇及她的丈夫是大学同学，过去曾狂热追求过安淑娇，碰了钉子，从此耿耿于怀。不久前，他指使人把安淑娇的丈夫迫害致死，又揪斗安淑娇。

安淑娇一见是谭彩石，眼中冒火，转身便走。谭彩石一双贼眼盯住了她："我正要派人去抓你，来人啊！"几个狗爪牙从隔壁房里窜出来，不管三七二十一，抓住安淑娇一顿拳打脚踢，她昏了过去。

两天后，安淑娇才醒来，发现自己被关在一间牛棚里。谭彩石站在门口,悠闲地抽着烟,色迷迷地盯着她。安淑娇忍住气,咬紧牙,猛地站起来,刚想把那桩槐树下的血案告诉他,只见他拿出一只盒子,奸诈地说:"这里有支金星钢笔,从你身上搜到的。哼!孟老头从不离身的钢笔怎么到了你的身上?前天上午,孟老头和几个人携带几万公款出去,至今下落不明。是你把他们杀了吧!"

安淑娇气得脸色涨红:"你血口喷人!"

"什么,我血口喷人?"谭彩石眼珠子骨碌碌转动了几下,"那时,你正好逃了出去,有作案的时间;至于作案工具嘛,你要抢到一支枪还不容易吗?"

安淑娇的头"嗡"一声,全身一阵发麻:"你……你……这个无……无赖……"

"咳,美人儿,别生气嘛,虽然孟老头失踪之案正在追查,但只要你肯赏个脸……嘿嘿,这事儿就一笔勾销!"谭彩石摇头晃脑,媚笑着朝安淑娇步步逼过来。

安淑娇没把血案说出来,一来她不知道魔鬼相貌特征,二来就是说出来,谭彩石及那帮造反起家的掌权派不但不会相信,而且会借此害死她。面对着紧逼的谭彩石,她一阵恶心。忽然她计上心来:"别过来,给我几天时间考虑。"谭彩石乐滋滋地同意了,他有他的算计,强迫不如自愿,把柄子捏在手心里,量她不敢不答应。

安淑娇回到被洗劫一空的家,想到家被抄了,丈夫被害死,自己又受尽折磨,不由悲痛欲绝。当夜,她女扮男装,甩掉暗哨,逃了出去。

安淑娇逃走后,谭彩石以那支金星钢笔为依据指控安淑娇,说她杀死了孟老头。钢笔经技术鉴定,上面有安淑娇的指纹及残留的孟老头的血,为此有关方面通缉了安淑娇……安淑娇在美国知道这些情况后,心肝欲裂,她一直忍耐着,等待着。

半年前,年迈的父亲病故,安淑娇毅然回国,重返故里,并找到有关人员,将自己的经历和盘托出。多年来,孟老头他们惨死的情景,时时在她脑中映现,她发誓要亲手抓住这个魔鬼,洗刷自己蒙受的不白之冤,替无辜的死难者复仇！安淑娇的希望得到了公安部门的积极支持，这是一件棘手的案子，精明强干、足智多谋的侦探麦利生上门找到她。他们来到现场，意外的是，坑里竟没有尸体……麦利生分析：凶手之所以消灭了犯罪痕迹，其目的是要在当地长期潜伏。为了使魔鬼的几声狞笑重现，以利掌握确凿的证据，麦利生和安淑娇故意设下此计。他们断定：魔鬼一定会上钩！

却说络腮胡子瘫倒在地，面色灰白，浑身哆嗦。当时为了消灭罪证，在作案的当天半夜，他就把尸体丢进附近的阜水河……又把坑里的土扒掉几层，之后仍用石头填满，做得天衣无缝。

前不久，络腮胡子看到了安淑娇的那则启事，心里一动，萌发了谋取怪女人百万财产的野心。他记得当时曾在槐树下摔跤时掉出过钞票，完全有可能捡钞票时遗漏了一扎在草丛里。他认定启事上所指的那扎钞票，正是自己掉的。作案是五月六日上午，他逃离现场时，大雨把痕迹冲刷得干干净净。安淑娇五月七日来到槐树下，她怎么会知道前一天在那儿发生的事呢！于是，络腮胡子决定实施自己的计划，并对此有稳操胜券的把握。他大大咧咧上门，之后又同"麻脸老汉"相争，寸土不让，终于上了钩。

络腮胡子悔之已晚。他被拖了出去，准备装上囚车。他咬牙切齿地对着安淑娇吼叫："嘿！你这婆娘，忘恩负义！当初，要不是捡到我那扎钞票，你早就自杀归西天了！"

"呸！"安淑娇两眼通红，愤怒地说，"干脆跟你兜个明白吧，什么自杀，我根本没这事，也压根儿没捡过什么钞票！有一点你做梦也不会想到，五月六日上午，我在槐树上亲眼看到了你杀人的血腥场面！"

"天呀！"络腮胡子的脸色变得跟死人一样灰白……

安淑娇指着络腮胡子的背影，对麦利生说："我第一眼看到这个魔鬼时，心里就有了个底，但把握不大；当你俩争吵时，他那粗暴的举动犹如当年，我心里又有了个底，但把握性还是不大；当他无奈道出那儿原有一个深坑的秘密时，我基本上清楚了他是谁；那三声狞笑，和当年一模一样。我认准了，他就是我日思夜想要抓住的那个魔鬼！多亏你安排了这绝妙的一幕！"

"不,不!"麦利生忽然间说话颤抖,他紧握着安淑娇的双手,哽咽着说,"安阿姨,你知道我是谁吗?谭彩石就是我的父亲啊!他坏事做绝,我讨厌他,离开了他!一年前,他因车祸丧生。临死前,他把我叫了去,泪流满面地告诉我关于你的一切,这是他最后的忏悔……我父亲害了你,使你吃了很多苦啊……"

"别再说了,孩子!"安淑娇紧紧地抱住麦利生,几十年的委屈,几十年的心事,几十年的期望,种种情感交织在一起,化成了淙淙的泪水,刷刷地落了下来……

(搜集整理:罗玉珍)

(题图:张恩卫)

心理学教授之死

档案被盗

特区新华街221号住着一位单身老头,名叫乔奇。此人原是市公安局副局长,是位曾获得国家公安部二等功臣荣誉的著名侦察神手,如今年老离休了。乔奇是个倔强的人,离休后,他不甘心在家闲着,他要继续发挥侦察才能,经申请批准,在他的住所开设私人侦探和咨询侦探所,经营侦破和侦破咨询业务,并且在《特区日报》上登了个大大的广告。

广告登出第二天一早,乔奇刚起床不久,便有人揿响门铃。他走过去,把门缓缓打开后,见门前立了一位西装革履,瘦高个儿,灰白脸,高颧骨,高鼻梁,戴一副墨镜的老头。老头眼神忧郁,一见乔奇,便欠了欠身,颇有礼貌地问:"呃,您是乔奇先生吧?"

乔奇说了一声："对，请进。"边说边转身径直来到客厅，在一张旧办公桌后坐下，把手向桌前的靠背椅一伸，淡淡地说，"请坐。"

那老头坐下后，递上一张名片，接着，扫视了一下屋子，见乔奇的屋子光线暗淡，又脏又乱，不由微微皱了皱眉头。

乔奇似乎没有注意到来客的情绪变化，他漫不经心地看着名片，只见上面是：奥地利医科大学心理学教授，本市心理门诊部主任医生：裘国兴。

乔奇略一思索后说："如果我没记错的话，贵诊所是1988年1月15号开的业。你是奥地利籍华人，是心理学鼻祖弗洛伊德最有名的弟子卡尔·亚伯拉罕的得意门生。是吗？"

裘国兴一怔："你怎么知道？"

"呵呵，是从报纸上获悉的。"

顿时，裘国兴脸上露出了惊讶的喜悦："啊，事过半年了，你的记忆力太好了！"

"是吗？"乔奇讪笑着说，"如果我把精力过多地花在其他方面，比如，打扫打扫屋子什么的，就不会得到你的赞赏了。"

裘国兴一听脸红了，尴尬地点点头。

乔奇惬意地笑了笑，然后显出一副精神非常集中的样子："说一说你的来意吧。"

裘国兴摸了摸光下巴，神情忧郁，语调缓缓地说开了。

原来，三天前的一个早晨，裘国兴就诊时发现锁在门诊部保险柜里的三十多份病例档案不见了。这事可把他急坏了，内行人都知道，凡到心理门诊部就诊的病人，都有着不能告人的精神创伤和心理负担。所以，记载病人隐私的病例档案如同绝密文件一样重要。作为心理门诊部的医生，保密，是最起码的职业道德，如果档案被不法之徒偷窃，病人们所面临的危险是难以想象的。这对心理门诊部来说，是最大的失职和耻辱，而且要对由此而产生的后果承担法律责任。但奇怪的是，失窃后的保险柜完好无损，现场也没有任何盗窃者的踪迹，甚至连放在办公桌里的一千元港币也分文未少。

裘国兴说到这儿，十分焦急地又说："我到中国来，是为了将毕生学到的心理学——这门新型的学科贡献给祖国。没想到会出这种事！嗨，我宁可全部家产被窃，也不愿发生如此事件！"

听了裘国兴的叙述，乔奇立刻对这案件产生了浓厚的兴趣，他问道："有谁能打开保险柜？"

"我和我妻子朱娅，她是我的助手。"

"诊所还有其他工作人员吗？"

"有，还有个护士叫杨柳，是去年从本市卫校毕业的。"

乔奇眨了眨眼，说："好吧，说说你的病人，把他们的名字、病情一一告诉我。"

裘国兴两眼望着乔奇，摇了摇头，断然地说："不，不能。你必须理解，我是为精神上和感情上有严重问题的人看病的医生，保密是我的天职。"

乔奇一愣，随即说："可是档案被窃，似乎已无密可保。"

裘国兴叹了一口气，垂下头，默不作声。

乔奇拿起木梳，梳了梳头，笑道："好吧，你既然如此尽职，我也不勉为其难。不过，你总可以对我说说，最近病人中有没有反常的情况？"

"有。"裘国兴抬眼道，"有一桩奇怪的事，这两天我连续接到不少患者的电话，询问档案被窃一事。看来他们已知道此事，而且非常气愤和恐慌。可能窃贼已找他们麻烦了。"

"窃贼没和你联系吗？"

"没有。至少在我来这儿前没有。"

乔奇站起来，往椅背上一靠，手指交叉，快速地动了几下拇指。忽然他狡黠地问："你为什么不向公安局报案？"

裘国兴耸了耸肩，说："我报过，可是他们坚持要我说出病人的情况，后来有人向我推荐了你，所以……"

听他这么说，乔奇心中顿时升起一丝得意和满足感，脸上露出微笑，矜持地说：""你算是找对了！你可以回去，下午2点我去你诊所。午饭后，我需要休息一下。"

裘国兴这种傲慢的态度使裘国兴颇为反感，他皱了皱眉，同乔奇握手后，急步走了。

裘国兴走后，乔奇重新坐下，点上香烟，微合两眼。他在想：窃贼的动机是什么？想叫诊所垮台？想诈取钱财？还是想知道某个病人的隐私……有意思，有意思！

电话报讯

乔奇吃过午饭，沿着河岸漫步了一段路，然后叫了一辆出租汽车，前往心理门诊部。2点差5分，他来到一座花园门口。一抬头，见门楣上有个罩着玻璃的方框，上书：心理门诊部。门上挂个白木牌，写着："暂不营业。"透过竹篱墙的缝隙，只见花园里有一幢两层楼房，红的山墙，白的窗棂，淡黄的屋顶，显得十分精巧。沿着篱墙，种着一排芭蕉树和长青树，更觉幽雅自然，楼房四周，全是淡绿色的草坪，显得华美而爽目。

两点整，乔奇揿响了门铃。来开门的是一位身穿白大褂，年轻漂亮的姑娘，她一见乔奇，便嫣然一笑："您是乔奇先生吧？"

乔奇点点头，然后凝视着姑娘，说："你是杨柳小姐吧？"

杨柳轻轻"唔"了一声，脸颊一红，微低着头，避开乔奇锐利的目光，一侧身把乔奇让进门，领着他向楼房走去。

楼房门口，正立着一男一女，迎候着客人，男的是裘国兴，女的是他的妻子朱娅。乔奇飞速打量了一下女主人，见她六十开外，体态适中，黄里透红的脸，细长的眼睛显得温柔可亲。

乔奇和男女主人握了握手后，便走进客厅。乔奇不忙落座，就在客厅里随意地边走边打量着。这是一间宽敞的屋子，布置得整洁、淡雅，给人一种舒适感。乔奇绕着四周转了一圈，随后问道："保险柜放在哪儿？"

朱娅推开右墙的第一扇白门:"在这儿。"

显然这儿是门诊室。乔奇立在门口,打量着房间,这儿摆设简单,除了办公桌椅和办公用品外,里墙角立着一个类似电冰箱的白色钨钢保险柜。

乔奇看后问裘国兴:"晚上有人值班吗?"

"没有。噢,杨小姐就住在隔壁。"

乔奇看了一眼正在客厅里沏茶的杨柳,故意轻声地说:"档案失窃的那天晚上,杨小姐没有听见什么吗?"

杨柳反应极快地说:"没有。噢,那天晚上我看了一场电影,回来时已经11点钟了。"

乔奇摸了摸下巴,冷冷地说:"裘教授你跟我来一下。呃,夫人和小姐就不必了。"

朱娅理解地笑了笑,对杨柳说:"我们上楼吧。"

裘教授眉头微锁,跟着乔奇走进了门诊室。乔奇拿出放大镜,边对房间内的器具进行检查,边漫不经心地问:"杨柳这个姑娘是怎么招来的?"

"招考录用的。"

"看样子,你夫人也是学医的吧?"

"对。她是奥地利医科院的药物教师。"

检查完毕,乔奇揉了揉浮肿的眼睛,沉思片刻,不容商量地说:"我要在这儿住几天。我想,窃贼最近会和你联系的。"

"呃,可以。你住在楼上好吗?"

"不,门诊的安乐椅就很合适。另外,从现在起,我们之间说的话、做的事,你不能跟任何人说,包括你的夫人和护士小姐。这,是我的职业道德。"

裘教授怅然地点点头,他心里暗暗叹道:真是见鬼了!

第三天下午,乔奇和裘教授在客厅下象棋。钟响4点时,电话铃响了。裘国兴望了望乔奇,他挪动着肥胖的身躯,拿起电话。

电话里传来一个沙哑的男子声音:"你是心理门诊部吗?"

"是的。"

"裘国兴在吗?"

"唔……我就是。"

"噢,你好啊,想必这几天很烦恼吧?"

"你是谁?"

"哈哈!"对方笑道,"我是能解你烦恼的人。听着,你的档案在我手中。怎么样,谈谈交换的条件好吗?"

乔奇眉峰一展,目光闪烁:"你所说的条件是指什么?"

"钱!除了钱还能有什么?"

"唔,要多少?"

"五万,五万元。怎么样?"

乔奇沉默了。此刻,他被电话筒里一个声音吸引住了。蓦地,他的眼中闪过一丝光亮,迅速地抬腕看了看手表。

电话里传来了粗鲁的吼叫声:"喂,喂!你他妈哑巴啦?"

听了这吼叫,乔奇才回过神来,赶紧说:"这样吧,让我考虑考虑。明天下午4点你再来电话。记住,下午4点整,过时不候!"说完没容对方答话,"叭"地把电话搁下,又一次抬腕看了看表,随即嘴角一牵,露出了一丝狡黠的笑。

这时,朱娅正站在楼梯中段,她笑着说:"乔先生,真看不出来呀,你还是个天才演员,把国兴的语调学得维妙维肖!"

"夫人过奖。"乔奇笑了笑,兴冲冲地到棋盘前,拿起一只棋子喊道,"将军!哈哈,老兄你输啦!"

"输了。"裘教授把手中的棋子往棋盘上一扔,身子朝沙发背上一靠,心神不定地看着乔奇。

乔奇没理会裘教授的情绪变化,他只随便问了一句:"夫人,杨柳呢?"

"回家了。她母亲生病,她去看望一下。"

乔奇似乎一呆,忽然,他站起身子说:"差点忘了,我有个约会。"边说边慌慌忙忙穿上风衣,抓了帽子,看也不看裘教授,走了。

乔奇回到家后,他风风火火地脱掉风衣和帽子,冲到办公桌旁,快速地翻着电话号码本,逐一给全市的各大医院打电话,询问在下午4时有无救护车出诊。不料他一连打了七个电话,对方都说,下午4点左右没有救护车出诊。

乔奇眯着眼,失望地看着电话机,随后,他稳了稳烦躁的情绪,又把手伸向电话机,嘴里嘟哝着:"这是最后一家了,但愿上帝保佑!"一会电话通了,乔奇嗓音发颤地问:"喂,你是长征医院急救室吗?"

"是啊,你是哪里?"

"我是私人侦探所,请问下午4点你处有没有救护车出诊?"

"4点钟?唔,你稍等一下。"

乔奇紧张地等待着,他的胖脸泛红,鼻尖上沁出了点点汗珠……对方终于回话了:"是的,我们有辆救护车刚出诊回来。"

乔奇精神一振,忙不迭地说:"谢谢,谢谢!我马上去你们那儿。"他放下电话,往椅背上一靠,长长地吁了一口气,而后跑出房门。

智擒"窃贼"

到了长征医院,乔奇向主管人员出示证件,说明来意,了解了刚才出诊病人家住长宁街74号。于是他要求说:"我想坐你们的救护车到刚才那地方去一下。"对方同意了。

上车后,乔奇对司机说:"请你按刚才的速度和路线行车。"司机根据要求,让救护车鸣叫着开到目的地。而后,又按同样的速度和路线返回医院。

傍晚时分,乔奇回到了诊所,把裘教授叫进门诊室,满面春风地说:"教授,明天下午4点,盗窃你档案的人会打电话来,与你商谈以钱换物的事。请你务必在电话里拖住他3分钟,不,最好5分钟。总之时间越长越好。"说着,他拿出一台遥控步话机,递给裘教授,交代道,"注意,接电话时,如果对方是窃取你档案的人，请立即打开报警开关。"

裘教授不解地问："为什么？"

乔奇矜持地笑了笑说："自有道理……我想，也许明天就能结案。"

裘教授双肩一耸，欣喜地喊道："真的？"随即又半信半疑地问，"有把握吗？"

乔奇挠了挠头，神情严肃地说："有没有把握，在很大程度上取决于你！你一定要照我的吩咐办！"

第二天下午，乔奇向裘教授叮嘱一番后出了诊所。他先到市公安局，签署了一张拘留证。3点40分，他来到长宁街一家饭馆，找了一张靠窗的桌子坐下，要了二两酒，几个小菜，笃悠悠地吃了起来。当时针指向3点59分时，意外的情况出现了，饭馆前面的路上，发生了交通事故——一辆公共汽车撞在了一辆卡车尾上。顿时车辆摆成了长龙阵，好奇的人们争相拥往出事地点，交通出现了堵塞。乔奇的视线被挡住了，他暗叫一声"糟糕"，"噌"地跳了起来，冲出门口，好似斗牛场上的公牛，疯狂地奔跑着，绕过了吵吵嚷嚷的堵塞地。一过马路，他赶紧放慢脚步，瞪大眼睛盯着人行道的一侧，看着，看着，他的眼睛一亮，与此同时，他口袋里的遥控步话机传出了一阵急促的报警声，乔奇的心激动得不由狂跳起来。

不用说报警声是裘教授发来的，这一天对裘教授来说犹如度日如年。好不容易挨到下午4点，客厅里的电话铃揪心般地响了起来。他对朱娅耳语了几句，朱娅拿起电话，听到电话里传来急切的喊声："喂，你是心理门诊部吗？"

"是的，请问你……"

"叫裘国兴来接电话！"

朱娅皱了皱眉说："你稍等一下，他正在接待客人。"

放下电话，朱娅来到丈夫身边，疑惑地问："是个男人，找你的，粗鲁极了，怎么回事？"

裘国兴摆了摆手，示意妻子不要出声。说实话，他也不明白是怎么回事，只是遵照乔奇的指示：延长时间罢了。

一分钟过去了，话筒里传来了恼怒的"喂喂"声。朱娅拿起话筒，忐忑不安地说："对不起，他马上就来……"

对方粗鲁地骂道："妈的，在搞什么名堂！"朱娅的脸涨得通红，恼怒地看了看话筒。

杨柳双手紧握，望着这一切显得烦躁、紧张，坐立不安。

又过了半分钟，裘教授拿着遥控步话机，慢慢地走到电话边，确认对方果真是窃取档案的人！裘教授赶紧打开遥控步话机的报警开关。于是，一场旨在拖延时间的对话开始了。他绞尽脑汁、费尽口舌地同对方周旋着。正当对话陷入僵局的时刻，电话突然中断了。裘教授望了望手表，4点零8分。也就是说他拖住了对方8分钟！他长长地舒了一口气，扔下话筒，脸色苍白地瘫坐在沙发上，茫然地看着手中的步话机。

再说乔奇强抑住自己激动的心情，尽量使脚步显得不紧不慢，双手插进上衣口袋，嘴里吹着口哨，脑袋忽左忽右地晃悠着，朝三十多米远的公用电话亭走去。然而，他那双细小的眼睛、锋利如剑的目光却紧紧地盯视着电话亭里的两个油头粉面的年轻人。他们中的一个在勾头缩肩地打电话，另一个夹着公文包，嘴里叼着烟，神色颇为紧张地隔着玻璃观察着周围。当乔奇走到距电话亭只有五六步时，那个夹公文包的小伙子似有所警觉地望着乔奇，可是没容他醒悟过来，乔奇一个箭步冲到了电话亭的门口，拉开门，洋洋得意地望着神情惶恐的小伙子……

晚上7点，乔奇满面春风地来到了诊所，见了裘教授，高声地说："啊，伙计，你应该请客！瞧，我给你带什么来了？"说着，把一只牛皮公文包递给教授。裘国兴接过包，打开一看，立刻高兴地喊道："档案！我的档案！"

朱娅和杨柳听了先是一愣，随即脸上露出了惊喜的笑。朱娅急步上前，拿过公文包，看过之后，将包搂在胸前，仰起头，双目一合，激动地叹道："啊，上帝保佑！厄运总算过去了！"

杨柳突然问道："你……怎么找到的？"她问出此话，脸倏地红了。

乔奇瞟视了杨柳一眼,说:"魔高一尺,道高一丈。孙猴子自然逃不出我如来佛的手掌!"

裘教授连声说:"谢谢!谢谢!"

为了庆祝档案回来,裘教授特地设了丰盛的晚宴,四个人围桌而坐。三杯酒下肚后,裘教授容光焕发,饶有兴味地问:"乔先生,能不能说说你是怎样智擒窃贼的?"

乔奇神采奕奕,点了一支烟,深深地吸了一口,喷出一口烟雾,开口道:"说来也简单,任何事的成功,都需要借助于机遇,而我正是遇到这样一个机会。昨天下午窃贼来电话,我无意中在话筒里听见了救护车的鸣叫声,当时正是4点零5分。于是,我当即约定对方今天下午4点再来电话。打完电话后,我了解到长征医院的救护车4点左右出过诊,我和司机一起到实地进行了勘察,并对时间进行了周密的核算,从而确定了4点零5分时救护车经过的地段,而那儿正好有一个公用电话亭。于是,我判断窃贼是在这儿打的电话。今天下午,我埋伏在电话亭的附近,为了准确起见,我给了教授你一台遥控步话机,让你在下午4点接电话,听见话筒里是窃贼的声音时,便打开报警开关。结果你配合得很好,我在电话亭里很轻易地抓住了窃贼。"

裘国兴连连点头,喃喃地叹道:"妙,妙,妙极了!"

朱娅抚掌凝视着乔奇,充满钦佩地赞道:"啊,乔先生,你简直成了中国的福尔摩斯。"

杨柳局促不安地同:"我提个问题,如果对方换个地方打电话怎么办?"

乔奇说:"问得好,拿你们的行话说,这里有个心理学问题和人的习惯问题,我是根据这点采取行动的。现在果然奏效了。"乔奇说到这,惬意地哈哈大笑。

裘教授举杯对乔奇说:"来,我们再干一杯!"

朱娅拉了拉丈夫的衣袖,娇嗔地说:"国兴,你喝多了。"

"不、不要紧,今天我、我高兴。来,干一杯!"

晚餐后,乔奇乐哈哈地挽着裘教授,走进了门诊室。待门关上后,乔奇脸突然一沉，压着嗓音，用命令的口吻说："把档案检查一下，是否有差错。"

裘国兴望着乔奇风云突变的神色，不由一愣："嗯，我检查过了，没错。"

"再检查一遍，快！"裘国兴耸耸肩，快快不乐地打开公文包，拿出档案，摊在桌上。乔奇大口大口地吸烟，目不转睛地盯视着裘教授。

十分钟后，裘国兴的神色突然变得紧张起来，嘴里嘀咕道："奇怪，这盒磁带怎么成了空白的？"乔奇忙问怎么回事。

裘国兴抬起头，不安地说："这盒磁带，记录着一个名叫张佃夫的病例，现在成了空白的了。"

乔奇一听，随手将烟头丢进烟灰缸里，眉峰紧蹙，脸色阴沉，低头背手地在房里来回踱着步子，脑海里浮现出了下午审讯犯人时，犯人说档案不是他们偷的，是别人给的画面。前天晚上，他俩去看电影，散场后，他俩发现邻座上有个包放在那儿，他们就顺手牵羊了，打开一看，全是纸和磁带，还有封信，信上写道：如果你想发财，可以打电话给心理门诊部，号码是308050，找裘国兴，让他拿三万块钱换取这包资料，包你成功！所以他们就……

凭着职业的经验，乔奇知道犯人没有撒谎。他意识到案子并未了结，而且更加复杂。原先，他根据病人来电话询问档案被窃这点，曾推断罪犯可能同门诊部的主人有仇，想趁机报复，使门诊部倒闭。以后又以为是一起敲诈案。但审问犯人后，这两个判断都出现了疑点。

此刻，原来的一个模模糊糊的念头，突然在乔奇脑中清晰了，那就是：问题出在某个病人之中。他神情严肃地对裘教授说："请你把张佃夫的情况介绍一下。"

裘国兴一怔，然后局促地望着乔奇，支支吾吾道："这、这不太合适吧……"

"怎么？"乔奇讪笑道，"又触犯了职业道德？哈，公文包里的档案我已拜读过了，对我来说已无密可保。听我说，真正的罪犯还没抓到，也许他和张佃夫有关。所以，你必须说！"

裘国兴耸耸肩，显得十分为难地沉默了片刻后，长叹了一口气，颇不情愿地说起来。

这位叫张佃夫的病人是本市建筑设计院的工程师，他最近正在北京开会。此人患有一种很奇特的心理恐惧症，一看见装饰房屋的墙布、墙纸就会害怕得全身颤栗，头疼脑胀，甚至晕厥。几十年来，他不敢逛商店、上剧场，或者参加其他社会活动，他害怕在那些场合看见墙布、墙纸。他的家，他的办公室甚至出差时住的旅馆，都严禁有这类东西。可以想象，这病症对他个人、对家庭，给工作带来多少麻烦和痛苦！一个月前，他来诊所就诊，每天接受一个半小时的治疗。裘教授采用按摩和闲谈的方法，帮助他突破思维与存在的界线，把注意力集中在对往事的回忆上。这种自然联想法，持续了二十五天，耐心终于带来了结果。一个星期前，病人终于吐出了部分真情。

裘教授说到这儿，突然停止了话语。从他的目光中和他那嗫嚅的嘴唇中，乔奇仿佛察觉到他似乎想起了什么。因此，乔奇不动声色地耐心等待着对方再度开口。

不料还没等裘教授再开口，突然，"笃笃笃"，响起了敲门声。接着，门轻轻地开了。杨柳手里端着一个圆盘走了进来，笑盈盈地说："请喝杯咖啡吧。"

在这节骨眼上，杨柳突然进来，打断了裘教授的话，乔奇不由得一股怒火涌上心头。

也就在这时，客厅里发出了一声骇人的惨叫，紧接着，传来了"咚咚咚"的声响。

教授罹难

客厅里的响声使门诊室里的三个人都大吃一惊。杨柳浑身一颤，圆盘掉在了茶几上。乔奇陡然站起身，敏捷地冲出了门外。只见朱娅躺倒在客厅的楼梯口，乔奇一边扶起朱娅，一边警惕地观察四周的动静。

裘教授慌慌张张奔出来，摸着妻子苍白的脸，急切地问："怎么啦？朱娅，怎么啦？朱娅？"

乔奇忙掐朱娅的人中。

"啊——"朱娅吁了一口气，慢慢地睁开眼睛，看了看周围。随后，像想起了什么，两眼圆睁，神色惶恐地指着楼梯上方的一扇半开的窗子说："有，有个人，躲在窗外……"

乔奇迅疾地跑出客厅，来到小花园里，绕房转了几圈。外面黑乎乎的，除了树叶晃动发出的沙沙声外，别无动静。他回到客厅，见朱娅躺在沙发上，喃喃地说："国兴，我再一次求你了，还是离开这个是非之地回国吧。我怕，我怕呀……"

教授紧皱眉头，为难地说："朱娅，你是了解我的。我们必须对病人负责，此事不了结就走，我会内疚一辈子的！"

"那，我……我先走。"

"这……好吧。"裘教授无奈地点了点头。

乔奇上前，轻轻拍了一下裘教授的肩，说："你来一下。"

两人来到门诊室，乔奇问道："你夫人真的要走？"

"唔，朱娅心脏有点毛病，为了她的健康，只有如此了。"

乔奇说："好吧，但你必须留下，如果你也要走，务必在4天后才能动身。记住，4天！"

"4天……好吧，但愿4天内出现奇迹！"

"一言为定！"乔奇有力地握了握对方的手，说，"扶你太太上楼休息吧。"

第二天一早，乔奇练完太极拳，走进客厅，刚打算去漱洗，忽然听见楼上有人呼叫，乔奇心中一惊，赶紧一步两级跑上楼，听见教授的卧室里传出了朱娅惊慌的喊叫声："国兴！国兴！你怎么啦？快醒醒，快醒醒……"乔奇一个箭步推开房门，定睛一看，只见身穿睡衣的朱娅跪在床上，正拼命地摇着仰躺着的裘国兴。

乔奇跑到床边问道:"怎么回事?"

朱娅神色慌张地说:"乔先生,国兴休克了!"

乔奇俯下身子,见裘教授双目微合,神态安详,像是在熟睡。他把手放在他的鼻口,又把耳朵贴在他的左胸,听着,听着,乔奇的眉头越皱越紧,猛地直起身,大吼:"快送医院!"

15分钟后裘国兴被送进了一家医院的急救室。一阵忙乱后,主任医师脸色阴沉地来到医院走廊,沉痛地对朱娅和乔奇说:"他……死了。"朱娅的身子一软,整个人就往地上滑,医生赶紧把朱娅抬去抢救。

此刻,乔奇的心情显得极为烦躁。他极力稳定情绪,集中精神,思考片刻后,要求主任医生检查死者的死亡原因。经过3小时检查,主任医生不无遗憾地对乔奇说:"死者生前喝多了酒,没发现任何中毒因素。"

乔奇两眼怒睁,大声喊道:"不!不可能!"

主任医师苦笑地摇摇头,转身走了。望着远去的医师,乔奇感到懊丧极了,眼看破案指日可待,不料在关键时刻,关键人物突然死亡,一瞬间,多日来的辛劳和进展付诸东流!乔奇感到耻辱——一个从事几十年的侦破工作,经历了无数艰难历程和考验,建立了显赫奇功的侦破神手,今天竟栽在了这么个案子上,而且是自己开设私人侦探业务的第一桩案子上!乔奇想:难道我真的老了、迟钝了、落伍了、该进棺材了?他不由全身一阵哆嗦。随即,不屈的斗志油然而生。

裘国兴的死,惊动了市委和市政府。根据家属的意愿,市领导决定:明天火化尸体;后天召开追悼会;大后天朱娅携带丈夫的骨灰盒离开中国前往奥地利;破案工作由公安局受理。

这一系列决定对已陷于困境的乔奇来说,无异又是个打击。然而,这反倒激发了乔奇的倔劲。在他极力说服下,公安局才答应案子的移交推迟两天办理。

这天晚上,乔奇坐在自己住宅的办公桌边。一支接一支猛抽着烟,几天来的过度紧张和劳累使他浑身变得酸疼疲惫。明天他将飞往北京,实施最后一个步骤—找张佃夫，了解其病例。在这之前，他总想探索出裘教授的死因。直觉告诉他：裘教授死于他杀！一旦查出死因，难题可能迎刃而解。这时时钟"当当当……"敲响九下。为了不影响明天的出行，他决定休息。就在他起身时，无意中手肘将一本书撞落在地。他看了看，懒得去捡，可是翻开的书页中夹着一张从报纸上剪裁下来的纸片，却引起他的注意，他定眼细看，一行标题映入眼帘：卓别林死因之谜。他捡起书，看着纸片，那上面的字，把他的心完全吸住了。他顿时兴奋起来，连续看了数遍后，边凝神思索，边喃喃自语："可能……有可能……完全可能！"

半小时后，他来到了心理门诊部的客厅里。杨柳见乔奇突然出现，显得有点惊讶，她不安地说："呃，您来找朱医生吧？她拜访客人去了……您坐。"

乔奇摇了摇头，苦笑道："不了。你有镇静剂吗？这几天我神经太紧张，睡眠不太好，头疼脑胀。"

"镇静剂？"杨柳愣了一下，随即说，"噢，有，有，你稍等一下。"她转身来到药柜前，上上下下找了几遍，嘴里嘀咕道，"咦，前几天还在这儿，怎么没啦？"

"会不会在教授的卧室里？"乔奇说。

"不会的，"杨柳不假思索地摇摇头，说，"教授夫妇一贯反对服用镇静剂，他们说，这种药物有损于神经系统的自我调节。不到万不得已，病人也不要服用。"

"哦——"乔奇嘴一咧，右手的拇指和食指按在前额两边的太阳穴上，显得疼痛难忍地说，"看来我是到了万不得已的地步了。你有教授卧室的钥匙吗？"

"卧室的门没锁……好吧，我去看看。"杨柳说着往楼上走去，乔奇也紧跟着上了楼。

卧室中央顶墙摆着一张席梦思大床，左右各有一个床头柜，其中有个床头柜上放着一台造型别致的半导体收音机。对着大床有一个梳妆台，左墙有个书柜，右墙有一溜长短沙发。在壁灯柔和的光照下，卧室显得雅致而舒适。杨柳往四处打量了一下，边摇头边寻找起来。乔奇眯着眼，目光锐利地扫视着，随后走到一个床头柜前，弯腰朝面板下方的隔层望去，发现一本书的后面露出了一个小圆瓶的盖子，他用两指将小圆瓶夹出，顿时眼睛一亮。他瞥了一眼杨柳，见她背对着自己在梳妆台前寻找着，忙将圆瓶悄悄地放进口袋。随后，他装着失望地说："唉，没有就算了，我到别处去问问。噢，朱医生回来后，你不用提及此事，免得她为我操心。"

乔奇回到住宅，小心翼翼地连同一块手帕，将药瓶拿出。经过检查，断定这瓶镇静剂是两天前开封的，而且只用过一次。瓶上的指纹虽然不甚清楚，但依稀可见。乔奇查对了一下指纹档案，不由心头一凛："啊，难道真是她？"他眯起眼睛，眼珠闪动着，随后微微地摇头自语："也许是偶然的巧合。唔，明天的北京之行要改期。"他抬腕看了看手表，已是深夜10点半了。时间不允许他再作缜密的思考，因为他必须在今晚见到市领导，请求原定于明天上午的火化，改为下午进行。此外，还要通知法医明天一早赶往医院，对尸体再次检查，以证实他所发现的死因——酒后服用镇静剂。

拨云见日

第二天一早，乔奇率法医来到医院。裘国兴的尸体从太平间被抬到了检验室。当法医解开死者的衣服时，不由怔住了：仅仅一天一夜，尸体的肤色变成了紫黑色，用手一摸，肉竟像豆腐渣似的烂了。这一奇特现象使大伙大为惊诧，乔奇立即下令："快对尸体进行化验！"经化验，最后得出结论：有人对尸体注射了剧毒药水。至于什么药水，尚不清楚，须送有关部门鉴定。在给死者穿衣时，乔奇又发现死者的西服前襟的下摆处，好像有块硬物。他扯开西服的贴边，从中拿出块像五分钱硬币般大小的小铁片，仔细一打量，原来是块用于窃听器的磁片。他脑子里马上闪现出了教授卧室里造型别致的半导体收音机……

这一系列事件来得如此突然和意外，但对乔奇来说，反倒促成他解开了又一个谜！无用怀疑裘国兴是被人谋害的，凶手先是杀人灭口，而后毁尸灭迹，其结果适得其反，加速了真面目的暴露。虽然还不清楚罪犯的最终目的，但揭开谜底已为期不远了！乔奇为了证实自己的判断，他叫人把太平间的看守员找来。

经反复盘问，看守员因多喝了酒，上锁晚了时间，而且看守员还说在他醉醺醺来锁门时，仿佛见到一个黑影，他先是一吓，再细看时，黑影不见了。

这时有个护士过来俯身对乔奇说："你的电话。"

乔奇来到医院办公室，拿起电话。对方是药物化验室打来的，经化验，裘国兴身上的剧毒药水是一种叫"甲醚西"的进口产品，首创于意大利黑手党，是当今世界上查禁的毒品之一。乔奇说了一声："好，太感谢了。"他刚放下电话，朱娅在杨柳的搀扶下走进了办公室。

朱娅穿一身黑色的长袖旗袍，胸前别一朵小白花。和几天前相比，她显得憔悴多了，仿佛老了十岁。

杨柳身着一套白色的西服，右手臂上套着块黑绸布。她眉头微蹙，薄薄的小嘴唇严肃地抿着，嘴角微微下垂。

朱娅依着杨柳的手软绵绵地坐在椅子上，无力地问："老乔，火化为什么要推迟到下午？"

"唔，因为出现了一桩意外的事！"

朱娅眉头一颤，杨柳急切而紧张地问："出什么事啦？"

乔奇直勾勾地逼视着杨柳，挖苦道："杨小姐，你还不知道吗？哦，我发现你很会演戏，如果当了演员，一定会获得'金鸡奖'或者'百花奖'，这比当个护士有出息多了！"

杨柳的脸红了，她惶惑地问："你，你这是什么意思？"

"什么意思你很清楚！"乔奇嘲讽地笑了笑，随即脸色一沉说，"杨柳，你扮演了一个很'出色'的角色。不过，现在该收场了。你被拘捕了！"

杨柳身子晃了晃，木头般地站着，张着嘴，两只眼睛发呆地看着乔奇手中的拘留证。

朱娅触电似的离开杨柳，目光惊诧地仰望着对方。

乔奇带着杨柳走了。在出门时，他转身安慰朱娅说："朱医生，节哀。在你后天离开中国前，我一定将事情的真相告诉你。"

朱娅颤抖着嘴唇，不安地说："别，别搞错了……"

"唉，你呀，太善良了！"乔奇摇摇头，走了。

当天下午，乔奇实施最后一个步骤——乘飞机往北京，拜访在京开会的工程师张佃夫。

由于张佃夫有怪癖，所以被单独安排在一间普通房间里，乔奇一见张佃夫，第一印象是：此人是个十足的书生。六十开外年纪，人很瘦，面色黯淡，高颧骨，戴了一副极普通的白光眼镜。看得出这是一个仔细、寡言、深沉而又淡泊的人。

乔奇脸上挂着亲切的微笑说："你是张佃夫同志吧？"

"是的，你是？"

"我是裘国兴教授的助手，名叫张潮。"

张佃夫一听，立刻面露喜色，忙将乔奇让进房里。乔奇在沙发上落座后，张佃夫递上茶，两人寒暄一阵，张佃夫问："你这次来？"

乔奇谦和地说："我这次是专程为你而来的。"

张佃夫不解地"哦"了声。

乔奇接着说："你的病情，裘教授向我作了介绍。你来北京开会时间较长，为了使你的病情尽快好转，裘教授特地派我来京继续为你治疗。"

"哎呀！真是太感谢了！太感谢了！"张佃夫感动得直搓手。

乔奇不失时机地说："张工，我看你气色不太好啊。如果你愿意的话，我们现在就开始好吗？"

张佃夫被乔奇的热情和真挚感染了，忙说："好，好。时间宝贵，时间宝贵。"

乔奇从公文包里拿出一台袖珍录音机放在桌上，又将安有滚轮的沙发推到屋中央。张佃夫落座后,把头靠在沙发背上,微微地合上了忧郁的眼睛。

乔奇边按摩着他的头部边关切地问:"你近来感觉如何?"

"唉,我最近心情有点压抑……"

"是啊,痛苦的往事就像古老的树根盘踞在人的心灵深处,常使人难以忘怀。它需要经常地倾诉和排解,才能使心情获得暂时的安宁……"乔奇的话说得娓娓动听,接着,两人开始了推心置腹的交谈。交谈一直持续到深夜11点,乔奇终于获得了张佃夫的病例,谜团彻底解开了!

此刻,乔奇如释重负,他抑制着激动的情绪,俯下身子,不无感慨地对张佃夫说:"张工啊,作为一个医生,我不得不承认你的问题很严重。我知道,像你这样的人,是很难承受如此严酷的精神压力的。不过,我能够,而且有义务帮助你摆脱因负罪感而引起的恐惧症。我们是人,而没有一个人是完美无缺的。试想一下,人的一生谁能无过?问题是有没有勇气正视这些过失,从中获得教训。况且有的过失,并非出自自己的心愿,而且也无法抗拒。几十年来,你所承受的精神折磨以及你为人类所作的贡献已远远抵消了你的罪过。此外,从法律角度来说,你的罪过也已经过了'时效期',法律将不再追究你的责任。过去的就让它过去吧,你应该珍惜现在和未来!"

这番肺腑之言,说得张佃夫心悦诚服。他泪流满面,紧紧地抓住乔奇的手,喃喃地说:"谢谢!谢谢……"

罪魁落网

第二天上午,乔奇乘飞机返回原地。当他出现在心理门诊部时,客厅里已坐着不少人,他们中有的是市领导,有的是医学界名人,还有的是裘国兴夫妇的亲朋好友。追悼会刚结束,他们是来向朱娅作礼节性的拜访,告慰她节哀。

看见风尘仆仆的乔奇,朱娅赶紧迎上,凄苦而亲昵地说:"老乔,你上哪儿啦?国兴的追悼会刚结束。"

乔奇略含歉意地说：“对不起，我来晚了。我答应过你，在你临行前，一定将档案被窃之谜的真相告诉你。我正是为了这个在忙乎。”

"结果怎样？"朱娅神情严肃地问。

"很顺利。"乔奇说着话，把手中的公文包打开，从中拿出袖珍录音机搁在茶几上。他环顾一下众人，说："这里录有裴教授的病人张佃夫的病例。它会向我们揭示事情的真相！"说完，按了一下键盘。全场肃静，只听磁带"嘶嘶"转动一会后，一个深沉而凄怆的声音在客厅里回响，它展示了张佃夫传奇般的经历，令人无不惊讶！

1939年，张佃夫的父母惨遭日寇飞机炸死，他便成了孤儿。作为国际海员的舅舅将10岁的张佃夫带到了自己国籍的所在地——奥地利。10年后，舅舅遇海难身亡，张佃夫又一次陷入了困境。那时他19岁，是奥地利首都维也纳工程学院的学生。为了完成学业和糊口度日，张佃夫边学习边利用业余时间打短工，干些建筑方面的事。

这年暑假，张佃夫从报纸的广告栏里，看到有个百万富翁要雇请一名工人装潢房屋的启事，便赶紧前往。接待他的是位二十出头的中国少妇，她详细地询问了张佃夫的情况后，欣然答应由他承接这项工程，任务是将一个别墅里的房屋，在内墙上全部糊上带花纹的墙纸。动工那天，少妇拿了两袋白粉给他，要他掺入粘墙纸的胶水里。并再三叮嘱此事不能让任何人知道。出于好奇，张佃夫私藏了一小包白粉。不到一个星期，工程全部完工，他得到了一笔丰厚的报酬。

后来，张佃夫找到了一家医院当化验工的女友，请她对白粉进行化验。结果那白粉竟是一种毒品，不要说服用，就是长期闻其味，也会中毒身亡。张佃夫震惊之余，意识到了将有一场灾难发生。

这天，张佃夫来到地处郊外的别墅，隔着栅栏偷偷地朝园里窥探。这是一座景色宜人的大花园，他看见被阳光笼罩的草坪上，有一辆靠背轮椅车，上面坐着一个瘫痪老人。驼着背，耸着肩，花白的脑袋耷拉在胸前。他脚下活跃着一只白胖白胖的小狮子狗，身后立着一个年轻美丽的女佣。

这儿的环境幽静，但给人却是荒凉冷清的感觉。在以后的日子里，张佃夫几乎每天都要去一趟别墅，偷偷观察着园里的动静。随着岁月的流逝，他发现，老人的身体变得越来越虚弱，垂在胸前的脑袋难得抬起；那只活蹦乱跳的小狮子狗也变得懒洋洋地匍匐在地，半天也懒得叫一声；女佣亦显得萎靡不振，时不时地打着哈欠。望着这一切，张佃夫惶恐极了，良心折磨得他日夜不宁，如芒刺在背。

有一天，张佃夫再也忍不住了，前往少妇家质问道："掺在胶水里的白粉有毒！别墅里的老人是谁？你居心何在？"

一听此话，少妇先是一惊，随后像是没听明白地问："你说什么？"

张佃夫说："那白粉，我请人化验过，是毒药！毒药！"

少妇惊骇地问："怎么，你将这事告诉别人了？"

"不，没有。"张佃夫摇摇头。

少妇有点局促不安，把脸扭向一边，语调平静而冷漠："那个老头是一家大公司的董事长，也是我丈夫的父亲。他有病，脾气古怪而暴躁，我与他很难相处；更不能容忍的是他竟想改动遗嘱，把应该归我丈夫的遗产，捐献给慈善事业！所以，我想让他早点进入天堂……"说到这里，少妇那双明亮的大眼，闪烁着仇恨的亮光。

张佃夫顿时明白了一切，一股血气直冲脑门，他"噌"地从沙发上跳起，愤慨地说："你，你怎么能这样残忍！"

"残忍？"少妇神经质地狂笑了一声，两臂交叉，仰靠在沙发上，神情冷峻地说，"怎么，难道你想打抱不平？那就请便吧。不过，我得提醒你，在这件事上，你可是我的同谋！再说，只要我一变嘴，就可以将全部责任推给你：因为墙纸是你糊的！到头来，倒霉的还是你呀！"

张佃夫懵了，目瞪口呆地望着对方，直到对方将一张支票塞到他手中时，才醒悟过来。他猛地把手一挥，扔掉支票，逃跑似的冲出了书房。回家后，张佃夫病倒在床上，他感到周围的一切都又臭又脏，他的五脏六腑都在颤抖。数天后，大病初愈的张佃夫，在一个风雨交加的深夜，跃过栅栏，潜进了别墅,来到楼房前,用锋利的器具撬开了房门,悄悄潜进房子里,怀里摸出一张白纸,用图钉揿在墙上,纸条上写着五个字:墙纸内有毒!接着,他便离开了维也纳,逃到其他城市谋生。

第二天下午,张伽夫在一家旅馆的报栏里,看到了华尔公司董事长病逝的讣告,讣告边上是幅照片:少妇和她的丈夫,身着孝服,神情悲伤地立在一具棺木前。显然,悲剧在早几天就发生了。张伽夫的脑子"嗡"的一声,眼前一黑,身子摇晃着,"扑通"一声栽倒在地……

1952年,张伽夫怀着难以排解的负罪感离开奥地利,回到了祖国。随着岁月的流逝,这种负罪感不但没有减弱,而且成了折磨他精神的桎梏……

录音在张伽夫悔恨的叹息声中戛然而止。此时的朱娅面色灰白,目光呆滞,她强作镇静地说:"这,和档案被窃有联系吗?"

乔奇逼视着朱娅,说:"有,当然有!一个月前,当张伽夫慕名来到心理门诊部时,引起了你的恐慌——你这位当年的少妇,想起了罪恶的往事。为了阻止张就诊,确切地说为了不使你丈夫裘国兴进一步了解张的病因,你煞费苦心地演出了档案被窃一幕,企图借此事故,动员你丈夫离开这里。可惜,裘国兴为了维护自己的声誉,向我报了案。于是,你越发恐慌,将记录张伽夫的病例磁带抹掉,并设计将档案丢给了两个二流子,企图制造诈取钱财而盗窃档案的假相。当我逮捕了两个替死鬼,尤其是当你窃听到裘国兴向我诉说张伽夫的病例时,你乱了方寸,情急中用看见'幽灵'的手法中断了我和教授那场关键性的谈话。此时,你已预感到危在旦夕,因为事情一旦败露,那么后果将不堪设想!于是,当晚你丧心病狂地蒙骗你丈夫服了镇静剂。作为一个药物专家,你当然知道酒后服用镇静剂的恶果,这一手确实高明,差点使我陷入绝境。然而,我从'卓别林死因之谜'中得到了启发。世界著名喜剧大师卓别林,于1973年12月24日深夜,突然在睡眠中去世,其死亡正是酒后服用镇静剂的缘故。说实话,当我发现这一秘密后,并不完全相信是你故意所为,因为这样的判断在感情上简直不能使人接受。但是你从杨柳口中得知我要镇静剂并发现药瓶不翼而飞后,残忍而又愚蠢地毁尸灭迹的行为，彻底打消了我的疑虑，为了麻痹你的警觉性，我当你面拘留了无辜的杨柳。接着我前往北京，拜访了张佃夫，终于明白了真相，彻底解开了档案被窃之谜！"

在众目睽睽之下，朱娅羞恐地用手蒙住了脸庞，她觉得无地自容，天旋地转。她的家庭、财产、地位、名誉、生命……一切都完了！

与此同时，从客厅的门口，走进一位姑娘，她步履轻盈，面容端正，一双明亮的大眼清澈如水。乔奇赶紧迎上，握住姑娘的手，不无感激地说："杨柳同志，感谢你的配合，我想，从明天起，心理门诊部可以重新营业了。"

"明天？"

"对！"

"医生呢？"

"你就是！希望你把裘国兴教授未完成的这项有益于人类身心健康的事业继续下去！"

(夏国强)
(题图：佐　夫)

密谋·奇案
mimou qian

世界上不存在所谓的『完美』犯罪。

精心谋划的『不在场证明』，往往有着不堪一击的致命漏洞。

现 世 报

有一对夫妇，男的叫黄阿南，女的叫张细妹，都是闽西黄村人。几年来，夫妇俩开了一家饭店，一家百货店，一个运输公司，还买了一部桑塔纳小车，日子过得红红火火。

这天早上，黄阿南开车去县城，一直到晚上八点多还不见他回来。此时下起大雨，雷声大作，细妹有些急了，打丈夫的手机、传呼，没有回音，打电话给县城的朋友，回电说阿南六点多就离开了，几个朋友还目送他驾车出县城的。细妹急了，半夜去公安局报案。公安局接报后当即采取行动，又是巡逻车搜寻，又是向邻近县市发协查通报，但一无所获，那辆桑塔纳小车连同阿南这个活生生的人竟消失了。

刑警们碰到一件十分棘手的案子：一不见车，二不见人，三不见尸，四不知现场。尽管没日没夜排摸查找，可二十多天过去了，案子侦破却毫无进展。刑警队长在撤离时对细妹说:"妹子,听我一句话,尽管现在还没有什么有价值的线索,但作恶的罪犯终有一天要露出水面,他们总是要栽的。偷、骗、抢,都是现世报呀!"说完,他把自己的传呼、手机号码留给了细妹,让她有什么情况立刻和他联系。

阿南连车带人失踪,细妹悲痛欲绝,但她有一个信念:一定要将事情搞个水落石出。

三个月后的一天,一个男人走进她的家,叫着:"细妹,我回来了。"

细妹一看,惊讶地叫道:"铁平,是你?走了两年了,回来了?"她看见这个人,便想起自己的丈夫,心口上揪得紧紧的,十分难受。那人叫黄铁平,是阿南从小一起长大的同村朋友。

黄铁平说:"我刚回来,听说阿南的事了。嗨,真不幸,好人就是多遭难!我在外面这两年,听了不知多少这样的事,那些绑匪们在这个地方抢车,又在另一个地方杀人灭口,车又卖在第三个地方,连公安局也没办法。"

细妹哽咽着说:"你和阿南是从小的朋友,这两年你见多识广,有其他的朋友,帮我打听一下,也许有谁看见了他和车。"

黄铁平环顾着显得冷清的大屋,关心地问:"阿南不在了,你们的生意受到影响,损失很大吧?"

这一问,细妹不禁叹了口气:"嗨,为了找阿南,我也没有心思做生意,人都没了,钱还有什么用?后来想想,我和他辛辛苦苦挣下这份家业也不容易,败了不是更对不起他吗?可现在想管了,又没有合适的帮手。"她突然又说,"嗨,我倒忘了问了,你现在回来准备做什么生意?"

黄铁平也长长叹了口气,点燃一支烟,边抽边说:"我的事你是清楚的,前两年开车砸了,跑出去躲债,原以为辛苦几年,赚了钱能还掉债,可是外面其实也不是那么容易混,想来想去,还是回家挖煤实在。听惠珍说,这两年,她们母子多亏了你们照顾,我是特地来向你表示感谢的。你就想开点吧,有什么难处,我能做到的,你尽管开口。"

细妹说:"你回来也好,要是没事干,就帮我把煤生意管起来吧。"

黄铁平一口答应："好吧，做煤反正我也是熟行的，自己又没车，就先帮你一阵，工钱照市面行情给就行了。这样，我有时间再帮你打听打听阿南的事。"

就这样，黄铁平帮细妹管理着两个煤洞、三部汽车，他把生意搞得红红火火，一有机会，还到处打听阿南的下落。可是，阿南仍石沉大海般没有任何消息，于是黄铁平的老婆惠珍也来细妹的饭店里帮忙，空闲时就轻声细语地宽细妹的心，两人相处得像姐妹一般。自从有了黄铁平夫妇的帮助，细妹渐渐地恢复了元气，但她的心灵深处还时时惦着阿南。

这天，细妹让黄铁平到山东去出一趟远差，要十天左右才能回来，她自己顺便搭他的车到市里办事。细妹这次到市里，一是办些货，二是看望住院的姨妈。和黄铁平分手后，她去批发商那里办好货物，已近中午，在水果摊上买了一大袋各式水果，她刚想叫辆摩托车，好几辆"的士"已经先挤了过来。

这时，一辆桑塔纳轿车从旁边悄无声息地靠了上来，司机从驾驶室里探出头来，说："大姐，坐我的车吧，你买了那么多水果，坐摩托不方便。"说着跳下车，殷勤地拉开了另一边的车门，细妹坐了进去。载客的师傅们一阵起哄，桑塔纳车司机朝他们挥挥手，便开车上路。

车内开着空调，一下子令细妹想起了自己的那辆桑塔纳，便与司机攀谈起来："小师傅，开车几年了？这辆车还挺新的，花了多少钱？"

"便宜，这是厦门一位朋友转让的，我接过来还不到半年。你去哪里？"

"中医院。"汽车在热浪中行驶，车里响起了轻快的音乐声。自从阿南出事，细妹还是第一次重又坐上轿车，而且巧的也是桑塔纳，她心里感慨着生活的变故，眼睛不由在车内打量起来。她一边打量，一边想着和阿南在一起的日日夜夜，突然，她的目光在车门把手处停住了，而且惊得目瞪口呆。原来，那把手处有一条用记号笔画成的弯线！这是一条多么熟悉的弯线呀，三年前，细妹和阿南驾车进货时，买了一支记号笔，为了试验记号笔能否用，顺手就在车把手上画了一下，画出了一条线，还被阿南骂了一句，那条线从此却怎么擦也擦不掉，一直留在了那里。

细妹心里"怦怦"跳着：难道身边的这个人就是抢车杀夫的凶手？细妹一边对自己说"要镇静"，一边仔细地观察这辆车的其他部分，她越看越像自己的车。司机好像也发现了，问道："大姐，你好像对车很感兴趣呀？你看我这辆车怎么样？"

"好像音响差点。"

"真是好听力！原来这车上装的是飞利浦机芯，声音好极了，被我拆回家用，这是后来装上的。"司机得意地说着，却不知细妹整个脸都涨红了，因为当初买了车后，阿南嫌音响不够劲，特地买了一套飞利浦汽车用自动翻带机。现在可以肯定，这就是自家的那辆桑塔纳车！细妹脑子里急速地转动着。

这时，车已到了医院门口，细妹灵机一动，叫司机把车开进大门，说："你等我十分钟，停车费我会照付的。"

"没事，你慢慢聊，我在这等着。"

细妹下了车，默默地把车号记了下来，她快步走进病房，转身隐在门后向外观察，发现司机到旁边的一个冷饮摊上去买冷饮了。她知道他还没发现，便立即打开手机，拨通了刑警队长的电话。反应快速的警察不过三四分钟便全副武装地开进了医院，细妹把情况一说，警察立即把车和司机扣了起来。

接下来的鉴定并不困难，这辆车确实就是细妹家的，细妹从家里拿来另一串钥匙，插上去只轻轻一扭，发动机便立即如泣如诉地呜咽起来。车子找到了，阿南却仍然生死不明，因为司机并不认识卖车人，只交代这车是花八万元从温州二手市场买来的。

案件又陷入了僵局。细妹心里想：桑塔纳啊，你既然能走回来，为什么不开口说话呢？我的阿南究竟被谁害了呢？

又过了五天，那天，细妹正无精打采地在店里打理，突然邮递员送来一封信，信封上竟写着：黄阿南先生收。阿南失踪了这么久，谁还会给他来信？

细妹颤抖着手，拆开信，刚看几行，就泪流满面。信上面写着：

黄阿南先生：

你一定为你的证件及那张五万块的借据失落而着急，告诉你，它们都由我安全地保管着。请用异地取款方式，付保管费二万元，咱们银货两讫。钱款汇入：工商银行中兴路分理处，账号：27863521

一个朋友×月×日

又是温州！这难道是巧合？对！只要抓住这个人，案情就能真相大白。细妹抓起电话，立即报警。诱捕写信人的网在温州警方的协助下，当晚就悄悄张开了。

非常顺利，第二天中午，警方就抓住了一个叫秃三的歹徒。果然，在他住处缴获到阿南的证件及他借给别人五万块钱的借据。并且，还意外地发现了黄铁平的身份证！突审秃三，秃三交代，五个月前的一天，他和一个女同伙在温城大饭店，用一瓶加入麻醉剂的可乐，迷倒了一个叫黄铁平的人，从他身上窃得八万块钱及这些证件、借据。最近他吸毒没了毒资，想到这个黄阿南一定急着要借据及证件，就冒险写了这封信。

刑警们明白了，黄铁平身上的八万块，就是他将黄阿南的车卖给温州司机得到的八万元。劫车杀人的就是黄铁平！兵贵神速，刑警们押着秃三连夜赶回黄村。当第二天中午，黄铁平风尘仆仆远途返回，打开车门，半个身子刚钻出车外，两个便衣刑警就一把把他掀翻在地。黄铁平的目光一与秃三相遇，便明白了一切，整个人立刻瘫在地上。

不久，黄铁平被枪决了，他和黄阿南在黄泉路上成了一对冤家。而在人世间，细妹和黄铁平的老婆却成了患难与共的朋友，这是谁都没有想到的。

（胡向群）
（题图：箭　中）

会吃人的蝴蝶

这天傍晚,大富翁奥尔洛和他最小的儿子吉特正在花园里散步,突然飞来一群蝴蝶,先是在他们头顶盘旋,随后就扑下来咬他们裸露的手臂。这种蝴蝶看上去五颜六色非常好看,可咬起人来却非常厉害,父子俩被咬得又痛又痒,只好赶快往屋里逃。可是已经迟了,他们手上被蝴蝶咬过的地方立刻红肿起来,不一会儿就开始化脓溃烂。仆人们吓坏了,连夜把父子俩送进医院。

当班医生一看他们的伤口,忍不住惊叫起来,怎么也不相信这会是蝴蝶咬的。医生不敢贸然下药,便把院长请了来。谁知院长一看,也倒抽了一口冷气,因为院长曾经从一份资料上看到过,有一种生活在原始森林里的食人蝴蝶,咬人后就会留下这样的伤口。难道父子俩会是被这种蝴蝶咬的?可资料上明明说,几百年来,从来就没有发现这种蝴蝶飞出过原始森林啊!

院长沉思片刻,对当班医生说:"你注意观察,我去他们家看看,总要先搞清楚到底是什么样的蝴蝶咬了他们,然后才能对症下药。"

为了以防万一,在去奥尔洛家之前,院长换上了厚厚的外套,还在裸露的地方涂了一层厚厚的凡士林油,这也是他从资料上看来的,蝴蝶不容易附在油滑的物体上。事实证明,这一着果然有用,因为院长刚走进他们家别墅,蝴蝶就好像专门在那里等着似的,"呼"地就朝他扑过来,幸亏院长有了防备才没遭难。

院长吩咐奥尔洛家的女佣菲沙去给他找一个盒子来,随后伸手往空中一抓,他想抓几只蝴蝶装到盒子里,带回去研究。恰在这时,外面花园里突然响起了呼哨声,紧接着,奇怪的事情发生了:正在院长头顶盘旋的蝴蝶,猛然间就像听到号令似的,"呼啦啦"掉头就朝花园里飞去。院长惊讶得张大了嘴巴,他想弄清楚这到底是怎么回事,于是立刻追了出去。这时候,已经是后半夜了,外面漆黑一片,院长追了一程,也不知道追到了什么地方。他睁大眼睛正想辨别方位,突然感觉脑后一阵风袭来,他根本来不及转身,就两眼一黑,"咕咚"一声栽倒在地上。

醒来的时候,已经是第二天大天亮了,院长发现自己躺在奥尔洛家的床上,女佣菲沙正站在他的床前。女佣见院长醒了,微笑着说:"院长先生,您昨晚睡得还好吧?"

院长疑惑地问:"我是追蝴蝶去的,怎么会睡在这里?"

"什么蝴蝶?"菲沙奇怪地瞧着院长,"自从奥尔洛先生和他的儿子吉特先生去医院之后,这里就再没有蝴蝶飞来过啊!"

"没有飞来过?"院长脑子里闪过一个大大的问号,"不对呀,昨天我来的时候,不是就有一群蝴蝶要咬我吗?我还准备要带回去研究,让你去帮我找盒子装来着?"但是院长在说这个话的时候,发现菲沙正极力躲着他的眼睛,院长心里不觉"咯噔"一下:莫非是这女佣在玩什么花样?再一想:明明是原始森林里的食人蝴蝶,怎么会出现在奥尔洛家的别墅里?而且蝴蝶还会听凭呼哨声指挥?不过,对方要加害自己的可能性看来不大,要不然自己昏睡过去后，对方有的是下手的机会；准是自己昨天来别墅的时候，对方误以为是父子俩回来了，所以才这么干的。

院长决定赶快回医院，一方面要组织力量替奥尔洛父子俩治疗，同时也一定要解开食人蝴蝶的谜团。他"噌"地跳下床，向菲沙打了个招呼，就急匆匆离开了别墅。

院长回到医院不久，菲沙也到医院来了，她手里拎着一个食品袋，里面装着两只一模一样的汤罐，说这是特地为父子俩熬的营养汤。端给奥尔洛的时候，奥尔洛正熟睡着，菲沙把其中的一只汤罐轻轻地放在奥尔洛的床头桌上，然后退出来，把另一只汤罐送到隔壁吉特的病房。才隔了一天，菲沙看到吉特已经被疼痛折磨得不成样子，眼窝深深地陷进灰白的脸中，她的泪水忍不住"扑簌簌"掉了下来。吉特勉强朝菲沙笑了笑，强打起精神说："谢谢你送汤来！不过，你还是赶快离开我们家，到别处去躲一躲吧，在原因没有查清楚之前，别墅里太危险！"

"吉特先生，"菲沙哽咽着说，"你是个好人，你从来不歧视我，我知道你是个好人，你放心，你一定很快就会好的。你不用担心我，蝴蝶不会咬我的！"菲沙一面说着，一面就把汤罐捧到吉特面前，一定要看着吉特喝下去。

从这以后，菲沙天天来医院送汤，分别把汤罐递到父子俩手里，看着他们喝下去。一个星期过去了，吉特的伤口每天都在愈合，但奇怪的是，奥尔洛的伤口却丝毫不见收口。

这奇怪的现象让院长百思不得其解：用同样的药，为什么却会产生如此不同的结果？多年的从医经验，提醒院长开始注意起菲沙每天送的汤来。

院长问菲沙："你给他们父子俩熬的是一样的汤吗？"

菲沙点点头。

院长又问："你在汤里放了什么东西呢？"

"乌鸡，是乌鸡啊！院长先生。"

"喔。"院长不信菲沙的话，他猜测很可能是两罐汤里放的东西不一样，但在事情没有调查清楚之前，他不能打草惊蛇直截了当去问父子俩，所以只好暗中加紧对菲沙的观察。

当天晚上,天上下起了淅淅沥沥的小雨,院长悄悄来到奥尔洛家的别墅,想潜进花园里去,看看菲沙到底在干些什么。这时候,别墅的门突然被推开了,正是菲沙,先是探头探脑地伸出头来看了一阵,随后就闪身出来,急匆匆向一条僻静的小街走去。院长看她这么神秘的样子,赶紧跟了上去。只见菲沙走进街边的一家小旅馆,院长正琢磨自己要不要跟进去,突然发现旅馆临街一个房间的窗户上,映出菲沙和一个男人说话的身影。院长蹑手蹑脚地走过去,伏在窗底下听。

那男人正在愤愤地责问菲沙:"说,你为什么要救吉特?"

菲沙辩解道:"他……他是个好人。"

"好人?"男人狂吼起来,"奥尔洛的儿子会是好人?哼,我就是要让这些蝴蝶把他们咬死!"

菲沙叫了起来:"不能这样!爷爷!"

这个男人是菲沙的爷爷?看年龄,他们更像一对父女啊!

只听菲沙求她爷爷说:"爷爷,你这样对付奥尔洛先生就已经够了,吉特先生是无辜的啊!"

"怪不得!果真是有人要故意置奥尔洛父子俩于死地啊!"院长心里惊叹道。可无论过去他们彼此有过什么样的恩怨,作为一个医生,怎么能允许这种残害生命的事情在自己眼皮底下发生呢?院长不顾一切地冲进旅馆,猛地撞开了那个房间的门。

菲沙惊叫起来:"院长先生,您怎么来了?"

院长瞪红了眼睛:"你们为什么要这么做?"

菲沙爷爷一看秘密被外人知道了,气得重重地打了菲沙一个耳光,吼道:"哼,我养大了你,你竟敢出卖我!"

院长一步上前,用身子挡住菲沙,说:"你不能冤枉她,是我自己跟踪来的,她根本就不知道。"

直到这时,院长才看清,菲沙爷爷脸上的皮肤坑坑洼洼,丑陋不堪,只有那双眼睛,却像鹰一样犀利。菲沙扑上去抱住爷爷的腿,什么话也不说,只是一个劲地哭,屋子里一片死寂。看着眼前这个场景,院长猜测:事情绝非那么简单,里面一定有不同寻常的缘由。他静静地坐了下来,等着菲沙的爷爷自己开口。

"唉—"过了好一会儿,菲沙的爷爷终于长叹一声,向院长讲起了数十年前那惊心动魄的一幕……

菲沙的爷爷名叫卡加里亚,和奥尔洛都是二战老兵。在一次丛林战役中,他们所在的部队遭到惨败,菲沙爷爷和奥尔洛虽说侥幸逃了出来,但却误入了原始森林里那个骇人听闻的蝴蝶谷。当时菲沙爷爷正患重病,奥尔洛一看情况不好,硬把菲沙爷爷身上的衣服扒下来,蒙在自己头上。他对菲沙爷爷说:"你反正跑不了,那就成全我吧,我会一辈子感谢你的!"说完,就只顾自己逃命去了。

后来,那些咬人的蝴蝶死死缠住菲沙爷爷不放,菲沙爷爷痛得拼命在地上打滚,实在忍受不了了,就用头猛撞身边的大树,他心里只有一个念头:与其这么活着,不如死了算了。但万万没想到的是,就在这时候,从那棵大树上飞飞扬扬落下一阵阵黑色的花粉来,把他全身裹了个严实。正是这种从来没见过的花粉,救了菲沙爷爷的命。

"于是你就想到了复仇?"院长被菲沙爷爷这段充满传奇色彩的经历镇住了。

"是啊,那个卑鄙的家伙,我为什么不好好惩治他?我等了这么长时间,才等来了今天这个机会,我不能白白放过他。"

院长转眼看了看菲沙:"这么说,她是你实施报复计划的帮手了?"

"是的,这孩子是我在路边捡到的,我收养她,就是为了等待这样的机会,让她来帮我一起实施我的计划。"菲沙爷爷抬起头,两只眼睛望着屋顶,像是在追寻遥远的往事。

院长沉默了好一阵,说:"可是你们应该知道,这是犯罪,犯罪啊!"

院长转而又像想起了什么,问菲沙:"那么,现在你能告诉我关于你熬的汤……"

菲沙一边流泪一边点头:"院长先生,奥尔洛先生是罪有应得,可吉特先生是无辜的啊,我求爷爷放过吉特先生,可爷爷就是不答应。我实在不忍心让吉特先生跟着奥尔洛先生一块儿死去,于是就在汤里悄悄放了黑花粉。这是爷爷让我随身带着以防万一的,他怕我也被蝴蝶咬着。"

所有的事情终于水落石出!院长立即赶回医院,直奔奥尔洛的病房。此时,奥尔洛正愁眉苦脸地躺在床上,院长说:"奥尔洛先生,能彻底治疗你伤口的药找到了!"

"真的?"奥尔洛眼睛一亮,"什么药?"

院长一字一顿地说:"卡加里亚!"

"卡加里亚?"奥尔洛惊惶地瞅着院长,"他……他没有死?你认识他?"

院长意味深长地说:"为了能同你重叙昔日战地情谊,他整整等了你三十年。奥尔洛先生,如果我没有说错的话,这是你第二次遭遇食人蝴蝶的袭击,是吗?"

奥尔洛怔怔地望着院长,脸色灰白。

警方很快就介入了这件离奇报复案的调查,以故意杀人罪控告菲沙和她爷爷卡加里亚。与此同时,伤口愈合了的奥尔洛却不惜重金,请来城里最著名的律师,为他们辩护……

(改编:陈泽军)
(题图:佐　夫)

狂笑的人

这天，在由大阪开往八幡的列车上，一个四十六七岁的男子正靠窗坐着，他身穿一件旧式却整洁的西服，显得有点疲惫不堪、心神不定。他叫刚二郎，是个处事谨慎的公务员，这次前往八幡，是要秘密地去杀一个人。

事情的起因是这样的：五年前，刚二郎和一家公司暗中勾结，在处理修建市体育馆的建筑业务时，他装聋作哑，马马虎虎地盖了章，这样，他便捞到了一笔巨款。知道这事的除他之外还有两个人，一个是顶头上司科长，当然科长得到的钱更多，还有一个是刚二郎的助手广畑与子。与子是个三十岁的未婚女子，温顺，贤惠，平时科里的事务性工作全由她处理。得到了这笔巨款后，刚二郎干了两件大事：一是办了退职手续，领到了一笔可观的退职金；二是不择手段地把与子弄到了手，因为刚二郎对这个女人不是十分放心，这样就免除了他离职后的后顾之忧。

刚二郎有一个美满幸福的家，他既要照顾好妻儿，又要安抚好与子，为此，刚二郎煞费苦心：他让与子也别上班了，还在九州鹿儿岛沿线的八幡找了一个小房子，把与子安置在那里"养"了起来。与子过去一直住单身宿舍，搬家也很容易，她走时，同事们一块儿送给她一个挂钟。刚二郎离职后开始做一些小本生意，几年中居然赚了不少钱。他每周都要到八幡去一趟，和与子幽会，由于定期公出，妻子并没有怀疑。与子平时跟邻里从不往来，找房子用的又是假名，所以，一切都是绝对地安全。

一晃过去了五年，就在这时，发生了一件使刚二郎震惊的事：刚二郎以前呆过的那个机关发生了一起侵吞大批公款案，原先和刚二郎联手贪污的那个科长在审查期间自杀了，刚二郎不清楚事情已调查到何种地步，科长又都招供了些什么，心里不托底，不觉惊恐万分。在这种心理之下，与子的存在更使他疑神疑鬼、杯弓蛇影，因为除了他刚二郎和畏罪自杀的科长外，她是唯一的知情人了！刚二郎的疑惧心理与日俱增，于是他渐起杀心……今天，刚二郎到八幡去就是为了置与子于死地，以绝后患！火车到八幡时天已经黑了，还下起了小雨。跟往常一样，刚二郎在与子的住处过了一夜。第二天凌晨，吃罢早点，与子在给他熨烫裤子，刚二郎从身后把她抱住，搂在怀里。与子一动不动，只是笑着任他摆布。就在这时，刚二郎冷不防操起了身旁的熨斗，朝与子的头砸去……血，几乎没有溅出，与子就像熟睡一样倒了下来。刚二郎把与子的尸体放倒在床上，把她的头放在枕头上，盖好被子，就像是在安睡的样子。刚二郎又仔细地检查了屋里的每个地方，这里没有一丝半点泄露他身世的材料，涉及与子经历的一些东西，也早就扔了；此间的邻居也没有任何人见到过他，刚二郎只要离开这间房子就平安无事了。街上静悄悄的，人们都还熟睡着。刚二郎快步离开了与子的住所，来到车站，登上了开往大阪的火车……

从这以后，刚二郎每天便像鹰犬搜寻猎物一样注意着报纸上的动静。第三天，报上果然发了消息：死者是被一个煤气收款员意外发现的，从报道来看，这是个毫无线索的无头案。报纸上还刊登了现场的大幅照片，屋里的摆设清晰可见，而那发出清脆声音的挂钟，仍像什么事都未曾发生一样挂在墙上。

一个月过去了,有关与子被杀的消息渐渐在报上绝迹,就在日渐风平浪静的时候,刚二郎决定再到与子的住处去一次,因为他在谋杀与子时犯下了一个致命的过错,他必须神不知鬼不觉地前去弥补!刚二郎又偷偷地乘车到了八幡,经过暗访,他断定与子住处附近已没有便衣暗中监视。街坊还告诉他:与子的住处还是原样,没有搬进新的住户。当天夜里十点钟,刚二郎偷偷地来到与子的住处前,用原先的钥匙打开了房间,像幽灵一样地溜进了房里,而这时候,邻居都似乎已经熟睡了……一个小时后,刚二郎上了开往大阪的列车,挑了个位子,把包裹放在行李架上,包裹是长方形的,分量很轻。刚二郎的身旁坐了个五十岁上下的旅客,坐在对面席上的是个瘦个子,他正在看围棋书。坐在刚二郎身旁的那个人很啰唆,他滔滔不绝地聊着,谈着八幡市的索车、钢索铁路、隧道,说着说着,竟说到了令刚二郎心惊肉跳的话题:"喂,最近八幡出了个杀人案件,您知道吗?"

刚二郎顿时连神经都绷紧了,他小心谨慎地回答着:"嗯,在报上看到的。"

那人一笑,说道:"说起来可真怪有趣的。首先,这不是强盗杀人,因为金钱和其他贵重东西都没有被盗;其次,犯人跟被害者是很亲近的,挑开说吧,是情夫,再追下去,却又断线了。女人的身世完全是个谜,而那男人的线索更是毫无踪迹。"

刚二郎刚才已经是睡意很浓了,因为那人说到了这事,他立时警醒了。这时,列车穿过隧道,快要开进下关车站。那人把脸凑了过来,肥胖的身躯紧挨着刚二郎。刚二郎见那人眼神里隐藏着一种职业上特有的冷酷,他怀疑这家伙过去一定干过刑事警察一类的差事,甚至有可能现在就是警察!那人却谦虚地称自己只是对破案感兴趣,是个业余侦探,可他的分析、推理令刚二郎胆战心惊:他说死者没有除凶手之外的第二个男人,所以不是情杀;两人相亲相爱,一不为金钱,二不为争风吃醋,三不为家庭纠纷……说着,那人停了停,瞟了刚二郎一眼,说:"自从案发以后,我就把报纸上登过的有关这案子的犯罪消息全都剪贴成册,一直保存着,不断琢磨着……据我推测,犯人在过去做了见不得人的事,而那女的是他的同案人,或者是案子的知情人,他怕女的把犯罪事实泄露出去,您说对不对?"

刚二郎真想说"一点不差",可他只动了动嘴唇,没有说出口来。此刻时间已过零点,鼾声从四处传来,车厢里静静的,对面坐着的那个瘦子已经合上了围棋书,闭上了眼睛,看样子他十分讨厌那人的喋喋不休,却又不得不听。那人接下来说的,又刺到了刚二郎的痛处。他说那女人是五年前迁到八幡的,这就是说,这个犯人以前做的见不得人的事,有可能是五年前作的案,而最近因某个事件被抖落出来了……说到这里,那人又像刑事警察在会上分析案情那样头头是道地说了起来:"说起最近发生的各类事件,跟我的想法最吻合的,是大阪一个机关里发生的一起侵吞公款案,很多人已经被逮捕,科长也自杀了,说不定八幡的那个杀人犯,就是因为这事才杀人灭口,把那女的干掉了。当然,这只是我的胡乱猜想,不过,最近发生的各类案件中,只有这是个大案。您怎么看呢?"

"我没有想好。"刚二郎此刻的心情,就像跌入了漆黑的无底深渊一样,一个劲地往下沉。他断定坐在身旁的那人是个便衣,甚至一路跟踪,知道自己到过与子的住处,因证据不充分,苦苦盘问,想引诱自己上钩……

那人突然又问:"您是到大阪的吧?"

"嗯,我就是回那儿去的。"刚二郎刚说出这话,立刻就后悔了:为什么这个事关重大的细节竟会脱口而出?莫名其妙!

那人一听,大声地笑着说:"有意思,巧极啦,终点是大阪,始发站是八幡,哎呀,您说不定就是那个犯人,瞧您的相貌,简直跟我想象中的那个罪犯一模一样!"

刚二郎用更加挖苦的语调满不在乎地笑着说:"也许这是意外的巧合吧!"

那人听了,拍了拍刚二郎的肩膀,开心地笑着说:"您别介意,我不过是随便想着玩儿,从中得到一点乐趣罢了。"

说到这时，那人毫无倦意，更有精神了："接着说吧，比方说这个犯人就是您，您深夜从八幡上车，这就让人起疑，如果是办完公事往回走，本可以乘坐钟点更方便的车，您在八幡趁着黑悄悄干了点什么事儿……您原本以为在杀死那女人的时候没有什么疏漏的地方，结果发现把一件暴露身份的东西给忘在现场，马上去取太危险，就一直等到今天……瞧，我说的不是越来越对上号了吗？您顺利地取回了东西，坐上了这班火车，瞧，您的包裹……那行李架上的东西便是。您终于如愿以偿，您万万没有想到，在您身边坐着一个使您讨厌的家伙，他把整个事件的前因后果全给鼓捣出来了，哈哈哈……"

那人连珠炮似的说完这一切后放声大笑，笑得前仰后合。对面坐着的那个瘦个子旅客不知什么时候也在听着，跟着笑了起来。刚二郎拼命耐着性子，他真想当着那个人的面喊出来："别说了，我就是那个犯人！都是我亲手干的！"

那人说完了，神态有点做作地对刚二郎说："实在对不起，我完全情不自禁地把您当犯人啦！"

刚二郎十分厌恶地瞪了那人一眼，到了这时，刚二郎已确信那人是一路跟踪的便衣，这家伙说这些话，不过是奚落、捉弄而已，大阪一到，那人就会掏出手铐抓自己。

此刻，刚二郎只觉得一股无法抑止的愤怒从心底喷发而出，他再也无法像失败者那样忍受那人的玩弄了，他瞪着一对怒目，对那人说："直说了吧，我……"

刚二郎话音未落，那人却"霍"地站起身来："啊呀，到西宇部车站了吧？我该下车了。光顾说话，坐过了站可就糟啦！"

列车这时正停在西宇部车站上，那人从行李架上拿下旅行皮箱，赶忙向车厢门口跑去。刚二郎下意识地跟在他后面，看着他下了车、走下站台、走到检票口。那人好像把车票忘在哪儿了，他放下皮箱，手忙脚乱地在身上找来找去。这时，列车开动了，刚二郎站在车厢门口，看着那人慌乱地找票，完全没有了刚才丝丝入扣地分析案情时的那份得意，看着他，刚二郎笑了，这笑声是发自内心的，在刚二郎看来，那人是世界上最可笑的人！刚二郎用手帕堵住了嘴，想把笑声硬憋回去，可是越往下压反倒使笑声更加猛烈地喷吐而出。他以为回到座位上或许会停住笑，谁知坐到位子上后还是忍不住，笑声像山洪一样爆发出来……

对面座位上那位瘦个子惊讶地望着刚二郎，冷冰冰地说："有什么事儿使你这么发笑？你大概把那人当刑事警察了吧？你是为这个才笑的吧？其实刑警不是他而是我，我虽然不是审理这个案件的八幡警察署的刑警，可是我一直在留心这个案件。我要检查一下你的包裹！"

刚二郎呆若木鸡。那个刑警当即从行李架上取下了刚二郎的包裹，从包裹里取出来的是一个挂钟。刑警翻过来一看，背面有用黑漆写的字：赠广畑与子君，大阪市机关建筑科员全体。旁边还标明了日期。

那个刑警变了脸色，说："天哪，那个多嘴多舌的男人说的全应验了，搜查科的同事谁都没有想到从挂钟的背面找线索。"他走到刚二郎面前，苦笑着说，"你也是个不走运的人。本来大阪的那起侵吞公款案已经搞定了，那个科长在遗书上把全部罪责都揽到自己身上了。你如果不是坐在这个位子上，没有碰上刚才那个啰唆的家伙，没有在他下车后发出狂笑，我一定会把你放过的……忘了告诉你，我是因私事从福冈赶回大阪的。"

刚二郎神情颓丧地闭上了眼睛，身子一动不动……

（原作：多岐川恭 改编：林伟群）
（题图：杨宏富）

看不见的证据

妮可是一个厨师,住在纽约,因为市场不景气,她已经失业好几个月了。如今,每天吃过早饭,她做的第一件事,就是打开报纸,浏览各式各样的招聘栏目,看有没有适合自己的工作。

这天,报上一条招聘启事吸引了她:寻找一名健康、未婚、性格坚强的女性从事一项临时工作,待遇从优。妮可马上拨通了启事上的电话,向对方介绍自己的情况。电话那头传来一个女人的声音:"你符合这些要求,今天下午就来吧。"接着她告诉了妮可地址,那是纽约市中心一幢高档的公寓楼。

下午,妮可在那公寓里见到了登启事的女人,她叫夏洛特,看上去有三十多岁,保养得还不错,但眼神冷冰冰的,态度也很傲慢。她上下打量了妮可一眼,问道:"你确实没结婚吗?"

妮可说:"没有,我一个人住在纽约。"

夏洛特点燃一支烟,又追问道:"男朋友也没有?"

妮可有点不高兴:"没有。不过这和工作有什么关系吗?"

夏洛特吐出一个烟圈,嘀咕道:"没有最好,恋爱中的女人是最多嘴的……好吧,下面我来告诉你要干些什么,你跟我来。"夏洛特把妮可带进一个小房间,房间里乱糟糟的,中间有一台四合一的组合健身器和一辆深色的健身自行车,都很新,好像没怎么用过。夏洛特指着那辆自行车对妮可说:"这辆自行车有一个液晶显示器,可以显示每次锻炼开始和结束的时间,而且,它停下来的时候,就会自动把这次锻炼的时间打印出来。"

妮可听得一头雾水,弄不明白这女人葫芦里到底卖的什么药,只好勉强敷衍道:"嗯……听起来不错。"

夏洛特话锋一转,说:"可是,我最讨厌在这里进行锻炼了,简直乏味死了,所以,我想要你做的,就是在固定的时间里来使用这辆自行车锻炼身体。"

妮可还是第一次听到有这么奇怪的工作,诧异地问:"什么?您是说——您要付钱让我在这屋子里锻炼?"

"没错,"夏洛特说,"你每周一、三、五上午十点到十二点准时来这里锻炼两个小时,然后把打印出来的卡片给我,我每周付你二百五十美元。"她的语气里没有一点商量的余地,而这么好的工资待遇恐怕在曼哈顿劳务市场上也不容易遇到。

"好吧……"妮可虽然心里有一个大问号,但是现在对她来说,找到工作是首要的问题,所以她没有多想,就答应了下来。

第二天,妮可就正式上班了,她上午十点差五分到夏洛特的公寓,摁响门铃。夏洛特也似乎早有准备,已经穿好了出门的衣服,她让妮可进门以后就匆匆离开了。妮可在健身自行车上老老实实地练了两个小时。十二点刚过,夏洛特回到家,她检查了一下记录妮可锻炼时间的纸条,就把她打发走了。

就这样,妮可每周三次去夏洛特的公寓锻炼。这份工作对妮可来说很轻松,因为她原来在家就经常锻炼,这点运动量对她来说算不了什么,而且现在不仅锻炼了身体,还有优厚的报酬,真好像天上掉下了馅饼。

第五次锻炼完,妮可在等夏洛特回来的时候,忽然注意到健身房一角的桌子上有一张带框的照片,照片里是个体形健美的男人,妮可认出来,这个男人外号叫"大吉姆",是一个电视健身节目的主持人,很受女性观众的喜爱。她凑近一看,只见照片上还有大吉姆非常细心的亲笔签名,可见他和夏洛特的关系非同一般,说不定还是情人呢!妮可明白了,作为名人,大吉姆当然希望自己的女友外表漂亮,所以夏洛特要向他证明自己一直在锻炼,能够保持良好的体形,这样才能博得他的欢心。但是她又不想真的做这项苦差事,于是才会别出心裁想到找人来替她锻炼了。"这些有钱人,真是会瞎折腾!"妮可觉得有点愤愤不平,但是这个发现多少消除了她心里的疑问。

两个礼拜后的星期一,妮可像往常一样,来到了夏洛特的公寓。门铃响过后,夏洛特走了出来,可是这次她没有让妮可进去,而是像见到一个陌生人一样,冷冷地对她说:"你以后不用来了,这里的工作结束了。"说完,用手一指门口的电梯,那意思是让妮可快走。妮可打心眼里厌恶夏洛特盛气凌人的样子,要不是看在钱的分上,早就不想干了。所以她什么也没说,只是耸耸肩,转身离开。这时候她听见夏洛特扭头对房间里说:"只是一个送货的,拿了些衣服,亲爱的。"显然她是在对一个男人说话,可是她的语气仍然是冷冰冰透着傲慢,一点不像女人通常对男朋友说话的样子,倒好像是故意说给妮可听的。

当天晚上,妮可正在家里的跑步机上一边锻炼一边看电视,突然,一条新闻跳入了她的眼帘。电视画面上出现的正是夏洛特住的那幢公寓楼外景,播音员在一旁解说,上星期五上午,这幢公寓楼里发生了一起名画失窃案,目前正在紧张侦破之中。当时,公寓里没人,小偷乘虚而入,轻松得手。失窃的那幅名画《威尼斯大运河之研究》，价值约三十万美元。警方目前正在向大楼里的居民挨家挨户地调查，希望能尽快找到线索。这条新闻很短，一晃就过去了。在纽约这样的大城市里，失窃一幅名画实在算不了什么，但妮可的脑海里犹如划过了一道闪电—怎么这么巧呢？她想到了夏洛特诡秘的行动，心里冒出一连串的问号：星期五上午，不正是自己在夏洛特家里锻炼的时间吗？夏洛特一直在外面，但如果警方问到夏洛特，她完全可以拿着记录妮可锻炼时间的纸条，理直气壮地说那段时间里她从来没有出过家门。那么如果是她……妮可觉得头有点痛，就没有想下去，因为又失业了，她不想对别人的事操太多心，再说这些分析可能根本就是错的。

接下来的两天，妮可忙着到处找新工作，把这事给丢在了脑后。第三天，妮可终于在一家餐厅里找到了一份工作。晚上，她兴冲冲地回到家，刚打开电视，正好又看到盗窃名画案的最新报道。警方宣布拘捕了大楼里的一个临时工，因为盗窃发生的那天，他正在楼里做油漆工作，而且以前有过盗窃的记录。电视上，负责这个案件的马丁侦探信心十足地对记者说："我想我们已经抓住了罪犯，这个案子就要结束了。"这时，似乎有一个声音在妮可的耳边响起："那个临时工是冤枉的，你要向警方举报！"妮可沉思了一会儿，拿起电话，拨通警察局，找到了马丁侦探，一股脑儿地把自己遭遇的经过都告诉了他。马丁侦探在电话那头沉吟了好一会儿，答应和妮可一起去找夏洛特，当面对质。

第二天，妮可见到了马丁侦探，他是个彬彬有礼的年轻人，态度很和蔼。马丁侦探告诉妮可，他已经给大吉姆打过电话，大吉姆说根本不认识夏洛特这个人，所以妮可的怀疑是有道理的，那张照片很可能是夏洛特用来掩人耳目、制造假象的。他们一起来到公寓楼，马丁侦探摁响了夏洛特家的门铃。夏洛特穿着一件浴袍来开门，当她看见妮可的时候，脸上愉快的表情一下子僵硬住了，但她随即把眼光从妮可脸上移开，热情地问马丁侦探："警官先生，您又来了，有什么事吗？"

马丁侦探干咳了几声，用手指指身边的妮可，问："您曾经雇佣过这位小姐吗?"

夏洛特冷冷地扫了妮可一眼,斩钉截铁地说:"没有,我从来没见过这位小姐。"

马丁侦探追问道:"您肯定吗?"

夏洛特急忙说:"当然,我可以对法庭发誓!"

马丁侦探又问:"听说,您家的健身房里有一张大吉姆的签名照片?"

夏洛特微微一笑说:"当然没有,不信您可以进来搜查。"

马丁侦探进了健身房,四下查找了一遍,什么也没发现,他无可奈何地望着妮可,问道:"你还有什么要说的吗?"

妮可摇摇头:"我……没有了。"

这下,夏洛特的脸上露出了得意的笑容,她往沙发上一靠,不依不饶地说:"可是,我还有话说,警官先生,我想这个姑娘一定向您编造了什么稀奇古怪的故事,我是一个声誉良好的公民,所以除非她向我正式道歉,不然我会告她一个诽谤罪!"

妮可再也忍不住了,回敬道:"女士,扔掉一张照片是很容易的事,你要告就去告吧,你心里最清楚自己干了什么!"

这下可激怒了夏洛特,她跳起来,指着妮可的鼻子骂道:"你小心点,说话要有证据!我会让你吃不了兜着走的!"

马丁侦探做了个手势,阻止了夏洛特,然后平静地对妮可说:"小姐,很抱歉,如果你提供不出证据,我们只能不理会你的举报了。"说完,他起身告辞。妮可不情愿地跟着他往门口走去,心里沮丧极了。

就在他们快要出门的刹那,妮可突然停住脚步,若有所思地问马丁侦探:"警官,你们所说的证据,一定是要看得见、摸得着的东西么?"

马丁侦探转过脸来,迷惑地看着她,说:"法律上没有这种规定,但是我还从来没有听说过还有其他种类的证据呢。"

妮可笑了起来,她沉着地说:"警官先生,只要一会儿工夫,您就能亲眼看见一种独特的证据。"说着,她回头问夏洛特,"既然你不承认雇佣过我,那么每周锻炼三次的那个人就是你自己喽?"

夏洛特傲慢地点点头:"当然,那还用说?我需要通过锻炼来保持良好的体形,我已经坚持好几年了。"

妮可微笑着说:"好极了,那么,能不能请你现在就锻炼一下给我们看看呢?"

夏洛特的脸色开始发白,但在马丁侦探面前,她没有理由拒绝,只好慢吞吞地换了健身衣,跳上了那辆自行车。一切正如妮可所料,十分钟以后,夏洛特就累得翻起白眼,趴在自行车上起不来了。夏洛特被带走后,马丁侦探赞许地对妮可说:"小姐,你的法子妙极了,这是我见过的最特别的证据!"

妮可微微一笑,说:"我习惯把自行车的阻力调到最高挡,一个从不锻炼的人,能在这辆自行车上坚持十分钟,已经很不错啦。我敢担保,她到了拘留所,那口气还没缓过来呢!"

(改编:王　路)
(题图:箭　中)

最后一搏

埃默是某警局盗窃侦查科科长,再过一个星期,他就要荣誉退休了。哪想到,这段时间他却碰上了一起连环盗窃案,三个星期内竟有六家药店连续被盗!更糟糕的是,直到现在,这件案子他还是一头雾水。埃默无论如何都想最后一搏,为自己的警察生涯画上一个完美的句号。

这天快要下班时,埃默和他的助手来到局长办公室,只见局长一脸不满地说:"再过一个星期,如果案件还是没有进展的话,"他停了停,瞪了埃默一眼,"我就免了你的职,到那时,你就不再是荣誉退休了!"

助手知道埃默心里难受,就主动开车把他送回家,接着,两人重新打开厚重的卷宗,一页一页翻过去,试图找到蛛丝马迹。

过了一会,助手的烟瘾上来了,对埃默说:"长官,您家里有烟吗?"埃默说酒柜里有,叫他自己去拿。助手打开酒柜,笑眯眯地拿起了一盒香烟:

"哈哈,还是帝国牌的呢——"

话音未落,两个人突然就愣住了,他们同时悟到:在六家被盗的药店门口,侦查人员都发现了帝国牌香烟。要知道,这种牌子的香烟现在市面上已经很少见了。助手知道,长官不抽烟。

埃默心中掠过一丝不安。他有两个儿子,大儿子原来也是一个警察,可不幸在一次追捕活动中因公殉职。小儿子叫韦尔纳,可能受了家庭的影响吧,曾经提出想当警察,可他考虑到警察职业的危险性,所以一直反对,为此,父子俩闹了不小的矛盾,特别是韦尔纳的妈妈死后,父子俩更是很少说话了。韦尔纳常常独来独往,从不打招呼……

助手似乎看出了长官的心思,就安慰道:"这只是一个巧合。"

可埃默不这么想,他指示助手把韦尔纳用过的茶杯包起来,送到警局做指纹鉴定,他则在家中静静地等着结果。很快,助手打来电话,说茶杯上的指纹与案发现场烟蒂上的指纹完全吻合!

埃默像被人重重打了一拳似的,一下子就瘫倒在沙发上……

两个儿子,一个被罪犯杀害,另一个却成了罪犯……这怎么可能?过了好一会儿,埃默才回过神来。他想趁韦尔纳还没有回家,再查查有没有新的证据,于是,他重又打起精神,进了韦尔纳的房间,展开地毯式搜查。

有道是不搜不知道,一搜吓一跳。很快,他便找到了一张城市地图,地图上标注了几个红色的小圆圈,并用一条蓝线连了起来。他数了数,蓝线上一共有六个圆圈,正与遭到盗窃的六家药店相对应。看到这些,埃默脑子里顿时嗡嗡作响:真没想到,儿子竟然就是自己一直苦苦追寻的盗窃犯!

埃默拿着地图的双手颤抖起来,愤怒和悲伤涌上心头,他大口大口地喘着气,但是他清楚,在犯罪现场,没有父亲与儿子,只有警察和嫌疑犯。

片刻之后,埃默渐渐冷静下来,他拿起地图又仔细端详了一番。这时,他发现,地图上还标注了第七个圈:阿德勒药店,那是本市最大的一家药店,也就是说,它将是罪犯的下一个目标。而且,韦尔纳这么晚没有回家……埃默毫不犹豫地给助手打了个电话,通知他立即报警。

出发前，埃默戴好佩枪，可手铐却怎么也找不到了。因时间紧迫，他只好先赶往阿德勒药店。

当他到现场时，助手过来，压低声音对埃默报告说："我去看过了，药店的后门已被撬开，门还半掩着，那家伙一定还在店里面！"

埃默点点头，说："好的，你跟我进去。"说完，他们小心翼翼摸进了药店。

药店内一片漆黑，埃默不得不慢慢地挪动步子。就在这时，前方突然发出一阵声响，埃默迅速向那个方向移过去，厉声道："我是警察！别动！举起手来！否则我就开枪了！"

与此同时，助手打开了屋里的灯。

"别开枪，爸爸！是我！"屋内传来一个年轻人的喊声，正是埃默的儿子韦尔纳！

"你这个败类，我打……"埃默正要对儿子发火，却听见儿子得意地说："我总算逮到他了！"

埃默一愣，上前一看，只见儿子押着一个戴手铐的男子走了过来，说："对不起，爸爸，是我拿走了你的手铐！"

一个小时过后，埃默被局长叫到了办公室。

局长喜滋滋地说："嘿，埃默，以前你说你儿子没有资格当警察，现在你瞧，你儿子立了这么大的一个功，实在是让人惊喜啊！"说到这，他似乎想起了什么，"你不是下星期就要荣誉退休了吗？快把韦尔纳叫过来，我们正需要这样的年轻人呢！"

(原作：艾迪特·施密茨 改编：萧 勇)

(题图：安玉民)

冤狱恨

东家窃玉

清朝光绪年间,苏北盐城县西乡马家舍,住着一对年轻夫妻。男的姓丁,大名学方,排行老二。这丁二虽是个穷伙计,他那媳妇黄氏竟了不得的漂亮,白果脸,黑黑的线眉底下一双水灵灵的眼睛,又明亮又好看。

这对年轻夫妻,原是盐城西北南沙庄人氏,一年前,在丁二的好友、盐贩子王齐明的帮助下,才来到这儿的。他们在马家舍定居下来后,丁二就在一个姓赵的财主家看风车,同时租了亩把地种着。日子虽然过得很苦,可小两口相亲相爱、和和睦睦,到了第二年,就添了个男孩,取名贵书。小两口于是更加满心欢喜,日子也越过越顺妥,叫外人看了都眼热。

可叫人奇怪的是,近一时期,那丁二媳妇却老是嘀咕着要离开这马家舍,左右邻居问她她不说,丁二问她她也不肯讲。

是啥道理呢?原来有个人一直在丁二媳妇身上打主意,缠得她生厌,可丁二媳妇又不敢得罪他,他就是少东家赵仁和。

赵家老爷是这一带出名的有财有势、心狠手辣的财主,赵仁和更是尖钻刁刻。他贪图财色又故作斯文,他没考得功名,就走门路花钱买了个铜葫芦顶子,逢年过节戴在头上招摇过市。

这年夏天,赵仁和偶然路过丁二家门前,一眼看见坐在门口做针线活的丁二媳妇,顿时像掉了魂似的盯着迈不动步子,直看得丁二媳妇红了脸进屋关上门,才恋恋离去。从此他三天两头到丁二家门口转悠。他开始没话找话说,接着污言调戏,到后来他见四下无人,竟嬉皮笑脸地凑上来动手动脚了。

这年冬天的一个傍晚,丁二到圩上看车去了,丁二媳妇正坐在床边哄着伢子睡觉,突然有一个人影闪了进来,吓得丁二媳妇心里"怦怦"直跳,再一看竟是赵仁和。她紧张地问:"少东家,你这辰光来有什么事?"

赵仁和涎着脸说:"我怕你冷清,过来陪陪你啊。"

丁二媳妇一听,板着脸说:"我有丈夫,有伢子,你出去!"

"哎呀,你何必这么死心眼?难道我还不如那粗皮黑肉的丁二?"他说着,就往丁二媳妇身上挨。

丁二媳妇慌了,瞪起眼,提高嗓门说:"你给我出去!"

赵仁和先是一愣,接着"扑通"朝她面前一跪,死皮赖脸地央求:"好嫂子,就容我这一回……"

丁二媳妇气得身子直打颤:"你……你这不要脸的东西,快给我滚出去!"

赵仁和一怔,见软的不行,立即脸色一变,猛地从地上爬起来,一把抱住了丁二媳妇不放。

正在这时,突然"嘭嘭嘭"有人把门打得又急又重。赵仁和顿时慌了神,连忙放了丁二媳妇,整了整衣帽,拔脚走到堂屋,定了定神,便来抽门闩。谁知门闩才抽下一半,那门就"嘭"一声被推开来,随着一股冷风,闯进一个大汉。这汉子怒眉瞪眼,一把揪住赵仁和的衣领,"啪"一记耳光甩在他的白脸上。赵仁和一看来人,不由"啊"叫了一声。

闯进来的大汉,原来是盐贩子王齐明。这天晚上,王齐明是给丁二送盐来的,刚到门口,就听见屋里伢子的哭声和丁二媳妇的骂声,他连忙放下盐袋,攥紧拳头"嘭嘭"擂起门来。此刻,他就像一头怒狮,一把揪住对方衣领,就赏了他一记巴掌。再定睛一看,是赵仁和,气得用劲一扭他的衣领,又顺势把他推了一个踉跄,狠狠地说:"原来是你啊!"

赵仁和被一记耳光给打懵了,嘴上只是说:"你、你怎么动手打人啊?"

王齐明听了这话,一瞪眼,又飞起一拳,打在赵仁和的脑门上。赵仁和一看这个五大三粗的盐贩子,料想自己绝非他的对手,再也不敢犟嘴,只得低声下气求道:"王……王大哥高抬贵手,饶……饶了我……这回。"

王齐明骂道:"下回,你要敢跨进这屋里一步,就打断你的狗腿!滚!"他使劲把赵仁和操出门去。

赵仁和好似丧家之犬,一口气逃出老远,才敢扭过头来。他咬牙切齿地自言自语道:"姓王的,走着瞧!总有一天叫你晓得……"这就是丁二媳妇老是劝说丁二离开这马家舍的缘由。

丈夫遇害

丁二媳妇估摸着赵仁和不会就此罢休,可想想又不好对丁二明说,她怕丁二这老实憨厚的人知道这事后,说不定会去拼命,闹出事来,因此只好一个人提心吊胆地熬着。

眼看快过年了,丁二媳妇又向丁二提起搬家的事,她见丁二还在犹豫,不由眼圈一红,突然抽泣起来。丁二见了一怔,前后想想,估猜一定是媳妇受了哪个的闷气。他想:反正哪里的太阳都晒得干衣裳,走就走吧。于是,他替妻子擦去眼泪,柔声细语地说:"别哭,等到年底把工钱结了,再跟王大哥商议商议,另找主家,一开春就走,好吗?"媳妇听了默默地点了点头。

腊月二十四这天傍晚,丁二到草埝口小街上买了鞭炮、香烛,经过澡堂门口,正巧碰见王齐明。丁二忙又买了些百叶、香干,打了一瓶酒,邀王齐明到家里喝两盅。聊了一会,丁二就说起打算搬走的事,王齐明听了,连忙说:"走得好,我已跟塘河东一个大户说过,只要你们愿意,过了年就迁过去。"丁二媳妇感激地看看王齐明。

这时,王齐明一抬头,忽然发现门外有个黑影一闪,心里奇怪,就走出去看,丁二也跟出去。两人站在门口望了望,却没有发现什么,就又回来继续对酌。过了一刻,就见一个本庄佃户从门口伸进头来,对丁二说:"我刚从前庄回来,捎个话给你,少东家叫你今晚就去拿工钱。"

等那个佃户走后,丁二站起身,对王齐明说:"王大哥,你先吃着,我到赵家去一趟,马上回来,我们兄弟俩今晚来个一醉方休!"说完便朝赵家走去。可谁知直等到菜都凉了,还不见丁二回来。

王齐明对丁二媳妇说:"丁二兄弟恐怕给赵家留住了,我过几天再来玩。"说完,就离开丁二家,回去了。

这时,伢子已经睡着了。丁二媳妇眼睁睁地守着油灯,左等右望,一直等到深更半夜,不知不觉中也迷迷糊糊地睡着了。等她从梦中惊醒过来,天已破晓,看看仍不见丈夫的影子,不由心慌起来。正在这时,忽然传来一阵"咚咚"的脚步声,接着,有人慌乱地敲门叫道:"丁二嫂!丁二嫂!"

丁二媳妇一惊,忙起身开门,一看,只见门口站了几个邻庄的佃户,其中一个年长的结结巴巴地说:"丁……丁二,他,他上吊了……"

这真是晴天一声炸雷,丁二媳妇身子一晃,几个大妈忙把她扶住,她还没站稳脚,就挣扎着跌跌撞撞地往西河边奔去。不多一会,就远远望见那棵大柳树上吊着个人,她一眼就认出那是自己的男人丁二!她没了命似的扑过去,"哇"叫了一声,就晕倒在那棵大柳树下。

等到丁二媳妇渐渐苏醒过来,丁二的尸体已经被人们放在地上了。她扑在尸体上,呼天抢地放声哭喊:"丁二啊,你死得不明不白……昨晚赵家叫你去拿工钱,谁知你却一去不归了啊!"她披头散发,两手抚着丁二的尸体,边哭边诉。围在四周的佃户,没有一个不抹眼泪,他们叹息着,都觉得丁二死得实在蹊跷:好好一个人,两口子和和美美的,日子正过在兴头上,怎么会无缘无故上吊呢?莫非是被人害死的?

晌午时分,乡佬来了,他察看着尸体,丁二媳妇泪人似的求乡佬为她作主申冤。乡佬劝她说:"我看过丁二的尸体,他周身无伤,实为自缢身死。赵大少爷可怜你孤儿寡妇,愿出一口杉木大棺材,这也是赵大少爷一片好心。你就想开一些,人死不能复生,你还有个小伢子哩,还是快些给丁二办后事吧!"

丁二媳妇一听,心头的疑云更重了。为了要弄个水落石出,她坚持要求报官鸣冤。乡佬左说右劝,还是没用,只好写了一个状子,差人送到盐城县署,请求衙门派人验尸。

腊月二十六日一大早,乡佬陪了相验的来验尸了。远远近近的人都来围看,密密匝匝地围了好几层。这时,有一个傻里傻气的汉子,把背在肩上的粪兜子挨着一副豆腐桶放下,缩头夹颈,四处张望了一会,厚嘴唇动了动,龇开黄牙瓮声瓮气地说:"丁二嘛,是人家害死的。"

卖豆腐的老头一看说话的是当地出名的"赵大呆子",连忙低声呵斥:"莫瞎说,要招祸的!"

赵大呆眼一瞪:"我亲眼望见的,用耙头钉钉的,大辫子底下钉得老深的!"

卖豆腐老头一听,吓得手一抖,"啪"烟袋掉在地上。他急忙拉过乡佬,把赵大呆子的话全告诉了他。乡佬急忙拉过相验的,又把这些话一说,相验的解开了丁二头上的大辫子一看,果然埋着一根指头粗的耙头钉。

围观的人群顿时骚动起来,乡佬也暗暗吃惊,他忙把赵大呆子叫到没人处,又细问了一番,更加惊讶。他吩咐两个乡丁把赵大呆子看住,不让他再走漏风声。丁二媳妇一听丈夫被钉死,顿时明白:这下毒手害死丈夫的,除了赵仁和没有别人。她不由大声号啕，呼天抢地，哭喊冤枉。当晚，丁二媳妇强忍悲痛，赶紧请人写了状子，告少东家赵仁和图谋不良，杀人害命。

故事说到这儿，还要回过来说说丁二到底是怎么死的，赵仁和是怎么杀死丁二的。

原来，那天晚上，丁二提着灯笼来到赵家拿工钱，他进了半掩着的黑漆大门，见厅堂上亮着灯光，便踏上台阶，停脚朝里望望，只见中堂那"白虎卧岗"图下，横着一条阴沉大雕花香案，两支蟠龙红烛，把厅堂四壁的字画照得闪闪发光，西壁下的红木八仙桌上摆满了各式菜肴，陈酿老窖香气扑鼻。桌子旁边的乌木太师椅上，坐着一老一少，这年少的便是赵仁和，那年老的估摸五十岁左右，晃着油光光的秃顶，丁二也不认识他。只见他和赵仁和两人一边喝酒，一边谈笑。

赵仁和见丁二来了，眉毛一动，说："还没吃饭吧？来来，坐这里喝一杯。"

丁二垂手站着，说："少东家莫客气，是你叫人捎话让我来拿工钱的，我拿了工钱得回去，家里还有客。"

"忙什么呀？"那秃顶老头说，"少东家看得起你，你就坐下来喝两杯嘛！"

丁二推却不过，只好在下首坐下。于是让酒、请菜，三个人吃了好大时辰，丁二在家里已喝了几盅，三五杯下肚，便有些醉意了。

这时，赵仁和起身出去解手，那个秃顶老头见赵仁和跨出门槛，就歪过脸对丁二说："丁二啊，大少爷待你不薄嘛！"

丁二嘴里"嗯"了一声。秃顶老头又说："眼下，大少爷有件难事，不大好启口，不晓得你能不能答应？"

丁二吐着酒气说："只要用得着我，只管说。"

秃顶老头笑眯眯地说："事情不大，只要你一句话就成了，来，再喝一杯。喏，直说了吧，大少爷自从看上你那媳妇，就饭不香、茶没味……只要你肯让个门子，大少爷就是给你三亩、五亩田都是肯的啊！"

丁二酒虽吃到八九分，可这话他还是听得清楚的，顿时瞪起一双通红眼睛，直盯着秃顶老头，气得一句话说不出。

秃顶老头"嘿嘿"一笑，拍拍丁二的肩膀说："牛扣在桩上也是老，大少爷挑你发财，你莫傻呀！"

丁二醉歪歪地站起身子，斜眼朝那秃顶老头说："你这不是往人脸上放屁吗？"说完，气呼呼地转身踉跄着脚步往外就走。

丁二刚跨出门槛，赵仁和就来到他身边，两眼露出冷光，说："你既然要走，我也就不留你了。工钱，你到账房去拿。"

丁二一见赵仁和，脸上像血泼一样，脖子一拗，说："回、回你个话，下年，我不在你家做了！"

赵仁和阴毒地说："那么今晚我就更要送你一段路了！"

丁二再不理他，踉跄着走出门，刚低头去拾那灯笼，只听赵仁和一声干咳，突然从黑暗中蹿出几个人影，猛地扑上来将丁二按倒在地。醉醺醺的丁二这时才晓得中了赵仁和的毒计，他没能挣扎许久，手脚便被捆得死死的，嘴里被塞得满满的，他动不了，喊不出，大睁双眼，任凭黑暗中的这几个人把他盘在头上的大辫子解开来。只听赵仁和低声吩咐："不要弄出血来！"话音刚落，一根三寸长的耙头钉就朝他头上砸了下去……

含冤下狱

这桩惨杀人命的大案，顿时震动四乡八村。隔日下午，衙门的捕役到了地头，让乡佬立即传话与此案有牵连的几家：明日一早，县太爷公堂问案。

天色破晓，盐城县衙大开，班役分站在公堂两侧。不一会，一阵堂威声过后，那上任不久的县官倪毓桢，迈着八字步走了出来。他来到堂上，在太师椅的狗皮垫上坐下，接过师爷递上的案本，望了一遍，揉揉鼻头，便传话带人。

案事人等齐刷刷地跪在堂前，独有赵仁和躬一下腰，照旧站着。倪毓桢朝他斜了一眼，刚要作声，见那帽上黄亮亮的铜葫芦一闪，顿时息了怒。原来有这个东西，可以"免跪"。

倪毓桢又伸头朝下面望了望，发话说："丁黄氏，抬起头来！"跪在前面的丁二媳妇，慢慢抬起头来。倪毓桢看了丁二媳妇一眼，便要她将事实诉来。

丁二媳妇未曾开口，就已泪流双颊，她悲呼一声："青天大老爷，冤啊！"接着，就哽噎地把赵仁和久怀不良之心，趁夜晚闯进她屋里强行不轨未遂，直至骗丈夫去拿工钱，谋杀丈夫的前前后后，原原本本哭诉了一遍，直听得全堂衙役人人惊讶。

倪毓桢听后又命赵仁和讲。赵仁和神态自若，照旧站直身子，高声说："丁黄氏串通奸夫害死本夫，又来诬告学生，请倪大人明察。丁黄氏本是一个淫妇，先与丁二私奔，后与盐贩子王齐明勾搭。腊月二十四那晚，有人亲眼看见王齐明和丁二喝酒，等丁二喝醉后，奸夫淫妇便下毒手将丁二杀死。"

丁二媳妇听了这派胡言，气得脸色煞白，怨愤地望着赵仁和，咬着牙说："你、你血口喷人！"

赵仁和转过身来："你、你才是移尸栽人！"

倪毓桢听惊堂木"啪"一敲："不要忘了大堂规矩！"他用狐疑的目光朝两人各望几眼，又上下打量一番，心想：两人互告，自然各有其词。他先问丁二媳妇："丁黄氏，你告赵仁和杀死你丈夫，可有证据？"

丁二媳妇说："前庄佃户赵大亲口告发。"

倪毓桢又问赵仁和："你告丁黄氏通奸害夫，有何为证？"

赵仁和也说："本庄伙计赵大亲眼所见。"

公堂上下的人听了，都怔住了。倪毓桢说："你们两人都说有赵大为证，这就好办！传证人赵大出证！"

赵大呆子被带到堂上跪下。倪毓桢问："赵大，你看见有人害死丁二吗？"

赵大呆子支支吾吾，半天才吐出声来："看……看见的。"

"从实讲来。"

赵大呆子咽了一口唾沫，然后结结巴巴、吞吞吐吐地说："三……三更天，我……我去拾粪，我……我见丁二家灯亮着，就扒窗朝里一望。只见丁二家的女人跟……跟王齐明正在害……害丁二……"

丁二媳妇一听这话,惊得魂飞魄散,她不由失声叫道:"赵、赵大,你、你不能昧着良心坑人啊!"

倪毓桢一拍惊堂木喝道:"不准插话!赵大继续讲来。"

赵大呆子嘴巴像被缝住一样,半天张不开。倪毓桢见他这副呆相,又将惊堂木"啪"一敲:"快讲!"

赵大呆子一吓,浑身筛糠,上牙磕着下牙,说:"王……王齐明用榔头砸的,耙头钉,三寸长,钉的,砸一下子,丁二就哼一声,砸一下子,丁二就哼一声……"

丁二媳妇听到这儿,顿时觉得眼前一阵发黑,惨叫一声:"老爷!冤枉呀!"便昏死在公堂上。

倪毓桢见有赵大作证,立即当堂宣布将丁黄氏关进大牢。随即又发下令牌:火速捉拿王齐明归案。然后,转过脸朝正得意忘形的赵仁和"嘿嘿"笑了两声,便退堂了。

屈穿"红鞋"

丁黄氏昏昏沉沉地被连拖带拉关进了大牢,她瘫在牢房砖地上,待了好一会才回过神来。她挣扎着坐直身子,用手揉揉泪眼,扫视了一眼这昏暗阴冷的牢房,泪水又像断了线的珠子"簌簌"流下来。她做梦也没想到竟落到这般地步,她伤心,她冤屈,她气恨,她绝望。她想:我是一个弱女子,丈夫屈死,自己又含冤下狱,满腔冤屈仇恨向谁倾诉?天哪!还不如让我跟随丁二去吧!顿时,她脑子里产生了轻生的念头。正当她心如刀割、胡思乱想的时候,突然在她耳边响起了"妈妈、妈妈"的哭喊声。呀!这不是贵书的声音吗?难道这是在梦里?她慢慢侧转过脸来,只见三岁的儿子贵书跪在铺头,一双充满泪水的小眼睛正望着自己,一双小手已经摸到自己的脸上。

原来，上午她抱了贵书上公堂时，差役把贵书留在外面，后来差役就把伢子和她一起送进牢房来了。丁黄氏一见贵书，心头又是一阵酸楚，喊了声："贵书！"一把把他紧紧搂在怀里，眼泪掉在他的脸上。她猛地清醒过来：我不能死！贵书是丁二留下的根，我无论怎样也要把他拉扯成人！

正在这时，忽然"哗啦"一声，牢门被打开了，跟着走进一个人来。此人面目冷峻，头戴黄毡帽，大袍襟一角掀起，束在腰间，袍下垂挂一条黑丝带，年纪约在二十七八。他看了看丁黄氏，说："我是这里牢头，叫陈文汉。"

丁黄氏连忙揩了眼泪说："陈老爷，往后请你多关照。"

这陈牢头依旧是冷着脸，说："今晚倪大人要提你问话，你收拾一下就随我去。"

丁黄氏心里一怔，看看外面天色已黑，怎么要夜审哪？她又不敢多问，赶紧站起身来，把怀里的孩子放进被里，掖好被窝，就随牢头走了出去。

牢头押着丁黄氏出了牢门，绕过大堂，拐了几个弯，进了一个小院，来到一个窗棂雕花的房间。丁黄氏随牢头跨进门，只见倪毓桢身穿便服，手捧茶壶，端坐在书案前。丁黄氏连忙双膝跪下，陈牢头回禀了一声，见倪毓桢一摆手，便退了出去。

"丁黄氏，"倪毓桢慢声细语说，"你与王齐明私通，案情甚重啊！"

"倪大人，"丁黄氏抬起头来，噙着泪说，"那全是赵仁和倒打一耙的诬告，赵大作的是假证哪！"

倪毓桢"嘿嘿"干笑一声："公堂上，不是你叫赵大出堂作证的吗？"

丁黄氏说："那准是赵家收买了赵大，有意陷害民妇，求大人明镜高悬，为民妇申冤！"

倪毓桢沉下脸来："你不必强辩，有冤无冤，天知地知。现在只等本官一个状子上去，定你死罪！"说着，倪毓桢站起身来，走到丁黄氏面前，"本官怜你年纪还轻，不愿匆忙定案，才把你提到书房问话。你是个聪明人，应该知道好歹！"

丁黄氏说:"只盼大人理清曲折,断明真相,大人的恩德,民妇怎能不知?"

倪毓桢一听,脸色温和了许多,说:"案子自然是本官断,可能不能遂你心愿,需你自己拿主意,你看呢?"

丁黄氏愣了一下,抬起脸来,这时才发觉倪毓桢满面通红,酒气喷人,一双酸溜溜的小眼盯着自己。她不由一阵发悸,连忙低下头去,心里似乎有些明白这个倪大人的话外之音,但她转而又想:一个堂堂知县大人,怎会做出那种事来?便回答说:"倪大人,我本就拿定了主意……"

倪毓桢立即朝丁黄氏走近一步:"拿定了主意?"

"倪大人,不告倒赵仁和,我死也不会瞑目,只望老爷作主,秉公明断!"

倪毓桢一愣,立刻收起笑容:"丁黄氏,本官左说右说,望你'拿定主意',不要执迷不悟,你却偏要固执己见,那只好公堂上见了!"说完,便高声喝令,"来人,带丁黄氏下去!"牢头陈文汉从外面匆匆跨进书房,解着她回到大牢。

倪毓桢看着丁黄氏被押走后,越想越气恼。聪明而善良的丁黄氏虽然听出了这位县太爷话中有话,可她不敢相信一个堂堂县官会有那见不得人的念头。其实,这个身着官服的老爷,本来就是个寻花问柳之辈,他在公堂上一见丁黄氏就心生邪念了。他也不是个糊涂虫,从赵大上堂作伪证的态度和言语中,已猜出了其中奥秘,他不当堂点破,而是用冷笑示意赵仁和休要得意忘形。果然,退堂后,赵仁和就登门求见了,他们在内室经过讨价还价,达成了一笔交易。倪毓桢原以为一个乡间民妇,还不就是手中的面团,要长拉拉,要短捏捏,而他却可以从这件人命案中轻而易举地来个人财两得。不料想如今这丁黄氏却如此强硬,怎不叫他气恼呢!

这天,丁黄氏一夜也不曾合眼,翻来覆去回想着倪毓桢的话,晓得这一篓子深的冤枉要沉到底了。她拧着眉头,苦苦思索,心里急得像油煎一样。忽听外面更锣又响,才知已是五更天。就在这时,大牢天井里传来一阵杂沓的脚步声,夹杂着锁链的"吭啷"和差役的呵斥,又听"哗啦"一声,不知哪一间牢门被打开,接着传来一阵叫骂声:"妈的,进去!"

"这家伙又硬又臭，是哪来的？"

"他就是那个丁黄氏的奸夫，叫王齐明！"

丁黄氏此时不由浑身一阵冷颤：好心肠的王大哥竟也受累遭了冤枉，平白无故地头戴恶名，身锁枷镣，被投进大牢！

第二天，知县倪毓桢升堂问案，丁黄氏被几个怒眉横目、五大三粗的差役解到公堂，顿时倒抽了一口冷气。只见倪毓桢端坐在上，小眼睛里露着凶光；两班堂役手持木杖，一个个好似凶神恶煞；那黑砖地上趴着一个血肉模糊的大汉。丁黄氏心里一紧，目光立刻落在那大汉半侧的脸上，她惊叫一声："王大哥！"

王齐明听到叫声，睁开了眼睛，咬着牙，挣扎着撑起身说："丁……丁二弟妹，莫要指望这昏官替你伸……"话没说完，又趴了下去，不再动弹。

丁黄氏急步上前，喊了声："冤枉啊，大人！"随着喊声，"扑通"跪倒在倪毓桢案前。

倪毓桢横眉瞪眼地问："本官现已查明，你与王齐明确为奸情，害死丁二，冤从何来？"

丁黄氏凄声叫道："倪大人，那是赵仁和杀人移祸啊！"

"胡说，明明是你谋杀亲夫，嫁祸于人，现有赵大亲眼目睹你与王齐明行凶作案，有活人活口为证。而且腊月二十四那天晚上，王齐明与丁二喝酒，你在一旁助兴，又有李二、张三目睹，你还想抵赖？"

"倪大人，王齐明和我丈夫患难相交，亲如手足，时常往来，这是众人所知的啊！"

"为什么早不来晚不来，单单就在那一天来与丁二喝酒？"

"只因赵仁和几次三番对民妇图谋不轨，我早就催丁二离开赵家，另投别处。那天丁二邀王大哥来家喝酒，就为商议这事。当时曾看见门外有黑影闪过，现在想来，必定是赵仁和……"

倪毓桢听到这里，冷冷一笑："好一个巧嘴刁妇，至今还假作正经，本官已查明你本是个朝三暮四、不守孝节的女人。你先与丁二私奔，后又与王齐明勾勾搭搭，这不是秃子头上的虱子——明摆的吗？"倪毓桢说到这儿，猛地吊起嗓子，"丁黄氏，你招供不招供？"

"倪大人，你冤枉了我，我无供可招！"

倪毓桢勃然大怒，狠狠地拍了一下惊堂木，眼光落在丁黄氏的一双小脚上："来人，给丁黄氏穿'红鞋'！"一听穿"红鞋"，丁黄氏顿时惊倒在地，堂上、堂下立即狼嚎虎啸起来。

原来，这穿"红鞋"是倪毓桢想出的一种法外之刑，是用一只生铁镵头，就是农民用的犁铧尖头做的，上面有个长三角形口子，正好可以插进一只女人的小脚。用刑时，把镵头放在火炉上烧红了，把犯人的脚按进去，十个有九个痛得难熬，就招供了。

不多一会，只见几个堂役抬上一只火势熊熊的木炭炉，炉口上架着一只已经烧得通红的镵头。两个如狼似虎的堂役走上前去，不由分说扒下丁黄氏的绣花鞋，扯去裹脚布，然后把那只烧得通红的镵头"咣啷"丢在她的面前。

倪毓桢瞪着小眼说："快招吧，这可不是好受的！"

丁黄氏愤恨地说："天下哪有这种刑法，就是烫死我，我也不⋯⋯"话没说完，倪毓桢把手一挥，她的左脚已被揣进通红的管筒里，只听"嗤溜溜"青烟直冒，随着就是一股冲鼻焦味散布在公堂上。丁黄氏熬着灼痛，闭起双目，紧咬牙根，头上汗珠直滚，她来不及呻吟一声就昏了过去。

扳倒知县

几个差役将丁黄氏拖回牢房，一直到黄昏时，她才苏醒过来，只觉得下半截身子像着了火似的。再看看伢子贵书，眼角边挂着泪珠，趴在自己的身上已经睡着了。她吃力地撑坐起来，伸出两只手，把贵书抱到怀里，轻轻摸着他的脸庞，抹去泪痕，可自己的眼泪却掉了下来。她硬了硬心肠，擦去泪水，抬起脸来，倚着墙壁，猛地似乎闻到一股油香味，她左右看看，只见铺头砖地上放着一只油壶。她连忙捧起来,一看,是一壶用肉老鼠浸泡的麻油,一时倒怔住了。因为她晓得这是专治火烫的油,她不知道这是从哪来的,难不成这大牢里也有好人?

一个半月之后,知县倪毓桢将案子定死,呈报到苏州府。不久,回文到了,要解丁黄氏南审。丁黄氏得到这消息,顿时失了指望,她觉得自己屈死倒还罢了,可这一来,丈夫的冤不能申了,还有三岁的儿子,这可是丁二的骨肉呀!因此她吃不下、睡不着,整日整夜伤心流泪。

这天晚间,忽听门"吱呀"一声响,牢头陈文汉走了进来,他见铺头饭碗粒米未动,开口说:"丁家嫂子,你要往远处看看!王齐明这两天也气得不吃,被我激了一激,现在才肯动筷子。"

丁黄氏听他这样一说,不由含泪抬起头来:"老爷,我还有什么活路啊?"

"不见得,不见得。"陈文汉回头朝门外望了望,轻轻关上门。丁黄氏惊讶地看着他,心里一阵发慌。陈文汉又转过身来,轻声说:"丁家嫂子,我有话要对你讲。"

陈文汉有什么话要对丁黄氏讲呢?原来,这个陈文汉家境贫寒,十七岁就当了差役,这官府里乌七八糟的事他不知看了多少,早把这世道看破了。丁黄氏一案,心里早有疑问,他见丁黄氏整日抱着伢子以泪洗面,在梦里也喊"冤枉",心里就有数了。那天晚上,倪毓桢令他提丁黄氏到书房私审,他站在门外,把里面的谈话听得清清楚楚。那倪毓桢的话外之音,更使他听了气愤。从那时起,他就想在暗中帮丁黄氏一把。眼下,丁黄氏很快就要解到苏州过审,这一去,极可能给她定下死罪,因此,他就趁着晚间,悄悄来到牢房。

这时候,陈文汉见丁黄氏面色惊疑,便说:"丁家嫂子,那烫伤好了吗?如若尚未痊愈,我再去弄一点肉鼠油。"

丁黄氏一听,才晓得陈文汉确是个好人,连忙说:"烫伤已好,这事真难为陈老爷了!"

"不必,我实在是看你冤深仇大,心里难忍。"他说着,又走近丁黄氏身旁,说,"丁家嫂子,你可真想申冤?"

"陈老爷,你这话怎么说?"

"你若真想申冤,我给你拿一个主意。"丁黄氏惊疑地望着这平日不声不响的陈牢头,没出声。

陈文汉又说:"你可晓得,倪毓桢本是一个昏官。昏官不去,清官不来啊!我有办法告倒他,就看你自己愿不愿意了。"

丁黄氏心里一怔,一时不知怎么回答,于是,陈文汉就如此这般悄声说出一番计策。丁黄氏听着听着,脸上露出难色,沉思半晌,摇摇头,说:"陈老爷,人要脸皮,树要树皮啊!"

陈文汉说:"丁家嫂子,你往要紧处再想想。"丁黄氏低下头,左思右想,还是拿不定主意。

陈文汉焦急地说:"俗话说,蛙子要命蛇要饱,再说,这也是他们逼出来的!"丁黄氏终于狠下心来,点了点头。

三天过后,恰逢黄道吉日,班役们撑一把"遮阳"绸布伞,扛两块"避"、"肃静"的虎头牌,把知县倪毓桢送上了快船。丁黄氏也被解往码头,只见她身穿一件色士林竹布褂,脚穿一双白布鞋,两只手上锁着木铐,三岁的小贵书拉着她的衣襟,一步一步地跟在后面。到了码头上,丁黄氏被押上了公船。小贵书被人强抱下来,他看着渐渐远去的船只,发出了撕心裂肺的哭喊:"妈妈,妈妈!"

苏州府白虎堂上,气氛森严:两侧堂役手拄木杖,一字排开;盐城知县倪毓桢矜持而严肃地坐在公案右侧的太师椅上;抚台章大人气宇轩昂地端坐在中央。

这位章抚台,虽已年过六旬,但目光仍然灼灼逼人。他是进士出身,三品翎带,执法甚严,在民间颇有声望,接到丁黄氏一案的案本,他连夜批阅,发觉案情曲折,疑窦甚多,随即行下公文,押解丁黄氏到白虎堂上,亲自审理。

这时,章抚台传下话去,丁黄氏缓步走上堂来,只见她摇摇晃晃走到案前，双膝跪下。章抚台一见眼前这个柔弱女子，不由眉头一动，再看她那一双含冤藏愤的泪眼，心中又起疑问。于是问："丁黄氏，赵家告你，赵大出证，这赵大与你素有仇隙么？"

丁黄氏说："赵大和我无冤无仇。"章抚台暗想：看她不像奸滑的女人。接着他越问越仔细，丁黄氏照实一一作了回答。

忽然，章抚台厉声说："丁黄氏，你既然对赵家早有戒备之心，为何丁二夜深不归，你当晚不去寻找？王齐明夜深才走，他又知你的心思，为何不去寻找丁二？可见丁二还在家中！"

丁黄氏一惊，忙说："只因没有料到……"

话刚出口，就让倪毓桢打断："抚台明鉴，此案绝无讹错，请大人速速发落！"

丁黄氏一听，气得发抖，赶紧开口："启禀大人，民妇有罪无罪，听凭大人明断，只是还有一桩冤屈，未曾启口。"

章抚台皱了皱眉，说："有话快讲！"

丁黄氏脸色略略一红，接着说："上月初九那天夜间，倪知县提我到书房私审，举动轻薄非礼……"

倪毓桢一听丁黄氏提到那天晚上的事，这一惊非同小可。因为心中有鬼，他慌忙站起，对章抚台说："我从来没有在书房私审过她，请大人详察。"

章抚台将手一挡，倪毓桢连忙退到座位上。"丁黄氏，"章抚台问，"书房面向哪里？"

"坐北朝南。"

"窗棂雕花？"

"铜钱图案。"

"案头有无摆设？"

"一盆垂笑君子兰。"

"东墙字画挂有几幅？"

丁黄氏一愣："这……这却不曾留意。"

章抚台一拍惊堂木:"全是谎告!东墙为窗,本无字画。"

惊呆着的倪毓桢见丁黄氏一时回不上话来,急忙说:"大人,这个女人十分刁钻,诬告下官,只为翻她的案子!请大人重重治她的罪。"

丁黄氏先是一惊,继而她又明白这是抚台大人诈她一诈,连忙说:"大人,民妇句句属实,并有证物。那夜,倪知县对民妇强行不轨之事时,我趁他不备,摘下了他系在腰间的墨玉一块。"说着,便把证物呈上公案。章抚台慢慢拿起,仔细看了两面,这是一块扁圆活玉,上面刻着一条花蛇,盘作一周,中间有个阴文"倪"字。章抚台陡然脸色大变。倪毓桢一见那墨玉,大惊失色,忙伸手去摸腰带,摸了个空。

忽听章抚台高声问:"倪知县,这块墨玉,确是你的啰?"

倪毓桢慌忙跪下:"大人容告,下官属相巳蛇,这块墨玉自幼拴在腰间,却不知何时失落,内中曲折,敬请大人详察。"

"大人,"丁黄氏急切地说,"倪知县身为知县,胡作非为,大人若不为民妇作主,民妇死了也不能合眼啊!"

"来人!"章抚台大喝一声,"将倪毓桢拿下。"倪毓桢大睁两眼,满头臭汗,被堂役摘去了帽子。章抚台也不容他申辩,厉声训斥一顿,便令将他押下监去,待后处置。随即发话,将丁黄氏解回盐城。

丁黄氏回到盐城那天,南门码头上挤满了来看的人。原来,丁黄氏在苏州扳倒了倪毓桢的奇闻,已轰动全城,各式人物,各种说法。但是更多的人是快活、庆幸,他们说:"活该,活该,人命大案,他就那么糊糊涂涂地断么?"

丁黄氏回到盐城后,当天傍晚,牢头陈文汉就将寄托给人家的小贵书领回了牢房。小贵书扑到丁黄氏怀里,一连声地问:"妈妈,妈妈,你的官司打赢啦?"丁黄氏抚摸着小贵书的脸蛋,忍不住露出了笑容。她千恩万谢陈牢头给她出了好主意,弄到那块墨玉,扳倒了倪毓桢,使这桩案子有了申冤的希望。

丁黄氏双膝跪地,叩谢陈文汉的救命之恩。陈文汉连忙拦住说:"丁大嫂，我帮你不是为了图报恩，是为了扳倒姓倪的，好让那些受冤屈的人都有个生路。"他停了一下，又说，"新任知县快到任了，此人名叫蓝采锦，听说是长沙人，监生出身，有真才实学，为官自然不会错的。他来了，也许能使你这案子翻过来。"

油锅摸钱

昏官已去，丁黄氏心头充满着希望和喜悦，她天天盼，日日望，等待着蓝知县升堂问案。可是一天过去了，两天过去了，半个月过去了，依旧没有消息。这天，丁黄氏见陈文汉从窗前走过，连忙问："陈老爷，蓝知县什么时候才能问我的案子？"

陈文汉沉思了一会，说："丁家嫂子，蓝知县刚刚到任，外面事务繁忙，你且耐心地等着吧。"这样，又过了个把月，丁黄氏的心整天紧绷着，真是度日如年哪。

眼看进冬了，这天，蓝知县传下话来：明天提审丁黄氏。丁黄氏终于盼到了开堂的日子，她一夜翻来覆去没睡着，四更天就起身换上一身干净衣裳，梳洗了一番，坐等到天明。陈文汉匆匆来了，丁黄氏刚要起身，不料陈文汉说："丁家嫂子，蓝知县又传下话来，今日不问案，明日再讲。"

丁黄氏一愣："陈老爷，为什么要往后拖延？"

陈文汉微微一皱眉头："我也不清楚。"

那么，蓝知县为啥迟迟不来问案呢？

原来，新任知县蓝采锦虽然精明，却不廉洁，他这次花了一千两银子，才补了倪毓桢的缺，因此走马上任到了盐城，他首先要忙他的生财之道。他和当地的土豪富户打得透熟，翻阅了丁黄氏一案的案卷后，他当即决定就由此案打开自己的生财之门，于是便故意放出重审此案的风声。

再说那个赵仁和，这段时间的日子过得并不安逸。自从丁黄氏扳倒了倪毓桢，他心悸胆寒、坐卧不安，新任知县到任后，他就不停地活动，想摸摸这位新任县官的底。不料底还没摸着,却听到新知县要重审此案的风声,这可把他吓坏了,连忙前来县衙求见。不料狡猾的蓝采锦却采用不冷不热、欲擒故纵的办法,只淡淡敷衍了几句,就把他打发走了。赵仁和也非窝囊之辈,他回家后拼命捉摸蓝采锦的真正意图,打算先看看风头再说。

可是蓝采锦等了多日,不见赵仁和来孝敬,他发火了,扔下令牌,命差役传赵仁和过堂。这下,赵仁和慌了,连忙带着双倍的大礼,连夜赶到县署内宅……于是蓝采锦发下话来,改日堂审丁二一案。这就是拖延问案的真正原因。

第二天,蓝采锦升堂问案了。他决心打响第一炮:既要给丁黄氏来个下马威,又要让赵仁和领略到自己的厉害。

大堂上,丁黄氏和王齐明规规矩矩地跪着,他们满怀希望,指望这位新任知县能秉公审案,为自己作主申冤。谁知蓝采锦只是草草问了一遍,就沉下脸,照本宣科地数落起他们的罪状来。最后,他喝道:"你等二人快快画押,免遭皮肉之苦!"丁、王二人这才明白,原来扳倒了一只虎,却又来了一只狼!

蓝采锦先拿王齐明开刀,逼他当堂认罪画供。可王齐明这条硬汉子哪买他这份账?他一把撕碎差役递过来的判书,双眼瞪得通红,破口大骂。蓝采锦火冒三丈,立即传话用刑,可怜一条硬汉,被整得死去活来。

王齐明被拖走后,蓝采锦"忽"地站了起来,"啪"重重拍了一下惊堂木,大声吼道:"丁黄氏,你怎么说?"

丁黄氏一字一句地说:"大人怎能凭一时之怒,说红不绿,草菅人命?"

蓝采锦双眼瞪起,咬牙切齿地说:"通奸害死亲夫的贱妇,你且听着,我公堂上有四大刑罚:跪铁链,膝盖若断;上夹棍,胸膛如裂;背板凳,恰似巨石压身;架十字,好比五马分尸。略一试,就叫你魂飞胆丧。你还是从速招供吧!"

谁知丁黄氏听了,既没哀求,也未惊慌,不言不语地直起身子,稳稳当当地盘坐在地上,跷起了一只小脚,脱去绣花鞋,慢慢解开了裹脚布。

她这举动，把堂上的衙役们都看呆了。蓝采锦一时也被弄懵了。丁黄氏终于不慌不忙地扯开那三尺长的裹脚布，露出了满是疤痕的小脚。这时，她才抬起脸来，说："倪知县动了这样的重刑，民妇也没敢屈招，只望蓝大人明镜高悬！"说完这话，丁黄氏依旧旁若无人地一层层、一道道裹起了小脚。

丁黄氏大堂裹脚，蓝采锦失了威风，他越想越气，越想越恼火，铁青着脸，双眼"骨碌碌"转个不停。一会，他晃了晃头说："哼，丁黄氏，你既不怕，敢油锅摸钱吗？"丁黄氏一怔，抬起头来。蓝采锦冷冷一笑，阴险地说："你敢油锅摸钱，我就敢断下案子说丁二不是你所害！你不敢，那就早早招供！"

丁黄氏好一阵犹豫，最后咬着牙说："只要蓝大人申得冤屈，我就是跳下油锅也是情愿的！"

蓝采锦一拍公案："好，不怕你嘴硬，明天当堂设锅！"蓝采锦气哼哼地退下堂，走进内宅，候在里面的赵仁和赶忙迎出来问："她……她招了吗？"

蓝采锦把手一摆，骂了一句："这女人可真厉害！"

赵仁和一惊，忙追问："倪知县大人怎么办？"

蓝采锦朝他翻了一下白眼："怎么办？明天叫她'油锅摸钱'，不死也得脱层皮！"

赵仁和一听"油锅摸钱"，连忙奉承说："多亏县太爷费心了！"

第二天一大早，一口八尺大锅果然架在堂前，木柴烧得炉火熊熊，热油沸腾。紧挨油锅两旁，各摆一只盛着凉水的木桶。丁黄氏一步步走上堂来，在油锅前站定。蓝采锦抓起一把铜钱，立在丁黄氏对面，把铜钱在手上掂了掂，得意地说："手下油锅，骨头也要炸酥了，还不招吗？"

丁黄氏咬着牙说："说话当话，我摸出铜钱，大人得替我申冤！"蓝采锦一抬手，将铜钱撒下油锅。一班堂役围着那油锅站了一圈。只见丁黄氏慢慢卷起袖口，挪步走上前，把右手伸进水桶，浸了又浸，然后飞快地抽出来，窝起掌心，就要向那滚油锅里伸去。

就在这时，忽听有人大声喊道："不能摸！"众人掉头一看，喊话的原来是刚刚被押解到大堂门口的王齐明。只见他两眼圆瞪,带着一身刑伤,摇摇晃晃往油锅这边挪来,没走几步,就被身后的差役一脚踢跪下去。他倒在地上,嘴里依旧喊着:"丁二弟妹!不能摸……"

丁黄氏忍泪说:"王大哥,你不要再说了!"

蓝采锦叫道:"不摸就快快招供!"丁黄氏心一横,猛然将右手伸下了油锅,只见一股焦烟直往上冲,糊味呛人。丁黄氏额上滚下豆大的汗珠,嘴唇被咬得鲜血直淌,她拼命抓起锅底的铜钱,"啪啦啦"丢进了左边的水桶,她的右手也跟着揣进凉水。蓝采锦倒抽了一口冷气,周围堂役也看得目瞪口呆。

也许有人会感到惊奇,丁黄氏那只手又不是生铁铸成的,怎么经受得了这样的摧残呢?原来,又亏了牢头陈文汉的暗中相助。当陈文汉知道丁黄氏答应油锅摸钱,十分着急,晓得这是蓝采锦借机要丁黄氏命的毒计。他无力使丁黄氏避免这场祸难,便苦苦思索很久,当夜匆匆打开牢门,送去一瓦罐香醋和一篓鳗鱼。他叫丁黄氏把手放在醋里泡上三个时辰,再放到鱼篓里搅。香醋浸指,凉气入骨;鱼敷手,可以挡热。当下,丁黄氏把手从水桶里抽出来,已不知道疼痛,就像掉了一样。她走前两步,双膝跪下,请求蓝采锦为她明冤雪恨。蓝采锦颓然回身走上公案,盯着差役从水桶里捞起的铜钱,再看看跪在案前的丁黄氏,一时不知怎么开腔。他考虑了一下,然后一挥手,两个堂役上来,把丁黄氏架回了大牢。

再告"青天"

蓝采锦悻悻地退下堂来,背着两手,打着主意,跨进书房。猛然从太师椅上立起一个人来,把他吓了一跳,抬头一看,见是赵仁和,他这才想起这公子哥儿还躲在这里等候案子的结果呢。他肚里暗暗骂了一声:穷酸!吝啬鬼!送礼两回,才两百两银子,他那一条命就值两百两么?要不是看在银子份上,我才不想操这心呢!想到这,他那脸色显得更阴沉难看了。

赵仁和小心地问："蓝大人，了结了么？"

蓝采锦瞅了他一眼，眉头一皱："案子啰唆起来了，不是你我想象得那么简单，丁黄氏竟从滚油锅里摸出铜钱！"

赵仁和暗吃一惊，连忙说："她这是自讨苦吃，案子还得在大人手上定夺！"

"这人命大案，非同小可，"蓝采锦话里带着不满，"你晓得么？'油锅摸钱'，是我跟她打下的赌，这是我在公堂上的许诺，我能说话不算话么？"

赵仁和一听这话，暗想：杂种，又敲起我的竹杠来了！他心里这么想，嘴上却说："蓝大人为我的案子操心劳神，学生一定厚报。不知还要几天方可了结？"

"总在三四五天。不过如何断法，还很难说啊。"赵仁和只得告辞走了。蓝采锦站在台阶上，望着赵仁和的背影，狠狠地说："不见棺材不掉泪的家伙，哼……"

三天以后，赵仁和到底沉不住气，又来了。蓝采锦吩咐差役叫他到大书房等候。这大书房，是蓝采锦处理公务的要处，只见窗下书案上叠着一堆装得鼓鼓的牛皮纸公文袋，西壁下枣红木橱锁得紧紧实实。这里平时是不准闲人随便进出的，赵仁和进入书房，心怀鬼胎，见左右无人，就东张西望起来。他忽然见书案一端单独放着一只涨鼓鼓的公文袋，注明"机密"字样，就伸手摸过来，紧张地解开线头，抽出一看，心里一喜，原来正巧就摸到了丁二一案的卷宗。赵仁和见上面几张就是判书，慌忙往下瞧，瞧着瞧着，只见他脸色顿时由白变灰。原来，那白纸上的黑字是：赵仁和，本县草埝口乡财主……本欲勾引佃户丁学方之妻为奸，因屡遭拒绝，黉夜强行不轨未遂，遂起谋害丁学方之念……几经堂审，案情大白，确凿无误，杀人偿命，当速正法……"末尾处除了盐城县知县蓝采锦的亲笔落款之外，还有一块盐城县署的四方大印！

赵仁和顿时吓得魂飞魄散，面色如土，两条腿子直打抖，不知如何是好。正在这时，突然"嘭"一声，书房的门被推开了，走进一个官吏模样的人来。这人朝赵仁和冷眼打量了一下,说:"赵大少爷,蓝知县客堂有请。"赵仁和慌得连案本也没揣进公文袋里,就往客堂上去了。

蓝采锦正坐在那儿用茶,看见赵仁和走来,不由一怔,未及问话,就见赵仁和"扑通"往下一跪:"蓝大人开恩,饶……饶我一命……"

蓝采锦故作惊讶地说:"赵大少爷,这是怎么了?"

赵仁和流泪恳求:"我……只求大人笔下超生,我愿拿出一半家产,酬谢您老救命大恩!"

蓝采锦一听,心中不由笑开了花。不过他表面上不露声色,干咳了一声,随后扶起赵仁和,双双并肩,进入内室,一场肮脏的交易终于拍板成交了!赵仁和回到家里,足足忙了一个多月,凑足了两千五百两银子,亲自送到县府。蓝采锦如愿以偿,便将丁黄氏"通奸害夫"罪定死,连夜派人报往苏州府。

再说丁黄氏油锅摸钱后,她那只右手就残了,五个指头再也不能伸直。当她晓得蓝采锦说话不当话,依旧定死了案子,顿时气得两眼发直。这时她才真正明白,清朝清朝,清朝难得见清官。每当想到自己恐怕不能活着走出这牢门,夫妻俩都要做屈死鬼时,她就更加怀念丁二。

这天晚上,她借着窗外的月光,用伤残的手艰难地做着鞋子。小贵书抓住她的手一个劲地问:"妈妈,你的手怎么了?"她一把搂住伢子,贴着他的脸蛋,一句话也不说。

就在这时候,陈文汉突然出现在窗外,低声说:"丁家嫂子,苏州的回文今天到了,又要解你南审。蓝知县传话,明天一早开船。"丁黄氏正待要问,陈文汉已匆匆走开。丁黄氏心中焦急不安,一直等候到四更天,陈文汉才又来了。他打开牢门,高声喊:"丁黄氏,赶快收拾收拾,五更开船。"然后低声说,"丁家嫂子,蓝采锦把案本做得天衣无缝,到了苏州大堂,你可要当心啊!"然后又小声嘱咐了一番。

丁黄氏咬着嘴唇说:"陈老爷,只好拼它个鱼死网破了!"

四天后,丁黄氏又被解到了苏州,当天,就被传上大堂。

章抚台端坐在上,他一见丁黄氏在公案前跪下,就将惊堂木拍了下来,说:"丁黄氏,去年提审,只因案本粗疏,加之倪知县行为不端,才将你发回盐城重审。而今,蓝大人之案本缜密,核查验证,铁案如山,劝你快快招来,免得再吃苦头!"

丁黄氏这时提起嗓子,大喊了一声"大人!"便愤声地说,"只因蓝知县贪财受贿,执法不公,才使民妇蒙冤至今!"

蓝采锦一听,瞪起眼来:"你敢陷害本官?"

丁黄氏伸出那只疤痕累累的右手,含着眼泪,朝章抚台说:"大人,民妇申冤之志,这残了的手可以为证!"接着,便把油锅摸钱的前前后后申述了一遍。章抚台听了,不禁为之动容。

蓝采锦急忙上前一步,说:"抚台大人,问案用刑没有拘泥之理;公堂用计亦是理所当然。告我贪财受贿,无凭无据,全是凭空揣测。请抚台大人速速发落吧。"

章抚台一听,厉声说:"丁黄氏,你好大胆子!诬告他人,理当罪加一等,姑且怜你手残体弱,免去行刑。本抚台据本定案,判你通奸害夫之罪,快快画押!"

丁黄氏刚喊一个"冤"字,喉咙便被噎住。只见她泪流满面,嘴唇直颤,摇摇晃晃,跪立不住。蓝采锦心里一松,暗暗得意。章抚台这时已举起朱笔,向那判书上勾去。

就在这千钧一发之际,忽听堂下传来喊声:"启禀大人,盐城县署公文到!"

章抚台闻声抬起头来,奇怪地问道:"哪里的公文?"

堂下再答一遍:"是盐城县署公文。"章抚台朝坐在左首的蓝采锦望了望,只见蓝采锦脸上也露出惊讶之状。

章抚台心中不由暗暗起疑,放下朱笔,传话:"将公文递上来。"他接过牛皮纸公文袋,不想从里面取出的,竟是一份判书!他一看,顿时勃然大怒,嘴里说一声:"岂有此理!"将那判书朝蓝采锦面前一掷,"蓝知县,你自己看去!"

蓝采锦从章抚台的神色中已经发觉事情不妙，连忙抓起一看，却是他故意写下后放在客堂书案上给赵仁和看的那份判书，顿时惊得全身发抖。

那份判书怎么会从书房里跑到这儿来的呢？原来，这又是那牢头陈文汉干的。那天陈文汉路过书房，无意间发现丁黄氏的仇人赵仁和正惊惶失色地在里面偷看文件，觉得事情蹊跷，他灵机一动，便破门而入，托词支走赵仁和。他一看那份判书，心里一喜，为怕以后再有反复，他当即将判书从公文袋中抽出，惴入怀中，匆匆离开。

当丁黄氏被解去苏州时，陈文汉连夜请衙门里一个相好的邮差专程将此"公文"送到苏州府，并嘱他要瞅准时机，不早不晚就在章抚台挥笔定案之时呈上去。

蓝采锦看到这份判书怎能不发抖！他悔恨自己疏忽大意，终于铸成大错。他慌不择言地说道："抚……抚台大人，这……这是伪造！"

章抚台冷冷一笑："蓝知县，难道还须验证笔迹么？还需验证县署印章么？"

蓝采锦脚一软，"扑通"往地上一跪："大人明鉴，案情复杂，多有反复，不足为怪。"

"住嘴！"章抚台恼怒地站起身来，将惊堂木"啪"一敲，"同一案件，两份判书。判书同时所做，凶手颠倒两人。你好会敲人竹杠啊！如你所为，纲常国法安在？"他喝一声，"来人，摘去翎带，打下监去，待后重处。"

蓝采锦狼狈不堪地被推下堂去，丁黄氏绝处逢生。

丁黄氏扳倒两任知县的事，"哗"地又传遍了苏北一带。

惨骑"木驴"

此后，盐城县署走马灯似的连年换任，丁黄氏的案子竟无人敢问津。小贵书都十岁了！那年离开了牢中的母亲，到外面给人家放鸭谋生去了。日复一日，整整挨过了十五个年头。

这年夏末，大同人蔡保培走马上任，他到任后的头一件事就是清理陈案。他翻看了丁二一案的案卷，一眼便看出其中破绽，不禁暗笑两声。隔了几日，到处风传说蔡知县要把案子弄个水落石出了。那赵仁和这十五年的日子过得也不安稳，如今听到新任知县问案的风声，不由暗暗心颤。他左思右想，决定一口喂饱这位新到任的主子，尽快了结案子，除掉这块心病。于是他带上两麻布包银两，雇了一只篷船，连夜摸到盐城县署，交涉妥了。天明，蔡知县就履行公事，堂审了丁黄氏和王齐明，接着做好案本，并亲笔写了一封信，差人快马送往淮安府。过了四天，淮安知府谢大人回示，令将案犯押送淮安。

牢头陈文汉听说这回要解丁黄氏和王齐明北审，大吃一惊，知道此行凶多吉少，急得一夜未曾入睡。可他已想不出法子来搭救他们，第二天只好含着眼泪亲自把两人送上公船。淮安府知府谢大人和蔡保培原是通家之好，他们一个是"世伯"，一个是"世侄"，两人臭气相投，沆瀣一气，倒在烟床上仔细密商，得意得呵呵直乐。

天色将晚，丁黄氏和王齐明被差役带到一间偏房，房中放了一张小桌，两张条凳，桌上放着一对花瓷大碗，一碗装满鸡肉，一碗盛着清汤。差役让他们对面坐下，说："大人吩咐，在此用饭。"说完，退了出去。丁黄氏和王齐明对面坐着，谁也不碰筷子。过了一会，王齐明默默推开面前的汤碗，丁黄氏抬头望了望面容枯槁的王齐明，心头一阵痛楚，看看碗里快冷的汤，开口说："大哥，吃吧！"她起身端起面前的鸡块，拿起筷子，拨了一半到另一只汤碗里，双手端起，放到王齐明面前。

他俩刚抓起筷子，只听门外突然传来"嘿嘿"两声冷笑，蔡保培一脚跨了进来，满脸奸笑地指着小桌说："一碗鸡肉二五平分，果然情真意切。"接着板下脸来，"丁黄氏，奸情毕露，罪证已足，你无可抵赖了吧？"说完，吩咐跟随在身后的差役，将两人即刻拿上公堂。

丁黄氏站起身，愤然道："欲加之罪，何患无词。蔡大人你要杀便杀，何苦费这样心机？"这时，王齐明猛地站起身，操起桌上一只瓷碗砸了过去。

蔡保培连忙闪身让过，那碗飞在窗棂上碰个粉碎，鸡汤泼了蔡保培一身。两个差役慌忙把王齐明按住，举棍就打。丁黄氏一把抓住棍子，大声朝蔡保培说："这里不是你蔡知县发威的地方。"蔡保培一怔，喝令差役将两人押走。

第二天，谢知府装模作样升堂理案，宣了判书，定王齐明绞刑，丁黄氏骑"木驴"示众。

丁黄氏听得自己要遭受木驴之刑，顿时气塞胸口。这骑"木驴"是一种惨无人道的极刑。那是一种跟真驴一样大小的木制驴，木驴四脚安着木轮，木驴背上竖着一根很长的木钉。行刑时，把"淫妇"扶上驴背，木钉坐入下身，推动木驴，木轮带动木钉转动，俗称绞肠。凡是坐上木驴的人，必死无疑。

第二天，那公船载着丁黄氏和王齐明离开了淮安。丁黄氏戴着木铐，坐在那晦暗的囚舱里，呆呆地望着滔滔白浪，像木人似的一动不动。囚船行了半日，进了盐城西乡，她忽然像惊醒似的抬起脸来，两只眼睛直勾勾地望着越来越近的草埝口，打起了一阵冷颤。她望了望倚在舱口打瞌睡的胖差役，拔下头上的银簪递了过去，说："老爷，央求你，容我上岸去望望丁二的坟！"胖差役接过银簪，点了点头，就招呼让船拢了岸，又给丁黄氏开了木铐，派了两个差役，押着她离船上岸。

丁黄氏挽着一只布包，走上岸，匆匆踏上一条圩埂，约摸走了半里路，便来到一座枯草丛生的荒坟上。她一眼看到丈夫的坟地，急走几步，扑倒在坟上，两手拼命地抓着坟上的黄土，放声号哭起来，哭得天昏地暗，哭得押解她的两个年轻差役也背转脸去抹起眼泪来。丁黄氏哭了整整一顿饭工夫，才抹去眼泪，慢慢站起身子，从布包里取出一双小圆口黑布鞋，端端正正地放在丈夫的坟前，又跪下来拜了几拜，然后默默地起身，跟着那两个年轻差役回到囚船。

转眼已到冬月，一个寒风凛冽的傍晚，盐城城门缓缓关闭时，一个身材单薄、身穿破棉袄、腰束草绳、脚登布筋草鞋的青年，匆匆挤进城门。

只见他小长脸，大眼明亮，黑眉微翘，这青年就是丁黄氏的儿子丁贵书。贵书抹着脸上的汗水，直奔大牢。

贵书一脚跨进牢门，只见灯下母亲正在收拾包袱，那床补丁叠补丁的旧被整整齐齐地放在铺头，一双洗得干干净净的碗筷放在一只竹篮里。贵书心碎了，喊了声"妈！"就"扑通"跪倒在丁黄氏身旁，泣不成声。

丁黄氏低下头，捧起儿子的脸，盯着看了一会，才说："贵书，你成人了，扒得着锅、拿得到碗，妈放心了。往后，就硬着肠子一个人过吧！妈没东西留给你，做的针针线线放在被窝里……你要能娶房媳妇，丁家有了根，妈死也闭眼了……"

"妈！"贵书紧抱着丁黄氏，放声大哭。

这时，牢门被轻轻推开，眼里满是血丝的牢头陈文汉悄悄走进来，他叫贵书带上他母亲的衣物，随他出监。

第二天就是行刑的日子，盐城县北校场上人头攒动，灰蒙蒙的天上飘着阵阵细雨。午时，两个刽子手将王齐明五花大绑，绑在一根木柱上。王齐明怒目圆睁，拗着脖颈，直挺挺站着。这时，一声传令："午时三刻到！"刽子手随即将一道绳索套住王齐明的脖子，将一根木棍插进绳套，只听"咯吱吱"一阵响，王齐明头一歪，两眼大睁，直勾勾瞪着灰蒙蒙的天，含冤死去！

王齐明刚被绞死，就见雨地里，几个差役已推出那木驴来。众差役七手八脚将丁黄氏架了上去……木驴四只木轮一圈圈地向前滚动着，鲜血一滴一滴地顺着木驴身子落在那青石铺成的街道上。停立在街道两旁的人们掩目背身，发出了声声叹息。骑在木驴上的丁黄氏，既没哀号，也没叫喊，她脸色苍白，昂然挺着身子，两眼迸发出一股怒火，那愤怒的目光落在人群中一个戴瓜皮帽的黄脸上。那黄脸突然变色了，身子发抖了，这人就是赵仁和。赵仁和吓得连忙一缩脖子，逃走了。

当木驴滚到儒学街时，几个差役把木驴停住，连声叫喊着："过去了，过去了！"这声叫喊，就是说犯人已死，家属可来领尸。这时从巷口走出两个人，那是牢头陈文汉带着丁贵书，他们急急忙忙走到木驴边，把双目紧闭、鲜血淋淋的丁黄氏搭下木驴，抬走了……

十三年以后，赵仁和年已五十多岁了。这年腊月里的一天，他在草埝口小街姘头屋里销了一夜魂，第二天晌午时分，他出了草埝口小街，打算回家。看看路面，因夜里下了雨雪不好走，朝大河里一望，堤下正停着一只木船，他于是便下了河坎，高声叫唤那船家，送他由水路回家。蹲在船头的汉子也不抬头，说他这船是不送客的。赵仁和两眼一瞪，正要发作，一个梳着小髻的女人从舱口探出身来。那女人和赵仁和一照面，双方都怔住了。突然那女人瞪起双眼，嘴唇颤抖着，说："怎么是你这个畜生？"

赵仁和也认出这女人是丁黄氏，惊得舌头直打转："你……"

丁黄氏顿时两眼喷火，手指着他，对船上汉子说："贵书，他……他就是害死你爹的赵仁和！"

丁贵书立时怒不可遏，一把抄起竹篙大骂一声："我打死你这老狗！"边骂边用力朝赵仁和砸了过来。只听"咔嚓"一声，篙子打在一棵苦楝树的枝丫上，赵仁和惊得魂飞魄散，爬上堤岸，连滚带爬地拼命奔逃。等丁贵书扔下竹篙跳上岸要追时，赵仁和已经逃进了草埝口小街，转眼不见了踪影。

原来，丁黄氏大难不死，全亏了牢头陈文汉的搭救。陈文汉在行刑前一天晚上，把行刑的差役请到住处，摆了桌酒，请他们搭救一把。众差役当夜就偷偷地将木驴肚中的木齿轮弄坏了。所以，丁黄氏虽然吃了一场大苦，但并没有死。当天，陈文汉帮助贵书把昏迷不醒的丁黄氏抬上木船，一口气行了七里多路，陈文汉才离船上岸。丁贵书磕头拜谢他搭救母亲之恩。陈文汉连连摆手，还扶起贵书，送了一包银两给他，看着丁贵书摇着小船渐渐消失在茫茫水雾中，他才放心地回去。

娘儿俩在江南漂泊了十多年，才敢回到江北。昨天路过草埝口，因贵书给爹上坟，停了一宿，今天刚要走，没想到碰见了仇人赵仁和。

再说赵仁和受了这场惊吓以后，竟整日像失了魂似的痴痴呆呆，看见竹篙子就害怕，大白天瞪着两只红丝丝的眼睛，指着屋上的桁条，惊恐地说：

"竹篙子，竹篙子……打死我了，打死我了……"两个月后，这个杀人凶手就在如此惊恐中一命呜呼了。

后来，丁黄氏领着一家三代回到那茫茫的盐滩上定居下来，在那里度过了她的晚年。

丁黄氏活到八十一岁时，病倒了。她死后，她的子孙们按照她的遗愿，把丁学方的坟迁到盐滩来并葬。据说，落葬那天，当地有两百多人为她披麻戴孝。

这以后，每年清明，丁家后人总要来到古老的横港河南岸，祭扫那合葬着爱与恨、恩和冤的墓地。

(整理改编：王维宁 陆正庄)

(题图：黄全昌)

证据会『说话』。

真相永远只有一个，证据是探究真相的唯一钥匙。

铁证·悬案

tiezheng xuanan

一语泄天机

湖州的赵三和周生是一对好友,平时不分彼此,亲如手足。一次,两人商约雇佣熟人张潮的船,一起到京都贩卖绸缎。

这一天黎明,周生吃完早饭,带了行李银两,匆匆来到江边,这时,张潮的船早已停候在那里了。周生老远就问:"张兄,赵三来了吗?"

"还没来哪!"

周生跳上船后,两人等呀等,一直等到日上三竿,眼看就要错过潮水了,张潮急了:"周兄,错过潮水,今天就到不了京都啦!"

周生坐立不宁,焦躁不安:"昨晚明明讲好的,天一亮,各自到江边登船……"

"莫不是睡过头了?"

"不会吧!"

"要不是得病了?"

两人左思右想,反复猜测,这样又过了半个时辰,抬头看看,总不见赵三的影子。无奈,张潮和周生只得返身回城,直奔赵三的家。只见赵三家门关得紧紧的。张潮敲着门,拉直喉咙喊道:"三娘子……"

屋里传出女人的声音:"哎——谁呀?"

张潮又用高高的嗓门回答说:"是我们哪!要开船啦,官人怎么还不来?"

赵三的妻子孙氏一听,神色慌张地开了门,惊诧地说:"他早就出门啦,怎么还没有上船?"

两人听了,对望一眼,周生说:"走,再到江边去看看!"

张潮和周生重又回到江边,跳上船一看,舱内仍是空无一人。周生惊慌万分,哪里还顾得上做生意,匆匆和张潮说了几句,心急如火地赶到赵三家,和孙氏一起满城寻找,还是不见赵三的踪影。到了第三天,周生见仍是杳无音信,心里惧怕,担心遭受连累,急忙写了一张状纸,从两人相约外出经商,一直到和张潮一起去赵家敲门问讯,一五一十地写得点滴不漏,写完后马上递呈县衙报案。

县令姜文渊接到状纸,从头到底看了一遍,仰天大笑:"哈哈哈,凶手在也!"

旁边的文书疑惑地说:"老爷只看了状纸,就知道凶手是谁了?"

姜县令递过状纸,说:"状纸上写得明明白白!"

文书接过状纸,瞪大眼睛,一连看了三遍,满腹狐疑地问:"老爷,这纸上哪儿写着啊?"

姜县令指点着说:"你看这一句。"

文书念道:"小人和张潮来到赵家,张潮隔门喊:'三娘子'……"

"好,就是这一句!"

文书肚里像是装了个闷葫芦:"这一句?"

姜县令笑着说："叩门便叫三娘子，定知房内无丈夫！"

文书一听，拍案叫绝："对呀，如果知道赵三在家，怎么会不叫赵三的名字而喊'三娘子'呢？凶手正是张潮。"

姜县令立即发签捕拿张潮到案，严词审问后，张潮招供。

原来，那天赵三一早就到了江边，见时间太早，就躺在船舱里和衣而睡。张潮乘赵三熟睡之际，偷偷解开他带来的包裹，见内有银三百两，顿时生了谋财害命之心。他当场击昏赵三，又绑上石头将他沉入江底。张潮自以为干得神不知鬼不觉，谁知一声"三娘子"，一语泄露了天机。

（吕　钟）
（题图：张　恢）

旅店命案

从前在北方的旅店,凡是贫穷的单身汉,都拥挤在一间房里。次日一早,店主便逐个房间地按人数查收房租。

一天,有个名叫钱少林的瓷器商人,见天色将晚,就来到一家旅店借宿。店主人殷勤迎候,陪着他到了一个房间。

钱少林踏进房门,见炕上已躺着两个人,炕头堆放着几匹布,一看就知道是个布商。钱少林因一路颠簸,也无心上前搭讪,解带脱衣,倒头便睡。

谁知刚入梦乡,就被一阵闹声惊醒,睁眼一看,见炕前围着一堆人,为首的一个,长得五大三粗,脸上长满密密麻麻的络腮胡子,那人一把撩翻了钱少林的被子,满嘴喷着酒气,含糊不清地嚷着:"喂喂,起来起来,老子要买碗!"

钱少林睡眼惺忪地爬起身来,不满地说:"你这人好不晓事,买碗也不看看时候,你没看见我已经睡了吗?"

"嘻嘻,麻雀躲在牌坊上——东西不大,架子倒不小!老子说买就得买,哪怕阎王爷睡了觉,老子也要把他拖起来!你说说,是卖还是不卖?"

钱少林走江湖,卖了大半辈子的瓷器,从来没有碰到过这样的主顾,他也火了，嚷着："不卖，就是不卖！"

那醉汉一听"不卖"，火从心头起，怒从胆边生，操起身边的一条长凳，就要往一边的瓷器担子砸。钱少林见状，窜上一步，拼死拼活地抱住了醉汉的双腿。

这时，那醉汉的同伴和先来的两个布商一起上来劝架，其中一个一把拖开钱少林，劝他走出房间，悄声对他说："尊兄，我这义弟是个火爆性子，今天又多喝了几杯酒，请多包涵。依我愚见，尊兄还是换个房间，免得惹是生非……"

钱少林被他这么一说，想想也是，和醉汉争什么高低，砸碎了碗碟，还不是我倒霉！想到这里，钱少林忍气吞声，回房挑了担子，一语不发，走出房间。那醉汉还要跳上来寻事，被他的同伴拖住了。

钱少林刚走出房间，店主人也闻声赶来了，见事已平息，就把他安排在隔壁的房间里。

这当口，又有两个人抬着一个大柜子走来，醉汉的一个伙伴连声招呼："来来，住这里。"又转身对店主人说，"店家，我们弟兄八个都住在这里。"店主人答应一声，又忙别的去了。

钱少林踏进调换了的那个房间，一看，炕上横七竖八地躺着十多个人。他忍住一肚子火气，放下担子，挤在一个瞎子旁边，蒙头便睡。

刚才莫名其妙地受了一场气，钱少林此刻竟辗转不能入眠。旁边鼾声如雷，他却睡意全无。不知道过了多少时候，刚要合眼，忽然隔壁房间里传来低低的哭泣声，有人悲切地乞求着："别的东西都不敢吝惜，只求赐还几文路费。"

钱少林听到这里，探起身子，侧耳细听。这时，好像是有人答应了一声："看你可怜,饶你一命。"那个话音刚落，又有一人说起话来，钱少林细细一辨，竟是刚才和自己吵架的那个醉汉的声音，只听见他用低沉的、恶狠狠的声音说："你不杀他，明天我们的性命都将完在他手里！"接着，就再也听不到一点声音。钱少林思前想后，不觉毛骨悚然：这伙人是强盗，两个布商必死无疑!但转念一想,又觉得有点奇怪:他们刚才为什么要赶我换房呢?八个人对付三个,不是绰绰有余吗?他们应该知道我身上或多或少总也带了一些钱。再一想,又笑那伙强盗太蠢了:你们八个,加上两个布商,这房里应该是十人,现在杀了两个,明天一早店主查点人数不是要露出马脚吗?莫不是他们谋财害命后要连夜潜逃?

想到"逃"字,钱少林再也躺不住了:杀人者不偿命,这天理何在?怎么办?只有叫醒店主,要他今夜严加防范。但一想,又为难了:店主不知睡在哪个房间,逐间叩门去问,很容易使强盗起疑,这样,就画虎不成反类犬了!

钱少林正在抓耳挠腮,说也巧,身旁的那个瞎子摸索着起来小解了。钱少林灵机一动,乘那瞎子站起身来,颤颤巍巍地没走几步,从瓷器担里抓起几只碗碟,用力往地上掼去,"嚓啦啦",满屋里一阵乱响。钱少林跳起身,一把抓住了瞎子的手腕:"瞎了眼的,你不会当心点,把我的碗都踢碎了!"

瞎子虽然是瞎了眼睛,但是脚有没有踢着东西心里还是明白的,他连忙申辩着:"出门人说话积点德,不要凭空诬陷人,我心里明白,没踢着你的碗!"

"你是瞎子,明白个屁!快拿钱赔我!"

"赔你?没这个理!"

两人高一声,低一声,把一屋里的人都惊醒了,有责怪瞎子的,有埋怨钱少林的,房里顿时乱哄哄地闹成一片。

店主人听到声音,披着衣服赶来了,问明情由,笑吟吟地对钱少林说:"客官息怒,几只碗,区区小事,我来赔你。"

"那好,拿钱来。"

"你这人也真是,我言出如山,不会赖你的,明天给。"

"明天忙着赶路,说不定忘了,那还不是我倒霉!"

店主被缠得无计可施,只得招呼钱少林跟他回房去拿钱。钱少林一到店主的房里,环顾四处,见没有旁人,便低声把刚才听到的动静密告店主。店主一听,脸色大变,送走钱少林后,急忙悄悄地叫起店里的所有伙计,暗暗观察动静，严密防范。

这以后，整个旅店里再也没有一点动静。不久，雄鸡报晓，天已大亮。还没等醉汉住的那房间开门，店主早已带了一群伙计，暗藏利器、绳索，守候在门口。

一会，门开了，那醉汉和一个同伴抬着大柜子慢条斯理地走出房间，醉汉打了个哈欠，对店主说："店家，算账。"

店主在一旁数着："一、二、三……八，还有两个呢？"

店主话音刚落，屋里答应一声："来啦！"咦，出来了两个贩布商人。店主盯着那两个布商看了又看，昨晚黑夜投宿的人几十个，哪里看得清面目。店主张口结舌，心里着慌，不觉往旁边的房间扫了一眼，喊着："喂，那位贩瓷器的客人出来！"

钱少林听到喊声，走出房间，一点人数，心中又是疑惑又是慌乱：昨晚听到的声音难道是在梦里？不，不会！钱少林强作镇静，走到那醉汉面前问："你们这房间怎么少了两人？"

醉汉说："进房十人，出房十人，怎么说少了两人？"

钱少林冷不防说了一声："你不杀他，明天我们的性命都完在他手里！"

醉汉和同伴听了这话，顷刻脸色大变。钱少林一步上前，揭开柜子的盖，一看，柜里装着两具血肉模糊的尸体。这伙强盗见机关败露，正要夺路而逃，店主人一声"抓强盗"，各房的旅客一拥而出，齐声呐喊，堵住出路。强盗山穷水尽，束手就擒。

原来，那两个携带巨资的布商，早已被这伙强盗盯上了。他们预先叫两个同伙躲在大柜子里，抬入房内，半夜动手后，用两个死的调出柜里两个活的，以防备次日清早店中查点人数。那假装的醉汉赶钱少林调换房间，也不过是因为人数之故。

(编写：吕　钟)
(题图：罗希贤)

真假老板娘

控江门外挨近江边码头的十字路口,有爿"江花酒家",楼下餐厅专卖酒菜,楼上空两间客房,兼营旅舍。虽说旅舍生意不怎么样,隔三岔五才能住上几位客人,但餐厅生意却十分兴隆。所以,楼上楼下真有点"日出日落都红胜火"的味儿。

江花酒家的老板,名叫迟厚发,是位个体大款,此君不赌钱不酗酒,就是有点好色。他老婆外号"水灵葱",尽管徐娘半老,却也风姿绰约,而且醋劲特别大,对丈夫管束甚严。

这天,水灵葱在常州的父亲过七十华诞,酒家不能少人,于是水灵葱做代表,一大早就登车去为老爸送寿礼。

水灵葱一走,迟老板浑身轻松,总算捞着了跟店里几个标致的女招待打情骂俏的机会。无奈那些女招待畏水灵葱如虎,不敢搭理他,迟老板自讨没趣。

当晚约摸十点多钟,餐厅正要打烊,忽然走进一位三十出头的摩登女郎,高挑身材，披肩长发，穿一件高领真丝绣花旗袍，长筒丝袜裹住浑圆的大腿。

女招待礼貌地对女郎说："对不起，我们打烊了。"

"啊——"女郎有点扫兴，转身欲走。

可迟老板早已心荡神迷，哪肯放走这天仙般的美人，跨前一步招呼道："请坐，请坐，顾客如上帝，怎能拒之门外。"

他转身对女招待说："这样吧，你们做了一天也辛苦了，你们都回去，我去给这位小姐炒几个菜。"

迟老板的用意谁看不出来？只是不想去管这种闲事罢了，于是大家顺水推舟全离开了酒家。

迟老板显得兴奋不已，开口问："小姐，想吃什么？"

摩登女郎莞尔一笑："老板，你的服务态度令我好感动。吃的可以随便些，拣现成的端两样就行。今晚，我想在贵店住宿，不知有没有房间？"

"有，有！"迟老板心里更乐：本来只想跟她聊聊，吃吃"豆腐"，解解寂寞，没料到她还要住店，我要尝尝"鲜"啰！

迟老板乐滋滋地把女郎领到二楼，打开迎街的一间客房。

女郎站在窗口，街面景色一览无余，她连声称赞："这个房间好。老板，那就麻烦你把饭菜送到房间里来。"

饭菜端上来以后，迟老板仍然赖着不走。

女郎又莞尔一笑："老板，你去休息吧，不然，尊夫人可要吃醋了。"

迟老板干脆一屁股坐了下来，点燃一支烟，讪笑着说："我那只醋罐子回常州娘家去喽，今晚不会回来。横竖睡不着，陪小姐聊聊天，有什么吩咐，也好随时侍候。"

"哦！是这样。"摩登女郎也来了兴致，"那好吧，我想你店里一定藏有好酒，不如拿一瓶来，我陪你喝两杯，怎么样？"

这真是簸箕掉了底—耙（巴）不得呢！迟老板连声答应："我的房间就在你对门，房里有五粮液、人头马……"他蓦然醒悟人家是女士，肯定不喜欢烈性酒，忙改口说，"还有香槟，真正的法国香槟，你一定喜欢！"

没承想摩登女郎摇头道:"香槟没劲,来瓶人头马吧。"

迟老板一听,欢喜得屁颠颠地打开房门,按亮电灯,取来洋酒,还带来两只高脚酒杯。

琥珀色的酒液注在亮晶晶的玻璃杯里,迟老板正搜肠刮肚想找句什么祝酒词,突然楼下"嘭嘭嘭"传来一阵敲门声。

迟老板心里一惊:难道该死的婆娘不早不晚偏偏这会儿赶回来了?他要紧冲到窗口向下望,只见马路边停着一辆警车,几个警察正在敲他的门。

发生什么事了?迟老板匆匆下楼,方才知道远郊蒙山监狱逃走一个持枪劫财杀人的"小光头",警方正在追捕。今晚全市旅馆普查,警察是来查房的。

迟老板领着两个警察上楼,来到摩登女郎住的房门口,只见门已经上了锁,敲敲,里面无人应声。迟老板心里疑惑,用钥匙打开门一看,室内空无一人,酒菜等物也全无踪影,只有一盏电灯亮着。人呢?

自己住的房间里忽然传来一个女人的声音:"谁呀?半夜三更也不让睡觉!"

迟老板推开自己的房门,只见那女郎坐在床上,瀑布般的长发遮住了半个脸,一床毛巾被盖住全身。警察问:"你是谁?"

"哟,笑话,我是谁?让我男人告诉你我是谁吧!"

警察转眼盯着迟老板,迟老板吞吞吐吐回答:"她……她是我老婆!"他心里话:这婊子怎么忽然睡到我床上来了?唉,不承认是老婆,又怎么解释得清楚。

警察可不放过他:"你刚才开门的时候不是说有个女客吗?人呢?"

迟老板瞥了女郎一眼,语无伦次说不上话来。

"她什么呀,"时髦女郎白了迟老板一眼,"人家不是告诉你她去看电影了么。你睡迷糊了咋的?"

迟老板猛然醒悟:"啊,对,她是去看电影了。大华电影院,十一点的小夜市。"

女郎又补充说:"她只交了二十块钱押金,住宿登记簿都没来得及填,就急匆匆去电影院了!"

警察摇摇头,说:"等她回来,你们务必叫她出示身份证,按规定应该登记了以后才能住宿。"

等迟老板送走警察,锁好店门,再返回自己房间,那女郎已穿戴整齐,摆出酒菜,正自斟自饮哩!

迟老板心里发毛:这娘们到底是哪路货色?他没心思喝酒。

时髦女郎好像看透了他的心思,举起酒杯说:"我是干什么买卖的,你还瞧不出来?虽然你情我愿,可叫'雷子'识破,你还不身败名裂?这些雷子究竟来干什么呀?"

迟老板恍然大悟:这女郎原来是只有经验的"野鸡"。他呷了一口酒,便把警察追捕杀人犯的事讲给她听。他心有余悸地说:"幸亏他们不认识我老婆,否则,准露馅。"

迟老板一口把杯中酒喝干,推开酒杯,说:"我们就赶快干自己的事吧!"边嚷边就张开双臂朝女郎扑了过来。

女郎一闪,说:"你别猴急,我的价码不低,先把钱掏出来让我瞧瞧。"

迟老板一听,从T恤衫口袋里掏出钞票掼在桌上,起码也有三四百元。

女郎摇摇头:"你当我是草鸡呀!"

迟老板欲火中烧,索性一不做二不休,转身打开保险柜,从里面拿出一叠钞票,足有六七百块:"这该够了吧?"

谁知女郎还不满足,一把拽住迟老板的膀子,伸手从保险柜里取出一只匣子,那里面有五千元现金,还有项链、手镯、国库券、存折。

那女郎对存折不感兴趣,她把其余的东西全装进自己包里,又从怀里掏出一样东西,突然脸色一变,厉声道:"听着,你现在替我把那瓶酒全喝干,要是不醉,你就再喝一瓶!"

迟老板一激灵,方才看清那女郎手里正握着一支手枪。

迟老板吓得冷汗直冒,结结巴巴地问:"你……究竟是什么人?"

女郎冷冰冰地说:"别管我是谁,快喝酒!你喝醉了,我也好安心睡一觉。你这叫善有善报,要不是今晚你'招待'我不错,我早让你见阎王去了!"

迟老板无奈,只好抓起酒瓶往杯里倒酒。

那女郎伸手一把夺过酒瓶,命令道:"张开嘴!"一歪瓶子,那琥珀色的液体"咕咚咕咚"直往迟老板口中灌。

迟老板呛得受不了,"呃呃呃"直摇手,女郎仍不罢休。照这样子,不醉死也得呛死。

正当危急时刻,房门突然被推开,一个女人冲进房来,对准迟老板一个耳光,口里骂道:"你干的好事,我才出门一天,就敢招引骚婊子来家。"

女郎听得明白,原来是真的老板娘回来了,怪不得大门房门全锁着,她能冲进房间,她是有钥匙的。女郎侧身坐在床沿上,细细端详这位正宗老板娘。

此时迟老板已被灌得醉眼昏花,可他尚未烂醉到认不出自己的老婆,定睛一看,这女人也不是水灵葱,根本不认识。他心里直纳闷:今晚我交了什么倒霉的桃花运?刚才时髦女郎冒充我老婆,哄走警察就拿手枪对准我;这会儿不知从哪儿又冒出一个女人来假冒我老婆,她想干什么?迟老板吓得全身汗毛倒竖,张口结舌地说:"不……你不……"

"捉奸拿双,你还不什么!"那女人一拨拉,就把迟老板拨拉到椅子上,张口说不出话来,好像酒劲往上冲,头一低,就趴在桌子上睡着了。

女人绕过迟老板,又直扑那女郎,口里骂道:"不要脸的骚货,老娘跟你拼了!"伸手就揪她的长发。

谁知这一揪,那女郎瀑布般的长发竟整蓬儿到了她手中,女郎露出一个刚冒发茬的光头来。

女人大惊:"你……"

光头奸笑着说:"我是男人,你吃哪门子醋。"他边说边解开高高的旗袍领子,又拿掉假胸,淫笑着说,"你嫁了这么一个朝三暮四的男人,有什么意思,你还不如跟我呐!来,咱们坐下好好谈谈!"

光头朝女人招招手，女人似乎这才发现男扮女装的光头手里握着一支手枪，她抖抖索索地问："你手上……我害怕！"

光头阴笑笑："这有啥好怕的！"他大约觉得没有枪，对付这女人绰绰有余，就大度地把枪塞到枕头下面，拍拍手说，"不要怕喽，来吧！"

女人像只小绵羊，畏畏缩缩向前挪两小步，光头按捺不住，伸手抓住她两个肩头，企图把她提到床上。

岂知这女人好像会使千斤砣，硬是让他提不起来。待到光头反应过来，暗叫不好，那女人攒足劲的一只小拳头已经猛地捣到他的肝部。拳头虽小，力道奇大，他只觉得疼痛难熬，浑身酸软。那女人趁势弯腰抓住他的两条小腿，猛一抬身，从头顶把他摔过桌面，掼倒在房门口。

女人的全套动作干净迅疾，显见是个训练有素的高手。还没容光头缓过气来，这时候，从门外冲进来两名警察，"咔嚓"就把光头的手给铐上了。原来这家伙正是警方追捕的监狱逃犯。

迟老板还趴在桌子上昏昏欲睡，那女人走过去，在他胸口揉搓几下，迟老板慢慢苏醒过来。其实，先前女人那一拨拉，正捣在他的昏睡穴上，现在被解开了。

迟老板睁开双眼，对眼前的一切迷惑不解。正想发问，忽见警察从房门外又叫进一个女人来，迟老板抬眼一看，一阵羞愧尴尬——谁呀，真正的老板娘水灵葱回来了。

这是怎么回事？

原来，刚才来查房的两名警察实际上是经验丰富的侦察员，迟老板和床上女人的支吾表情引起他们的怀疑，职业的警觉使他们感到自己追寻的猎物似乎就藏在这个酒家里。考虑到凶手有枪，他们没有轻举妄动，警车开到另一个地方隐蔽以后，他们又折回来悄悄包围了酒家。

正巧此时，水灵葱不放心自己的男人，坐夜车从常州赶回来，正要开门，警察悄悄上前一盘问，才知道这是正宗的老板娘。蹊跷的事情有了答案，床上女人起码也是卖淫的暗娼，从她拿腔捏调的语气分析，问题恐怕未必如此简单。

于是他们做了水灵葱的工作，开了店门，走上楼去，从锁孔往里一看，乖乖，那女郎正握着手枪顶住迟老板的后脑勺哩！

事情十分清楚，这女郎正是男扮女装的在逃犯小光头。此刻贸然往里一冲，人质性命还不全完？跟着同来的女警贺红梅本是闻名全城的警花，全省女警擒拿格斗获一号种子选手称号，她不仅艺高人胆大，脑子也特别好使，所以大眼睛三眨两眨，就想出了这么个以假乱真的绝招来。

小光头交代，他本来真的不打算杀死迟老板，只想把他灌醉，自己高枕无忧睡一觉，留个不解之谜让他讲给警察听。因为他说不出破绽，一定还坚信自己是个时髦女郎，这样，警察就又多了一件侦察女骗子的案件，多少可以分散警方的精力。后来，待到装成老板娘的贺红梅出现，他贪财又贪色，就改变了主意，预备强暴"老板娘"以后，把他们夫妻双双杀死，再制造假现场，同样可以留给警方一个扑朔迷离的凶杀大案，自己更容易逃之夭夭。

水灵葱听到这儿，吓得脸色煞白，用手指一戳迟老板的脑门："听清了吧，死鬼，'色'字头上一把刀啊！"又一指警察们，"多亏他们救命，要不然，这会儿我俩都到阴曹地府了！还不快谢谢人家救命之恩！"

（周振亚）
（题图：谭海彦）

地毯上的裁纸刀

费历斯是一个记者,这一次,他随同一个旅行团到罗马尼亚旅行。这一去竟在外边呆了八个月,现在总算回来了。

费历斯走进那套小小的公寓房间,这才感觉到屋里太糟了,地板和家具上积了一层灰蒙蒙的尘土,从投信口投进来的信乱七八糟地堆放在门口的地板上。费历斯开始收拾起那堆信来,把最早的一封信拿起来,发现这封信是从布赖顿寄出的,信封上的邮戳日期正是他出发去旅游的时候;从信封上的字迹看,他辨认不出是谁写来的。费历斯拆开了信封,朝信笺的落款处瞟了一眼,"吕蓓卡"。不错,是原来住在63号的那个小姑娘,也算是个邻居了,去年她姐姐出嫁,她就随同姐姐去了布赖顿。吕蓓卡在信上说:她姐姐嫁给了宾斯先生,他们一家三人住在一所大宅子里。最近,她碰到了一件十分棘手的事,她不能跟别的人说,甚至不能跟姐姐商量,她只能和费历斯一个人说。她真希望费历斯不久能到布赖顿来办事,这样就可以和他商量了。信的最后还十分潦草地写了一行字:"我最近参加了击剑俱乐部,希望你尽量能来一次……"

读完信后,费历斯想:吕蓓卡这小姑娘说的"一件十分棘手的事"到底是什么呢?这封信使费历斯感到十分不安,他拿着这信去找邻居范纳太太,范纳太太说出了一个惊人的消息:就在费历斯走后的大约三个星期,吕蓓卡杀害了她的姐夫。

听到这个消息,费历斯十分震惊,第二天,他就坐车赶到了布赖顿的警察局。一个中年警长接待了费历斯,他十分肯定地说:"这个案子我记得很清楚,这小姑娘虽然很不幸,但判决是对的,绝无问题。"警长接着说了事发的经过——

那天,吕蓓卡的姐姐身体欠安,躺在床上没起来,宾斯先生没去上班,在家里陪他的太太。大约在下午两点半光景,宾斯在楼下叫吕蓓卡,要她到书房去帮他一会儿忙。吕蓓卡好像不太愿意,但最后还是去了。不一会儿,吕蓓卡的姐姐听到楼下有吵闹的声音,紧接着便看到吕蓓卡跑上了楼,奔到阳台上大声哭泣。姐姐感到情况不妙,便下了床,走到阳台上,看到吕蓓卡已完全处于歇斯底里的状态,一边抽泣一边说:"我……我把姐夫杀了……"姐姐一听大惊失色,差点昏倒,好一阵子才稍稍平静了一些。她拿起电话,拨通了贝蒂医生的家,贝蒂就住在附近,是个邻居。不多一会儿,贝蒂就来了,她在书房里看到宾斯躺在地上,鲜血淋漓。经检查,他是因为左肺被刺穿了才一命呜呼的。贝蒂见现场十分血腥,怕吕蓓卡的姐姐受不住,就让她回到房间去。等她走后,贝蒂就向警察局报了警,十多分钟后,警察就赶到了……

讲述完事发经过,警长又补充道:"所有的医学证明都认定致死的原因是左肺被刺伤,凶器是一把裁纸刀,在门附近的地毯上,刀把上有那个小姑娘的指纹。小姑娘后来说,她是用击剑时钝头剑刺击的姿势刺宾斯的,这和刀把上指纹的位置完全吻合……我忘了告诉你,这小姑娘正在学击剑。"

关于学剑，这在吕蓓卡给费历斯的信上有提到，但费历斯还是连连摇头："我了解这小姑娘，她不是这样的人。"

警长踌躇了一会儿，说："关于杀人动机，据说是吕蓓卡不愿帮助她姐夫做事。除了刚才说的，后来我还听到了一些情况，提供这些情况的是宾斯的前妻，她说，在旁人眼里，宾斯是一个道貌岸然的君子，只有他的妻子才知道，他其实是个卑鄙小人……不过，我知道这些时，审判已经结束了……"接着，警长说了一些宾斯的情况。

在费历斯的请求下，警长把他带到了一家旅馆，宾斯的前妻琼娜就住在这里。琼娜把费历斯和警长带进了一个休息室，费历斯坐下后，十分诚恳地说："我听人说，宾斯先生是个精力充沛、循规蹈矩的人，事业也很成功，可是对他的另一面我却一无所知，而这只有你知道，请你无论如何告诉我，这很重要。"

琼娜问道："你为什么一定要知道这一些呢？"

费历斯说："这关系到一个人的生命。"

在费历斯的一再请求下，琼娜说了起来，她说，她和宾斯并不是那种恩恩爱爱、缠绵有加的夫妻，但还过得下去。琼娜善于交际，朋友很多，因为她内心很爱宾斯，所以在两人结婚后的头几个月里，她常把自己每天所做的一切都告诉他，包括她的一些私人交往，甚至连一些只有她和朋友两个人知道的事也都说了。开始倒也没什么，慢慢的，她发现有点不对劲：原先和她很要好的一些朋友全都渐渐疏远了她。一天，她去找了一个十分要好的朋友，这才明白了事情的真相。原来，宾斯利用从太太那里听来的一些私生活方面的事要挟太太的那些朋友。比如，琼娜的一个女友喜欢上了她的姐夫，宾斯得知这一"情报"后，竟然以此要挟，从这个女人那里索要了一大笔钱。琼娜知道了这一切后忍无可忍，便和宾斯离婚了。

琼娜说到这里，顿了顿，用低低的声音说："不过，我和他离婚时是悄悄的，对外我们找了些其他的理由。"

离开了琼娜的家，两人又去找了吕蓓卡的姐姐，她说的情况和琼娜讲的一致,也就是说,宾斯完全有可能利用从吕蓓卡姐姐那里听到的一些情况去勒索其他人。在回警察局的路上,费历斯对警长说:"可怜的吕蓓卡给我寄了一封信,她在信中说她遇到了一件十分棘手的事,我想,她说的就是这件事了。她发现宾斯是一个专门利用别人隐私来敲诈钱财的卑鄙小人,她要维护姐姐的幸福,可又不想把事情的真相告诉姐姐,所以,她十分为难……"接着,费历斯就向警长讲了自己的推测:那天下午,宾斯叫吕蓓卡去书房,吕蓓卡就当面谴责了他,她本来是想叫宾斯悔过,可宾斯是个铁石心肠而又富有经验的伪君子,他知道吕蓓卡不会把这事告诉姐姐的,因为她姐姐知道后会绝望,甚至有可能会自杀。这时,宾斯为了从心理上制服吕蓓卡,故意装模作样要去告诉吕蓓卡的姐姐,他绕过桌子,装出马上要走的样子。吕蓓卡见他要走,十分惊慌,又加上极度的失望,为了不使这事伤害姐姐,她就抓起了书桌上的裁纸刀,向宾斯刺去……

警长接受了费历斯的推测,两人回到警察局,警长说:"我立即派人去搞新的供词,同时,立即申请一张逮捕证……"

费历斯见警长被自己说服了,这才轻松地说:"那么,吕蓓卡呢?"

警长耸了耸肩,吹了一声口哨,说:"我想,早些审理清楚,她是可以得到赦免的。"

在以后的日子里,费历斯和警长都在为改变吕蓓卡的命运而默默地奔走着……这天,费历斯、警长和地方法院的一个法官一起去了监狱。监狱的墙是灰色的,吕蓓卡的囚衣也是灰色的,面对来探望她的这些人,吕蓓卡显得有些局促不安,她对费历斯说:"你虽然来了,但这已改变不了什么,因为我杀了人,杀人总是世上不可饶恕的罪行,我是个罪人……"

法官说:"吕蓓卡,你绝不要这样想,要是我当时知道你的动机的话……再说,你并没有杀死他……"法官这话一说,吕蓓卡惊得瞪大了眼睛,说不出一句话来。

这时,费历斯缓缓地说:"吕蓓卡,你应该仔细想想,当时,你冲上去一下刺中了宾斯,你就放开刀跑了,也就是说,你最后见到他时,他已倒在地上，胸口插着一把刀……"

吕蓓卡的一双大眼睛忽闪忽闪，说："是这样的。"

费历斯接着说："现在你一定记得，当时在法庭上，医生的证词说刀子刺进了左肺，而警察说他们发现刀子是在地毯上。"

吕蓓卡低声说："可我是刺了他，犯了杀人罪。"

费历斯的眼里闪着光，说："不，你听我解释，刀子刺进肺部并不一定会置人于死地，要是医生及时赶到，用绷带把胸部扎紧，避免流血；动手术时再把刀子拔出来，缝好伤口，这样，是完全可以抢救过来的。"

吕蓓卡听到这里已激动得浑身颤抖："那……那是……"

费历斯解释道："那是有人要谋杀宾斯，故意把刀子拔了出来，血呛进了肺和器官，所以宾斯一会儿就死了。"

吕蓓卡激动地问："那凶手是谁呢？"

说到这儿，一旁的法官开了口，他说："就是那天你姐姐叫来的医生贝蒂，她是你姐姐的好朋友。那个时候，宾斯正在敲她的竹杠，她恨死宾斯了。当时，她走进书房，看见宾斯躺在地上，在那一瞬间，她知道该用什么方法杀死他并能归罪于你。她戴上了手术用的手套，以免在你的指纹上再印上她的指纹，然后她就杀死了宾斯，当然，她用的杀人方法不是把刀子捅进去，而是把刀子拔出来……所有这一切，贝蒂都已经承认了。"

听完这一切，吕蓓卡像是做了一个噩梦，眼里闪着晶莹的泪光，她激动地说："我是不是不久就可以回家了？"

法官把一张纸递给了吕蓓卡，那是"复审判决书"，他说："不是'不久'，而是'现在'。吕蓓卡，你现在就可以回家了。这一切的一切，你应该感谢你的朋友费历斯先生！"

费历斯笑了，笑得那样惬意……

(编写：刘夏艳)
(题图：箭　中)

墓碑里面有个人

亨利以前是个摔跤手,身高足有一米九,强壮得可以赤手空拳打死一头牛。他在小镇上开了一家专门制作混凝土制品的作坊,帮别人做一些门柱、浴缸什么的。

这天早上,亨利坐在店里,等着顾客沃尔夫先生来检查他定做的鸟用浴缸。表面上看,亨利和平时没什么两样,可他的心里,正盘算着一个惊人的复仇计划。事情是这样的,前几天,亨利养了好几年的猎狗沃尔夫自个儿跑到公园里去,正好遇到了在那里打猎的沃尔夫先生,猎狗沃尔夫见到生人,突然兽性大发,猛扑上去,沃尔夫先生出于自卫,用手枪打死了那条狗。消息传到亨利耳朵里,简直就像挖去了他的心肝一样。亨利没有结过婚,跟这条猎狗相依为命,所以他发誓要杀了沃尔夫先生,给猎狗报仇。偏偏沃尔夫先生不知好歹,杀了亨利的狗,还敢来他的店里定制一个鸟用浴缸,准备放在自家门前的空地上,让过往的鸟儿有个地方洗澡。这不是送上门的好买卖么？

九点刚过，沃尔夫先生来到了亨利的小院。和亨利相比，沃尔夫先生简直像个小孩子，他比亨利足足矮了两个头，又干又瘦。亨利看见沃尔夫，立刻皮笑肉不笑地打招呼道："沃尔夫先生，来看看你的浴缸的柱子吧。"他把沃尔夫领到后面的院子，空地上有两根一模一样的空心水泥柱子，每一根都有两尺见方、五尺多长，一端封闭，另一端开着口。

沃尔夫疑惑地问："有人订做了跟我一样的柱子么？"

亨利摇摇头，"嘿嘿"笑着，说："不，但是我觉得这种柱子不错，就多做了一根，给我的狗做墓碑！"

沃尔夫上前仔细一看，才发现其中一根柱子上铸着一行大字：纪念沃尔夫，一只真正的狗。他不好意思地说："亨利，没想到你和这条狗的感情这么深。我向你保证，我当时真的不知道它是你的狗，还和我同名，要不，我一定不会朝它开枪的。"

亨利大手一挥，说："好啦，事情都过去了，就不必说了，来看看你的柱子吧。"他把沃尔夫领到另一根柱子前，唾沫横飞地说，"瞧，这柱子不错吧？我打算在它的底部再加点分量，然后封住口，这样可以立得更稳一点。明天中午，我就把这根柱子运到你家，帮你装上。"

沃尔夫满意地说："你想得真周到呀，亨利。"一边说，一边俯下身去细看。

就在这时，亨利突然眼露凶光，像一头大狗熊一样猛扑上去，狠狠掐住了沃尔夫的脖子，嘴里叫道："你这个狗杂种，我要你给我的狗偿命，在它的墓前守一辈子！"可怜的沃尔夫先生哪是亨利的对手，手刨脚蹬，没有挣扎几下，就断了气。亨利刚把沃尔夫的尸体放下，就听见门外有卡车喇叭的声音"嘀——嘀——"，他一惊，忙把尸体藏到一堆水泥板的后面，然后跑到门口。这时，从门外走进来一个和亨利差不多高大的大汉，他叫杰克，是一个卡车司机，经常帮亨利运送货物，这天碰巧路过，下来看看有什么活干。亨利看见杰克，不自然地打着招呼："杰克，你通常都是下午才来的呀？"

杰克似笑非笑地应着："是呀，今天来得早了一点，难道有什么事不该让我看到吗?"

亨利听出他话里有话,心里一跳。

杰克却不理他,大步走进院子,往那堆水泥板前一站,说:"我需要一千美元,银行不肯借给我,我想你会借给我的。"

亨利心虚地说:"为……为什么我要借给你?"

杰克瞟了他一眼:"借不借随你,不过,我可不是那么容易被掐死的。咱们打开天窗说亮话吧,你的墙不太严实,上面有道缝,我什么都看见了!"

亨利张大了嘴,半天才回过神来,说:"我知道你够朋友,杰克,你帮我一把,一千美元不成问题。"说着,他拖出了沃尔夫的尸体,示意杰克过来帮忙,把尸体塞进那个狗墓碑的水泥柱子里。

杰克吃惊地问:"你打算把他竖在你的狗墓前?"

亨利咬着牙说:"是的,这是对他最好的惩罚!"两个人把尸体塞进了墓碑,又拌上水泥准备把口封住。

这时,屋里的电话忽然响了。亨利跑去接电话,一会儿他回来了,说:"是沃尔夫太太打来的,问她丈夫来过没有。"

杰克问:"你怎么说的?"

亨利说:"我说她丈夫来过这里,可是已经走了。"

杰克大声道:"坏了!今天沃尔夫回不了家,他太太一定会报警,警察就会来这里查,这些水泥要到明天上午才能干,今天一定会被发现的!"

亨利一拍脑袋,说:"对呀,那可怎么办?"

杰克眼珠一转,说:"不如你再打个电话给沃尔夫太太,就说沃尔夫先生走之前说他要到城外去一次,明天晚上才能回来,等那时就算沃尔夫太太报警,你的狗墓碑早竖起来了,没人会怀疑里头藏着沃尔夫先生,不就万事大吉了?"

亨利听了连声说好,可他马上想起了什么,对杰克说:"沃尔夫太太家的电话坏了,刚才她是到邻居家打来的电话。不如我现在去她家一次,亲口告诉她吧。你在这里,把两个柱子的口都封上,越快越好,做得干净点,明白了吗?"说完,就急匆匆地出门了。

第二天一大早,杰克来到了亨利家,他的卡车上装着起重机,可以吊装水泥柱。他们先把狗的墓碑运到亨利特意为狗做的墓前,亨利操纵起重机,杰克在下面用手牵着,把墓碑稳稳地安在墓前一块平地上。做完以后,两人站在墓前,细细打量自己的杰作,都得意地笑了起来。杰克擦着手,念着墓碑上的字:"纪念沃尔夫,一只真正的狗。亨利,你这个双关语想得太好了!不过,你可别忘了我的一千美金哦?"

亨利淡淡地说:"忘不了,我们现在把沃尔夫的柱子送到他家去吧。"

两人开着车,把水泥柱子运到了沃尔夫家。沃尔夫太太恰好出去了,两个人就盘算着如何把水泥柱安上。杰克打量着四周,若有所思地说:"他家的这个位置可不太好,正在大路边,如果把柱子竖在门口,万一有车路过,一不小心撞上就坏了。"

亨利撇了撇嘴:"这有什么!撞坏了更好,沃尔夫太太还会向我再定做一根,让我多赚点钱……来,我们开始干吧,还是我来开起重机!"

杰克看了他一眼:"你小心一点,可别把柱子砸到我身上!要不,你会后悔的!"

亨利"嘶嘶"地笑了几声:"哪能呢,你放心吧!"说着,他跳上了起重机,但是这次,他并没有马上发动机器,而是从口袋里拿出了一样东西。那是一个旧的销钉,几乎全都裂开了,亨利把起重机绞车上的一个销钉拔了出来,然后换上了这个旧的,他的脸上露出了一丝不易察觉的冷笑。杰克说对了,他是准备把柱子砸到杰克身上。杰克是个出名的无赖,他一定会用这件事作为要挟,没完没了地缠着他要钱,亨利必须用一个一劳永逸的方法,把这个心头大患除掉。他把水泥柱子吊了起来,慢慢朝杰克的头上移去。杰克在下面伸出手,托住了水泥柱,朝鸟浴缸的基座上引过去,嘴里骂骂咧咧道:"慢着慢着,开稳一点……"

水泥柱吊到杰克头顶的时候,亨利的手用力一抖,突然,"叭"的一声,那枚旧销钉崩断了!亨利的手指从绞车的把手上滑脱下来,把手疯狂地反转着，沉重的水泥柱重重砸了下去，杰克猝不及防，哼也没哼一声，就被结结实实地压在下面。同时，水泥柱的一头磕到地上，发出一声闷响，碎了开来。

声音惊动了在附近巡逻的马利根警官和邻居们，他们聚拢过来，查看发生了什么事。亨利装作惊慌失措的样子，从车上跳下来，疾步冲到杰克跟前，抓着自己的头发，大喊大叫。马利根警官上前看了看，摇着头说："来不及了，他已经死了。"说着，他又爬上起重机检查了一遍，下来的时候说："是起重机的问题，销钉旧了，杰克没有及时换新的，崩断了，这不能怪你……"突然，他的眼睛滑向了破碎的水泥柱——"那是什么！"众人循着他的目光看去，有眼尖的先叫了起来："天哪！是一个人的脚！"人们七手八脚从水泥柱里把尸体拉出来，正是失踪的沃尔夫先生！

亨利吓傻了，他以为自己把两根水泥柱搞错了，可是定睛一看，没有错呀，明明就是给沃尔夫先生定制的柱子。这是怎么回事呢？突然，他的心里掠过一道闪电，想起刚才杰克的话："你小心一点，可别把柱子砸到我身上！要不，你会后悔的！"亨利顿时恍然大悟：杰克怕把尸体藏在狗的墓碑里，被亨利日后调包，就再也没有要挟他的证据了，所以他趁亨利去沃尔夫太太家的时候，偷偷把尸体藏在了另一根水泥柱子里封好，这样既不会被人发现，又可以一直用来威胁亨利。

这时候，马利根警官回过头，神情威严地看着亨利，说："你必须跟我回警察局去。"亨利双腿一软，坐到了地上，这下，他是真的后悔死了……

(原作：伦纳德·罗斯巴勒 改编：韩玉桥)

(题图：箭 中)